全民阅读精品文库

当代中国最具实力中青年作家作品选

王十月中短篇小说选

人 罪

王十月 著

中国言实出版社

图书在版编目（CIP）数据

人罪：王十月中短篇小说选 / 王十月著. — 北京：
中国言实出版社，2016.1

ISBN 978-7-5171-1727-8

Ⅰ.①人… Ⅱ.①王… Ⅲ.①中篇小说—小说集—中
国—当代②短篇小说—小说集—中国—当代 Ⅳ.①I247.7

中国版本图书馆 CIP 数据核字（2015）第 313173 号

出 版 人：王昕朋
责任编辑：胡　明
文字编辑：张凯琳
美术编辑：张美玲

出版发行　中国言实出版社
　　　　　地　　址：北京市朝阳区北苑路 180 号加利大厦 5 号楼 105 室
　　　　　邮　　编：100101
　　　　　编辑部：北京市海淀区北太平庄路甲 1 号
　　　　　邮　　编：100088
　　　　　电　　话：64924853（总编室）64924716（发行部）
　　　　　网　　址：www.zgyscbs.cn
　　　　　E-mai l：zgyscbs@263.net
经　　销　新华书店
印　　刷　北京温林源印刷有限公司
版　　次　2016 年 3 月第 1 版　　2016 年 3 月第 1 次印刷
规　　格　710 毫米×1000 毫米　　1/16　　16.25 印张
字　　数　282 千字
定　　价　40.00元　　　ISBN 978-7-5171-1727-8

目录

人罪 /1

出租屋里的磨刀声 /41

白斑马 /64

开冲床的人 /111

不断说话 /123

九连环 /161

寻根团 /202

罪　人

二十年后，已经成为法官的陈责我，将要主审小贩陈责我故意杀人案。

这桩案子，从案发起就成了新闻热点，因这案子的犯罪嫌疑人是小商贩，而被害者是城管。监控录像和人证均指证，小贩陈责我无证占道经营，城管执法时，将小贩陈责我的三轮车没收了。小贩陈责我当然不干，这是他吃饭的家什；他抱着三轮车不撒手，于是城管就动了粗，混乱中，一根铝管敲破了小贩陈责我的头，三轮车自然被没收了。后来，小贩陈责我数次去城管队讨要三轮车未果，于是拿了平时削水果的尖刀，趁城管队在外执法时，偷袭了一名城管队员。一刀，从该城管队员的后腰刺入，致肾脏破裂，抢救无效身亡。小贩陈责我束手就擒。

因这案子特殊，本地电视台、报社记者蜂拥而至，网络上也是微博、帖子满天飞。官方媒体的报道多是陈述事实，并采访了受害人家属，对犯罪嫌疑人小贩陈责我进行了必要的谴责。案发之初，网络上一片叫好之声，认为城管打人在先，小贩杀人在后，虽有罪，但不至死。微博大V们自然不会错过这大好机会，纷纷发表看法，赚了不少粉丝。后来网络上就此事的看法形成了两派，两派之间上纲上线，乱成一锅粥。很快，城管方面公布，据监控显示，当日在混乱中拿铝管打破陈责我头的并非受害城管，而是一名"临时工"，"临时工"现已被开除。"临时工"的说法在网络上又引来了疯狂的"吐槽"，但监控显示，受害者并未动手，这是不容抹黑的事实。

因这案子的特殊性，城管队员的家底和小贩陈责我的历史，均被"人肉"得七七八八。

　　被害的城官队员姓吴名用，和梁山好汉"智多星"同名同姓。吴用一年前大学毕业，经媒体调查和网友"人肉"，没调查出有特殊背景，并非如事发之初传言的那样是某位领导的亲戚。城管部门在网站公布的吴用家庭背景情况，应该说是少有的情况属实。吴用家在这城市的城乡接合部，虽是非农业户口，但家里的日子却不宽裕。吴用的父母都是曾经的国企工人，20世纪90年代末，在国企改革的大潮中失业，成了"下岗工人"。吴用的父母下岗后，做过多种职业。后来，吴父进了出租车公司，算是有稳定的收入；吴母没找到工作，就在离家不远的菜场外面摆小摊卖袜子、内裤，是城管清理的对象。吴用大学毕业后，恰逢区城管中队招聘事业编工作人员，他参加了考试，以笔试第一名的成绩进入面试，面试有惊无险，他成为了一名城管。吴用成为城管后，他母亲很高兴，说再也不用怕被城管抓了，咱家就出了个城管。吴用却发脾气了，他觉得这事很吊诡，儿子当城管，母亲当小贩。他对母亲说他现在工作了，工资不低，加上父亲开出租车的收入，日子比上不足，比下有余。吴用劝母亲不要再去摆地摊了，吴母却说她还能干得动，儿子还要结婚呢，还要买房子呢，到处都要花钱，她还没有到可以享清福的年龄。吴用生气了，说妈这样做让他好为难，好没面子。吴母沉默了许久，说你觉得妈摆地摊丢你脸了，给你添乱了，妈不摆了。吴母没有再摆地摊，吴用心里却难受了。在过去的岁月里，是母亲摆地摊供他上完初中上高中，上完高中上大学的。吴用上班后，从不敢让同事们知道，他母亲曾经是摆地摊的。他也非常反感同事们在执法时对小摊贩们动粗。他总是会想到自己的母亲。

　　城管部门的工作人员，大体可分为上中下三等。上等人是市局、区局和中队的领导，各科科长、副科长、科员，他们是公务员身份，很大一部分是军转干部。他们不用上街执法的，上班也不穿制服，是城管部门的决策者。中等人，就是吴用这样的城管。他们多是大学本科毕业后，通过事业编招考进来的。当然，也有不少是通过关系调进来的，是这个"长"那个"长"的亲戚。参加工作后，吴用很少去执法现场，除非遇到强拆违章建筑，他们才会出现在现场。下等人是协管员，也就是所谓的"临时工"，其实他们不是临时工，是合同工。这类人员干的都是城管执法中的脏活、累活，工资低、地位低、职业不稳定。他们爱在执法时捞点外块补贴工资之不足，没收的水果什么的，就瓜分了。协管员是没有执法资格的，按法律规定，他们出队，要有吴用这样的城管带队。但现实是，吴用这样的城管，大多数时间是坐在办公室的。因此案发前，参与围殴小贩陈责我的城管中没有吴用。因为围殴事件被人用手机拍了传到网上，在城管队内部也引起了争议。吴用在会议上言辞颇为激烈地批评了协管员。有人看不惯，就骂他站着说话不腰疼，胳膊肘往外拐。还有人说，说得轻松，你上街试试？吴用被将了一军，说上街就上街。他真上了街，本意是要给协管员做表率，让他们明白什么叫文明执法的。出街的第三天，他在执法中遇到了难题，队员围住了一名用三轮车推了水果卖的女子，要没收那女子的三轮车。女子不肯。如果在往日，城管队员会动粗，但吴用没有让队员动粗，他和女子讲道理，长篇大论，引来许多人围观与讥笑。口干舌燥后，他的耐心渐渐失去。他挥挥手，让城管队员们强行执法，常见的一幕重演。混乱中，他感觉到腰部刺痛，然后就倒在了血泊中，人们尖叫、四散逃离。倒地的吴用看见了手执尖刀茫然而立的小贩陈责我，陈责我的背后，是一轮苍白的太阳。在临死前的那一瞬，城管吴用眼前浮现了母亲被城管围住抢东西的情形，那是他少年时的记忆。然后，他感觉自己变轻了，飞离了地面。他看见自己满身血污倒在地上。他死了。他是那么年轻，正准备结婚，女友怀了孕，婚期定在这年的五月一日……

媒体采访了吴用的家人，还有他的未婚妻。被害人的情况被调查清楚之后，无论是电视、报纸，还是网络，一边倒地开始谴责小贩陈责我。

小贩陈责我的情况，很快也被媒体调查得底朝天。

小贩陈责我来自一个以贫穷和喀斯特地貌著称的省份。他高中毕业没考上大学，在家学木匠。早些年，在家给人打家具，一技在身，日子过得还行。婚后先生一女，未拿到二胎准生证又生了个儿子，因计生罚款，日子过得就恓惶了。后来出门打工，在家具厂做木工，工资供子女读书不成问题。做了十多年木工，长期和天那水、粉尘之类的东西打交道，慢慢就经常头晕眼花、四肢无力，记忆也一日不如一日，四十岁的人，实在有了老态。他开始没有在意，后来实在挨不住了，去医院一查，慢性中度苯中毒。这病没得治，只能养，首先是不能再接触苯。去工厂讨说法自然是不可能的，这些年，他在一家又一家厂子里打工，最后病发时的那家厂，他才干了两个月，无法认定是哪家厂的责任。工厂出于人道，给了他一点儿慰问金，他千恩万谢，没想到去打官司。再不能打工，家境自然是越发艰难，女儿正读高三，说什么也不肯再上学，辍学来到南方打工，进了一家电子厂。儿子读高一，也不想读了。小贩陈责我指着儿子骂，说他这辈子最大的遗憾是没考上大学。当年，小贩陈责我的成绩好，会读书是在学校出了名的，村里人都认为他会考上大学，他父母也以为他们家会因儿子而改换门庭，谁知放榜，他却名落孙山。他给女儿取名一鸣，儿子取名一飞，是希望两个孩子一鸣惊人，一飞冲天。现在，女儿没指望了，儿子是断不能再辍学的。儿子读书用功，和父亲一样会读书，在县城一中成绩名列前茅，只要不出意外，上"一本"是很有希望的。为了一家人的生计，也为了儿子将来上大学的开支，小贩陈责我买了辆三轮车，清晨从水果批发市场进水果，夫妻二人分头零售。收入还可以，就是要防城管，得眼观六路，耳听八方，随时做好跑的准备。他身体不好，反应相对迟钝，经常被抓，好不容易赚点钱，被抓一次，一个月就算是白干了。一年下来，他妻子一次没被抓过，他却被抓了三次。他也想做点别的，但没找到合适的营生，这样一做就是三年。眼看今年儿子要高考，没曾想，刚买的三轮车又被没收了。数次去讨要未果，回到家，老婆又数落他，骂他笨，别人都跑得脱，为何单单你这死猪跑不脱？他心里有气，谁也没想到，平常老实巴交的人，却干出了这惊天血案。后来据他交代，他本是想扎一刀就跑，并没想要人的命。事发后，他并没有表现出积极的认罪态度，而是认为城管该杀。当他得知被害人是刚毕业的大学生，特别是得知被害人的母亲也曾经是小贩后，他蹲在地上号啕痛哭。他的态度转变了，他说他没有别的想法，只求速死。最大的愿望，是伏法前能见到儿子的大学录取通知书。小贩陈责我的情况被公布之后，网络上对他的同情之声又多了起来。因此，要求严惩凶手的声音渐渐没那么激烈了，而道正律师事务所的律师韦工之认为，小贩陈责我并不是事件的元凶，元凶应该是我们这个社会。韦工之律师还宣布，他将为小贩陈责我提供法律援助。而另外一个

人 罪　**5**

事实，却被城管部门隐瞒了起来。小贩陈责我在案发前两天，曾到城管队讨要他的三轮车，遭到了城管队员们的羞辱，几个城管员轮流扇了他耳光，还将他绑在烈日下晒了一个小时，并扬言让他滚出这城市，否则见一次打一次。小贩陈责我后来只求速死，在受审时并未提及这一节，甚至对他的律师也没有提起。

案子就这么个情况。审理起来不会有太多的意外与难度。凶手认罪态度虽好，但没有可供减刑的情节。社会上虽然有对凶手酌情轻判的呼声，但城管局要求严惩凶手的呼声更高。作为本案的主审法官，只要依法办案，择日开庭，然后根据控辩双方的证据，依法量刑，本不成为什么烦扰。但这案子，对于法官陈责我来说，却是天大的烦恼。因为在二十年前，他曾经犯下的一桩罪孽与这案子关系密切。自从这案子出来后，他就悬着一颗心，变得紧张而敏感，就像坐在随时会爆炸的火药桶上，他却想不出阻止爆炸的办法来。

自这案子被炒得沸沸扬扬后，法官陈责我的生活就被严重扰乱了。他谋得了一个学习机会，离开了一段时间。回来时，媒体有了新的兴奋点，这桩案子已然被人淡忘。本以为事情就这样过去了，没想到，公安结案，检察院提起公诉，法院居然指定他来主审这案子。他知道，并不是领导有意为难他，只是领导没有考虑他的感受。接到卷宗，他的头就开始痛。心事重重的他，本想找领导谈一谈，希望能换名法官来主审。他的理由自然是站得住脚的，作为法官，审一名和自己同名同姓的杀人犯，怎么着都觉得别扭，他相信领导会充分考虑他的感受。这些年来，他在法院工作尽职尽责，就像他的名字一样，认为责任在我，理当尽心。他自觉是名好法官，当年本科毕业，考研时他选了法学，而且考上了著名的学府。硕士毕业后，他成了法律工作者，到如今，成为区法院的法官。他时常扪心自问，觉得自己对得起胸前的这枚徽章。但是这次情况不一样了……他放下卷宗，拿起电话，想给领导打电话，看领导有没有时间。拿起电话，他想到了另外一个问题，这么多年来，他未曾见过小贩陈责我，小贩陈责我却未曾从他的脑海里消逝过。也许，他想，这案子由他来主审，在量刑时，小贩陈责我或许可判无期或者死缓，换一名法官，小贩陈责我也许会被判死刑。问题是，如果由他来主审……这案子虽淡出了公众视线，一旦开庭，定然再度成为公众关注的焦点，到时，他这个和案犯同名的主审法官，就有可能也成为公众的焦点……想到网上那神出鬼没的"人肉"，他感觉这手中的电话有千斤重。终于，他将电话放下，他告诉自己：每临大事有静气。这七个字，是舅舅送他的，他请了书法家将这七个字写了，就悬在办公桌后面的墙上。

法官陈责我点上一支烟，深吸了一口。他是区法院著名的烟枪。二十年前，刚走进大学的陈责我，开始了他的吸烟生涯。大一……法官陈责我站在窗边，深吸一口烟，看着窗外。窗外是热闹而繁华的都市，阳光耀眼，他站在阴凉的办公室看着外面的世界。他知道，此刻，就在下面的街道上，还有无数小贩陈责我、打工仔陈责我、农民工陈责我……他们在街头讨生活，在工厂的流水线上讨生活，在建筑工地挥汗如雨讨生活……而他，法官陈责我，却站在这蓝色的玻璃幕墙后面，吹着空调吸着烟，如同看一个与己无关的世界一样，看着这苦难众生。法官陈责我的内心涌起了不安。他也是农民的儿子，许多年前，如果不是一纸录取通知书将他送进大学，然后考研，现在，他将是那烈日下苦难众生中的一员。如果事情只是这样简单，一切还好办，他可以站在这里，发一些感慨，然后本着一名法官的良知秉公办案，做一名优秀的法官，并对这苦难众生保持应有的悲悯与同情。法官陈责我接连吸了两支烟。他想到了在家乡的舅舅。他想，现在，他应该做的，是保持冷静。在法官陈责我四十岁的生命中，如果说要选一个对他影响最深远的人，一定是他的舅舅。法官陈责我曾经对舅舅说过：生我者父母，育我者舅舅。

法官陈责我的舅舅陈庚银教了一辈子书，他教过小学，初中，高中，当过初级中学的校长，也当过高级中学的校长，后来在县第一中学校长位置上退休。陈庚银育人多矣！他教过的学生，有在北京当高官的，有成为亿万富豪的，有科学家，也有文学家，当然，还有更多默默无闻的小民百姓。他不苟言笑，作风正派，为人师表。在他六十岁生日，也就是他离任县一中校长退休享清福的那年，一位在深圳经营集团公司的学生李总，回县城给陈庚银办了个"陈庚银先生投身教育四十年恳谈会"，并捐出了一笔钱，在县一中设了"陈庚银奖学金"，企业家每年拿出二十万元奖励那些寒门学子。李总这样做的原因，是他这个曾经的寒门学子，当年因成绩不好被老师看不起时，陈庚银鼓励了他。那次恳谈会，陈门弟子，有头有脸的来了数十号。陈庚银无意官场，两袖清风。这是他给人的印象。在法官陈责我的童年，舅舅就是他的偶像，是一个无所不能的人，他家遇到难题，小到揭不开锅，大到没钱上学，父母亲首先想到的就是找舅舅解决。

如今，退休在家的陈庚银，生活过得云淡风轻，比神仙还快活。每天和几个老朋友写诗填词，相互唱和。这些唱和的诗词发表在省内省外、国内国外的一些汉诗杂志上。他因此还结交了一些国外的诗友，日本的，美国的，新加坡的……还应邀参加过一些国际国内的汉诗会议。他的晚年生活丰富多彩。他育有一子一女，子女都在北京工作，是很有前途的官员。子女接他们老两口去北京生活，他们去住了两个月，死活不住了，说受不了北京的空气。他有时间就带着老伴四处采风，退休这些年，走遍大江南北，每到一处，总有学生鞍前马后接待陪伴。刚退休时的失落与空虚，很快被另一种自由自在的快乐所代替。他被学生尊敬，每每斯时，他会感慨万千：桃李无言，下自成蹊。在退休前，他并未觉得自己是个多么成功的老师，可退休后，他真切感受到了。那次恳谈会上，他的学生们动情地回忆起过往岁月中老师对他们的关爱，而他，却差不多都忘了。事后他对老伴说，当初他也只是尽了老师的本分，并未给过这些学生什么特殊的关爱，如果有，无非是夸某个学生的作文写得好，拿到班上念了，作了范文，这学生日后成了作家，就认作他是人生路上的伯乐了；某个学生成绩并不好，他依旧鼓励了，安慰说条条大路通罗马，上不了大学一样可以成材，结果，这学生闯广东，成了大企业家，就记得老师的恩情……都是这样的点点滴滴。这已被他遗忘了的点滴，汇集在一起，就将陈庚银作为一名教师的崇高形象给描画了出来。在那之前，他心里还是有隐痛的，那是他心头的一根刺，他尽量不去触碰他。退休后，弟子们对他的礼遇，让他渐渐忘了那根刺的存在。也许是老了，老了，许多的事就忘了。如果不是外甥的一个电话，他差不多真的忘记了。法官陈责我在电话里问舅舅身体好吗？退休后开心快乐吗？什么时候再来南方走走？……

这个外甥，和他的儿女一样，是陈庚银的骄傲。陈庚银兄妹二人，本来都是城里人。"文革"期间，妹妹陈春梅响应号召，热情如火上山下乡，投身到社会主义新农村的建设中去。妹妹那时是真心扎根新农村，自愿接受劳动人民再教育的。为了表明决心之坚定，她不顾陈庚银的反对，义无反顾地嫁给了她下乡的生产队一个赵姓小伙子。小伙子长得好，浓眉大眼，憨厚老实。婚后没多久，妹妹生了个女儿，隔一年，生了儿子，取名赵城。后来，知青陆续回城了，他妹妹却永远扎根在了农村。后来的漫长岁月中，陈春梅的人生目标就是逃离农村。她对农村的反感，就像当初她对农村的热爱一样真切而炽热。这让她那老实的农民丈夫很是不满，夫妻二人渐渐冷漠，大吵三六九，小吵天天有。离婚在那个时代几乎是不可能的事，于是，陈春梅渐渐接受了这人生的现实，将梦想寄托在儿子赵城身上。在那时，农家子弟跳农门唯一出路是高考，于是，赵城从小就知道他是肩负重任的，他不可能留在农村，他要读书，上大学，成为城里人。赵城上高中时，他舅舅在县一中当教务主任。母亲将赵城交给了他舅舅，对他舅舅说，孩子交给你了，无论如何，得让他上大学。赵城读书用功，成绩也好。舅舅亲自监督他的学习，老师知道他是主任的外甥，也是格外关照。赵城读高二那年，他母亲得了肺病，吐血吐得厉害。赵城回家看望母亲，母亲很生气，不让他在身边，让他回到学校去。母亲说你要真有孝心，就拿着北大清华的录取通知书给我看。赵城读高三时，母亲的病越发重了。赵城高考时，母亲住在县医院。赵城心里牵挂母亲，没法用心读书，高考放榜，他落榜。

陈庚银很长时间不敢把这结果告诉妹妹，害怕妹妹接受不了，给她的病情雪上加霜。但妹妹却猜到了。妹妹猜到了，并不甘心，她对陈庚银说，我不管，你给我想办法。陈庚银看着妹妹，答应说他去想办法。陈庚银想到了办法。他压下了一个叫陈责我的孩子的录取通知书。他了解到，这个陈责我家里穷得叮当响，祖宗八辈都是农民。他本来想选一个赵姓学生，这样，孩子将来虽然改了名，却不用改姓。但这年考上的赵姓学生就一个，那学生有亲戚在政府公干，他没敢动，就选了这姓陈的，将来外甥不姓赵，姓陈，随母亲姓，也说得过去。他动用关系，将外甥赵城变成了陈责我。那会儿，户籍管理混乱，将外甥变身陈责我没费多大周折。妹妹看着录取通知书和儿子未来的身份证明，长长叹了一口气，拉着陈庚银的手，说，难为你了，孩子你帮我看好。妹妹就这样走了。陈庚银那时并未太多去想那个叫陈责我的孩子，没去想过那孩子未来会经历怎样的人生。他当时想的只是怎样将事情做得滴水不漏，神不知鬼不觉。当赵城接到陈责我的通知书和陈责我的身份证明时，茫然不知所措。舅舅对他说，陈责我家里穷，考上了没钱去读，舅舅给了他家一笔钱，他将这名额让了出来。

这事一晃过去二十年了，外甥变成陈责我去大学报到的那段时间，陈庚银提心吊胆的，一年过去了，两年过去了……四年过去后，已经变成陈责我的外甥大学毕业了，事情依然神不知鬼不觉，陈庚银这才放下心来，并且开始去打听那个真正的陈责我。他悄悄打听到，陈责我学了木匠，结了婚，小日子过得还成。于是，他心里就获得了安慰。外甥陈责我本科毕业后回到县城，和他有过一番长谈。外甥在感谢舅舅为他的人生做了重要铺垫时，也谈到了他的困惑与不安。他谈初到大学时的不适应，他在上大一时就得知了真相，那个陈责我并非如舅舅所说没钱上大学。他用了一年时间，才习惯了自己叫陈责我。他说他学会了抽烟，不敢与人交流，同学们都恋爱了，他不敢恋爱。他说他经常会梦见那个陈责我……他的痛苦，让舅舅心情格外沉重。舅舅安慰他不要东想西想，工作了就好。但外甥说他不想工作，他想考研，他要自己考一次，这样才会求得心安。舅舅支持他，不仅是精神上，还有经济上。法官陈责我的大学和研究生的学业，都是舅舅资助完成的。外甥成功了，考上了名牌大学法学专业的研究生。后来，外甥的人生一帆风顺，结婚，生子，当法官。他知道，外甥已经淡忘了过去，这让他甚感欣慰。

陈庚银没有想到，在他安享晚年时，会接到这个电话。他听外甥在电话里问了一大堆无关紧要的问题，就知道外甥一定是有重要的事，于是问有什么事。法官陈责我沉默了许久，终于将小贩陈责我的案子大致说了，也说了社会上的关注与反应。陈庚银沉默了许久，问法官陈责我有什么想法。法官陈责我说他想主审，这样，合议庭他可以说上话，裁定时可以量刑轻点。他说这个案子裁定死刑和死缓都是说得通的。法官陈责我说这样也算他在赎罪了。陈庚银让外甥继续说。法官陈责我说，可是这案子太敏感，到时肯定有许多媒体旁听。我这法官陈责我，主审凶犯陈责我，肯定会被媒体当作新闻焦点，我怕……

陈庚银沉默了。许久，陈庚银说，你现在的一切来之不易。舅舅老了，退休了。你表哥表姐，都是有身份、有地位的人……再说了，杀人偿命，欠债还钱，这是天经地义的事……

法官陈责我说，我明白了。舅舅，您保重身体。

挂了电话，陈庚银许久未回过神来，他发现，手心里全是汗水，胳膊软得提不起一丝劲，两条腿也发软。软在沙发上，摸出一块糖含在嘴里。缓过来后，陈庚银决定去乡下一趟，他要去看看那个凶犯陈责我的家。知己知彼，百战不殆。他隐约有不好的预感，有了害怕。这害怕，甚至比当年掉包时还来得强烈。

陈庚银次日就去了青山镇。青山镇镇委书记是他的学生，若在往日，陈庚银去青山镇，定会先给书记电话。这次他谁也没有告诉，甚至连老伴也不知道他去了青山镇，只说出去会个朋友。陈庚银租了辆车，来到了三十公里外的青山镇。他知道陈责我的家在青山镇的烟村。许多年前，他将自己的外甥变成陈责我后，曾悄悄来过这里，他甚至远远地注视过陈责我。那时的陈责我已经从高考失利中走出来，他接受了这一现实，正在学木匠。当时，陈庚银只是远远地看着陈责我，这个学生他是熟悉的，品学兼优，成绩不算年级最好的，但也在前三十名之列，以当时县一中的教学水准，这样的成绩，只要临考发挥正常，上大学是没有问题的。当时的陈庚银听说陈责我在专心学木匠，心头那不安平静了许多。"神不知，鬼不觉。"他想。从此，他再没有来过烟村。此番前来，转眼二十年过去了，当年正值盛年的陈庚银，如今已是一头霜白。走近烟村，心里的胆怯与不安却愈发强烈。他想凭记忆找到陈责我的家，但眼前的景象，没有丝毫记忆中的样子。司机问了路，先是寻到烟村，再问陈责我的家。本以为不好打听，这么大个村子，这样一个不起眼的小人物。在进烟村的路口边有座桥，桥头有个小市集，一家店前的凉棚里，几个老人在打麻将。陈庚银让司机停车，他下去打听陈责我的家，不想老人们个个知道陈责我，知道他杀了人。见陈庚银似干部模样，就问陈庚银找陈责我什么事。

您老是陈责我的亲戚吗？

陈庚银说不是不是，受朋友之托来他家看看。打牌的都停下了手中的牌，说，您是为陈责我的官司来的？您是市里的干部？陈庚银说，我像个干部样子吗？老人说像，一看就像。陈庚银说，有干部出门坐出租车的么？老人说，你这叫微服私访！不论陈庚银怎样解释，村里人就认定了他是来微服私访的干部。硬拉了陈庚银坐下，他们都有话要对领导说。陈庚银就坐下，听人七嘴八舌说起陈责我来。说陈责我的家不用去啦，家里什么都没有，一家人都出门打工了，有个儿子在市一中读书，也不回家的，家门口都长了草。陈庚银就问陈责我村里再没有亲人么？有人就说至亲没有，叔伯亲戚倒有，也多在外打工。

这位领导，你说陈责我会被枪毙么？老人问。

陈庚银说这个不清楚，要看法院怎么判。

你是领导，能给法院说说么？陈责我是好人呢，打小就是好孩子，心软得很，杀鸡都未曾杀过，怎么就狠下心来杀人了？

还不是被逼的。你说他这样的人都杀人了，那得有多大的委屈。

我看陈责我死不了，要不领导怎么会下来微服私访呢？

一个老大爷，看上去是读过几年书的，说，要不我们写封请愿信，村里人都给摁上手印，求政府法外开恩，不要杀陈责我。

陈庚银的心里起了波澜。他想到依稀记忆中那个瘦小的学生陈责我。他想，也许，是要对外甥说一说，能保陈责我不死，就力保吧。正这样想着，一个老人压低了嗓音，说，这个领导，我还有一桩秘密。陈庚银问什么秘密。那老人说，我们村里人都晓得，陈责我这娃儿，是很会读书的，听说，当时他是考上了大学的，结果名额被别人给霸占去了。老人的话一出口，陈庚银的胳膊开始发抖，两条腿软得不行。他忙从口袋里掏出了一块糖含在嘴里。陈庚银有低血糖的毛病，平时饿过头了就爱犯，有时激动了，害怕了，突然受刺激了，都会犯低血糖。含了一块糖，缓过来了一点。说话的声音打颤，好不容易稳定了情绪。老人们说领导你这是怎么啦。陈庚银说老毛病，低血糖。就有人去倒了一杯开水给陈庚银喝。陈庚银见那开水杯黑乎乎的，沾满了一层油垢，接过放在一边，没有喝。说，无凭无据的事，可不能瞎传。老人就说凭据是没有，只是有人这样传言。陈庚银说，不信谣，不传谣。老人说是的是的。老人们的话题，就从陈庚银的身上，扯到了村里的化工厂，说化工厂开到了家门口，过去湖里的水能直接喝，现在连鱼都不长了，让领导一定要过问。陈庚银听他们说，心里却是乱七八糟。真是没有不透风的墙，只说当年那事做得神不知鬼不觉，怎么村里有这样的传言？越发不安起来，问清了陈责我的家，一个老人说，说得再清楚你也是找不到的，我给你带路吧。陈庚银表示了感谢，请那老人上了车，在老人的带领下，去了陈责我的家。路虽不远，果然不好找，东拐西弯，到一个路口，车再没法走了。老人带陈庚银从小路走，路两边全是齐腰深的艾蒿，一人多高的苦竹，把路封得只有一点缝。走了足有二百米，才到陈责我的家门口。三间平房，屋顶已塌了，门前的稻场上长满黄芦苦竹，邻居家的一群鸡，扑楞楞乱蹿，然后发出惊恐的叫声。带路的老人说黄鼠狼都成精了。陈庚银在陈责我的家门口待了一会儿，到门前的走廊，从门缝和窗户里往里瞄，堂屋里乱七八糟堆了些农具，房间里只有一张床，积了厚厚的尘土，看来是久未住人。陈庚银说他家不是有个儿子在读书么，也不回来的？老人说，他儿子叫个陈一飞，在一中读书，放假就去他参那里打短工，几年没见他们了。陈庚银心里说不出的苦涩与惶恐。离开烟村时，陈庚银想，若不是给外甥掉了包，现在，坐在人城市办公室里的该是这个陈责我，而家徒四壁外出打工的该是现在的法官陈责我了。

回城时一路无语，闭目坐在车上，脑子里想着的是现在该怎么办？是帮陈责我一把还是不帮。要帮，又该怎么帮，要不帮……哎！陈庚银长叹一声，要不帮，陈庚银想，也许就不该多此一举来烟村。眼不见，心不烦，也没这么多不安。但又一想，来还是有收获的，烟村人居然传言陈责我高考被人掉了包，是村里人的猜测，还是听到了什么风声？若是猜测还好，若是听到风声，那风声又从何而来呢？他开始回想当年办事的经过，当年他是教务主任，他确信，在他之前，没有人看到过陈责我的录取通知书。问题出在什么环节呢？给外甥办假户籍证明时漏了风？那时户籍管理混乱，他只是求了在派出所的朋友就给办妥了，那朋友和他也是有交情的，而且拿了他的好处，断不会朝外说。何况，那朋友死了几年了，如今死无对证。理不出头绪来，胡思乱想间，车进了城区，经过市一中门口，陈庚银想到了陈责我的儿子陈一飞，他下车，让司机走了，他去找现任的校长。现任校长也是他的学生，大学毕业后回校任教，在陈庚银一手栽培下，四十岁就坐到了本市第一中学校长的位置。见到老校长突然来到，现任校长慌得又是让座又是倒茶。闲聊几句，现任校长就问老师怎么突然来了，有什么事吗？陈庚银说也没什么事就是来看看，又问到"陈庚银奖学金"今年准备给哪些人。现任校长说名单还没有定下来，定下来了，和往年一样，是定会将名单和资料都报给老校长审阅的。陈庚银笑笑说他都退休了，不在其位不谋其政的。现任校长说一定要请老校长审阅的，没有老校长，就没有这份奖学金，每年拿到奖学金的孩子，一辈子都忘不了您的恩情。陈庚银想着，要不要问问陈一飞的事，不问，心里不安，问了，又恐节外生枝。现任校长看出老师来是有事的，就问老师还有什么指示。陈庚银想了想，说有个学生叫陈一飞的，不知你熟不熟。现任校长一脸不安，以为这学生是老校长的亲戚，解释说学生太多。陈庚银说他只是随便问问。听说这孩子的父亲出了事，在南方，杀了人。现任校长拿起电话，将教务主任叫了过来。主任见老校长在，免不了一番问好。现任校长就问陈一飞是哪个班，主任说是高三（五）班。现任校长说你把五班的班主任叫来。一会儿，班主任来了，打过招呼，现任校长问起陈一飞的情况。班主任叹一口气，说，这孩子成绩好，也用功，在年级五百学生里，能排前三十。以我们学校往年的高考情况来看，不出意外，能上一本。可惜，他爸出事了，他的成绩掉下去了不少。上次模拟考试，掉到年级一百多名了。老校长，您要不要见见这个孩子？陈庚银说不用了，别打扰孩子，他也是听说了这事，今天路过学校，就进来问一问。班主任走后，陈庚银对现任校长说，今年的头等奖学金，考虑一下这孩子。八千块钱，也许帮不了这孩子什么，但对他是个安慰与鼓励。现任校长说老校长的指示一定坚决执行。陈庚银说，不是指示，只是建议，这孩子与我无亲无故的，我只是觉得，我们的奖学金，不能只奖励学习最拔尖的孩子，也要扶持家庭困难的孩子。

离开学校，陈庚银没有打车，他缓缓往回走。办了这件事，心里的不安略略减轻了两成。想，如果这孩子今年考不上，明年复读的费用，得想办法给他解决。若是上了大学，需要资助，到时给"陈庚银奖学金"的出资人李总打个电话，让他资助一下。这样一想，心里的不安又减轻了三成。回到家，给法官陈责我打电话，问说话方便不。法官陈责我说方便。陈庚银就将他这天办的事简明扼要地说了，归结为三点，一是小贩陈责我的家境困难；

二是烟村有关于顶包的传言，要小心；第三点，他决定给小贩陈责我的儿子一等奖学金，并让李总资助他上完大学，虽然他们当初有错在先，但现在这样补救，也是仁至义尽了，让外甥不要有什么心理上的负担。至于如何选择，陈庚银说，你自己看着办吧。

但这看着办却最是为难。在给舅舅打电话的时候，法官陈责我其实已有了选择。只是，他对自己的选择有些不安，希望给舅舅的电话，能为自己找到一些缓解不安的借口。现在，他有了这借口，虽则不那么充分。整件事，舅舅是直接责任人，他这个法官是受益者。舅舅完全是为了他才这样做的，如果事情曝光，舅舅的晚年将不可避免受到巨大影响，舅舅的儿女都是有身份的人，仕途顺风顺水，前程不可限量，人要知恩报恩，断不可因此就出卖了舅舅。"我不入地狱谁入地狱！"法官陈责我突然想到这句话，觉得自己的选择很有些悲壮。但他又清醒地意识到，这样的悲壮，若换了小贩陈责我的角度来看，是多么的罪恶与虚伪。"难得糊涂。"他又想到了一句古训。何况，就算他主审，一切还是以事实为依据，以法律为准绳，未必就能给小贩陈责我最轻的量刑。站在受害者吴用家属的角度来看，若他将小贩陈责我轻判了，那又是另一种的不公。何况……他又想到了一个何况，何况舅舅已决定了给小贩陈责我的儿子奖学金，还要资助他读完大学。"仁至义尽。"他想到了舅舅用的词。

我不入地狱谁入地狱。

难得糊涂。

仁至义尽。

这三个理由，让他的心安定了不少。紧锁的愁眉终于舒展了。想到今天下午四点，要去参加儿子赵天一的家长会。

家长会从来都是妻子杜梅去参加的，陈责我从未去过，他甚至不清楚儿子读小学一年级几班。妻子出差了，今天下午的航班回，赶不上家长会。法官陈责我本不想参加的，但儿子听说没有家长去开会，眼泪就出来了。法官陈责我心软了，说参加，怎么不参加？儿子听说爸爸要参加他的家长会，兴奋得跳了起来。儿子说坐在他前面的刘诗诗总说她老爸是最帅的，他不服，说他爸才是最帅的。上次家长会，两人就约好了，都让爸爸来参加，比比谁的爸爸更帅。但上次法官陈责我没去，刘诗诗就羞了赵天一，说赵天一爸是害怕比不过才不敢来的。"这次，一定要让刘诗诗知道我老爸才是最帅的。"赵天一说。法官陈责我揉着儿子的头发，笑着说，这么小就知道拼爹。人家拼谁爹有本事，你们倒好，拼谁爹长得帅。儿子说拼谁的爹有本事咱拼不过人家。这一说，法官陈责我倒无语了。儿子就读的小学，是本市最好的小学，非学段生要进这学校，插班费已涨到十万了。儿子同学的爹们高官大款如云，他一个小小的副处长算得了什么。

法官陈责我三十一岁才有这孩子。三十一岁的男子，在城里并不能算大龄，但若是在老家，却实在的不小了。陈责我将儿子看得宝贝。不能让儿子输在起跑线上。他这样对妻子杜梅说。杜梅并不这样看，杜梅认为，孩子的童年就该快快乐乐，无拘无束。杜梅反对给儿子报这个班那个班。在这一点上，两人的观念是截然相反的，但谁也说服不了谁。妻子在城里长大，家境优沃，大学毕业后出国留学，回国后分配进报社，年龄比陈责我小，但两年前就当上了报社社会新闻部的主任。论知名度，她是名记。论级别，她是正处。杜梅的人生到目前为止顺风顺水，她的成长环境，注定了她无法理解陈责我这样的农家子弟跳出农门的艰辛。何况，法官陈责我是通过非法手段获取的这一切，而这一切，已成为压在他心头的一块巨石，压得他喘不过气来，却又不能对人言明。他对杜梅说人生好比爬山，有的人生来就坐在山顶了，有人是从山半腰开始爬，但还有更多的人，是从山沟沟里开始往上爬的。杜梅反驳说人生为什么是爬山？人生为什么一定要爬到山顶？就在山沟沟里待着不也是很好？山沟沟里有山沟沟里的风景。人生重要的是过程。法官陈责我说，你这是站着说话不腰疼，什么时候，你去山沟沟里生活一段时间就知道了。杜梅的理念，是让儿子心智健全地发展，快乐健康是第一位的。而法官陈责我，却希望儿子将来能出人头地。法官陈责我有一句话，没敢对杜梅讲，他想说，他这辈子，靠不能见光的手段获得了所谓的成功，他希望儿子靠自己的努力获得他应有的一切。

法官陈责我提前下班，到儿子就读的学校开家长会。先找到了一年级的教室，然后向老师打听，问赵天一同学在哪个班。老师说，你是来参加家长会的吗？法官陈责我说是。老师脸上现出了鄙夷，说，孩子上几班都不知道？法官陈责我的脸上就露出了不安，说工作忙，每次都是他妈妈来参加的。老师告诉了他，一年级（三）班。法官陈责我找到了一年级（三）班，家长会还没有开始，班里已经坐了不少家长，都搬了个小板凳，坐在孩子的课桌边。法官陈责我进去，还在寻找儿子，儿子早看见他了，跳起来喊，老爸，我在这里。法官陈责我走到儿子身边。儿子大声喊，刘诗诗，我爸来了。叫刘诗诗的女生，呶着骄傲的小嘴，看着法官陈责我，一脸不屑，说，你爸这么瘦，才没我爸帅呢。赵天一说，一会儿你爸来了，让大家评评，看谁的爸帅。法官陈责我摸着儿子的头，脸上青一阵红一阵的，说哪有你这样的，你们要比谁的学习成绩好。正说着，刘诗诗跳了起来。从门口进来一位男人，刘诗诗对赵天一说，哼，我爸来了。法官陈责我一见，心里扑通就乱了。刘诗诗的爸爸过来牵了女儿的手。见了陈责我，笑眯眯地说，责我，你也来开家长会呀。法官陈责我说，刘庭，这是您的女儿呀！真可爱。又说您还亲自来参加家长会呀。刘庭长说女儿下了命令，说今天要和同学比看谁的爸帅，不敢不来。刘诗诗就说，爸，他就是赵天一的爸，就是他要和你比谁更帅。刘庭呵呵笑了起来。说当然是他帅啦。法官陈责我红着脸说，刘庭……刘庭长说，责我啊，来这里，我们只有一个身份，孩子的家长。又说，你姓陈，孩子倒姓赵呢？随他妈妈姓吗？我记得，你爱人叫杜梅，是南国日报的大记者嘛。法官陈责我惶然道，我随母亲姓的，到孩子这一辈，又随我父亲姓了。正说着话，老师进来了。两人都端坐，听老师讲话。

一堂家长会下来，外面已是暮色四起。法官陈责我和刘庭长打了招呼，随刘庭长后面出了学校。在回家的车上，儿子不高兴了，说明明你比刘诗诗的爸爸长得帅。法官陈责我说做人要低调一点嘛，谦虚是美德。回到家，杜梅刚到家没多会儿，保姆已做好了饭在等。法官陈责我问了杜梅采访是否顺利。法官陈责我心疼妻子，说你都是主任了，这样的新闻，下面的年轻记者去跑就是。杜梅说她是带了年轻记者去的，但这样重大的选题，她还是想到一线。法官陈责我说，我是担心你的安全。老公的担心，让杜梅心里觉得很温暖。两人当年认识也是因为工作，当时是法官陈责我第一次当主审法官，那桩案子在社会上引起的争议不小。杜梅那时是报社社会新闻部的首席记者，来旁听庭审，并采访了法官陈责我。就这样，他们有了联系。应该说，是杜梅主动约法官陈责我的，约了两次，杜梅对法官陈责我说，事不过三，我约你两次，下次该你约我了。第三次，是法官陈责我约的杜梅。他们见面，谈得最多的，是对社会热点问题的看法。杜梅长期跑社会新闻，见多了底层人的不易与艰辛，这些，是她之前的人生所未曾经历的。她出生在干部家庭，父母都在政府部门工作，母亲职务不高，在处长的位置上退休，父亲如今还是在职的正厅。杜梅从前知道民生多艰大多来自于书本，没想到，社会的现实远远超出她的想象。她因此总是饱含激情，为那受侮辱受损伤者鼓与呼。她的情感立场，与来自农家的法官陈责我很是相投。法官陈责我因为自身背负了这不为人知的罪恶，一直努力做一名好法官。两人交往越多，越觉得意气相投，后来变成了相爱。他们的恋情公开后，法官陈责我第一次去见未来的岳父母。杜梅的母亲不同意女儿嫁个乡下来的，杜梅的父亲问杜梅喜欢陈责我什么。杜梅的父亲认为法官陈责我过于拘谨，不是个成大事的人。杜梅对父亲说，她看中法官陈责我身上有一种少见的赎罪意识。她对父亲说，中国人很少有原罪感，而法官陈责我的身上有。她因此认为，这是个深沉的人，是个有情怀的人，值得她去爱。杜梅的父亲让杜梅举例说明，杜梅就举了个例子。当时她采访了一则新闻，有位老人在路边晕倒了，来往经过的路人，没有一个人施以援手，哪怕是打电话报警或者叫120。后来，老人就这样错过了救治的时机，死了。杜梅在她主持的版面上展开了大讨论，许多学者、名人和普通百姓，通过她主持的这个平台，纷纷指责那些冷漠者。杜梅当时也采访了法官陈责我，问他对此有什么看法。法官陈责我却认为，那些冷漠的路人虽然不可原谅，但谁也没有权力去指责他们，因为我们每个人都有可能成为那冷漠路人中的一员，我们没有理由将自己撇在一边，站在道德的高度去指责别人，我们无非是道德上的运气比那些路人好了一点而已。杜梅对父亲说，她很为陈责我的观点而震撼。之前，她一直以为，如果自己是那个路人，定会施以援手的。可是法官陈责我告诉她，她的这种以为只是一种假设。她对父亲说，陈责我推荐她看了美国哲学家杜威的《人的问题》，这本书里，就有关于"道理的运气"的论述。杜梅的父亲看着女儿在叙述这些时脸上飞扬的骄傲，知道女儿是深爱上了这个男人，他说他尊重女儿的选择。

严格来说，这是法官陈责我的初恋。大学期间，他不敢恋爱，总觉得自己是个小偷，偷了别人的东西，害怕东窗事发，因此将自己封闭了起来。研究生时，他努力学习，想摆脱小偷的阴影。直到杜梅出现，杜梅的主动，让他品尝到了恋爱的感觉，组成家庭后，他才渐渐将过去的历史淡忘。父亲在他读研时去世，家乡除了舅舅，再没有至亲的人。杜梅在婚后，随法官陈责我去过一次他的故乡，那是在清明，去给法官陈责我的父母扫墓。法官陈责我衣锦荣归，叔伯亲戚们轮流请他们吃饭。杜梅奇怪，问法官陈责我的叔伯们怎么都姓赵。法官陈责我解释，说他是随母亲姓的。之后，法官陈责我再没回过故乡。他不敢回故乡，他了解杜梅，这现实社会少有的理想主义者，法官陈责我不敢想，如果杜梅知道了他的过去，会有怎样的后果。

　　越是害怕鬼越出鬼。吃饭时，杜梅突然问起了小贩陈责我的杀人案，她听说检察院已经提起公诉了，问这案子哪个法官主审，什么时候开庭，她到时好跟进。法官陈责我含混地说具体情况不太清楚。又说，你呀，吃饭都在谈工作。跑了几天不累吗？我给你说桩好玩的事。于是说了儿子带着他和同学拼爹的事。杜梅笑出了眼泪。但法官陈责我并未能将话题扯开。杜梅笑过后，又问到了小贩陈责我杀人案。法官陈责我说这样的案子多如牛毛，事情过去这么久了，你干吗纠缠这事不放。杜梅认真地说，你这样说，那我可得给你这大法官上课了。这些年，有多少新闻，刚出来时，全国媒体一窝蜂报道，一阵风后，人们不再关心，媒体不再关注，于是成了烂尾新闻，那些案子淡出人们的视线，不了了之。我对同事说，与其抓许多新闻又让它烂尾，不如一条新闻跟到底。法官陈责我说，我说不过你。杜梅说，你是说不过理，道理的理。又说，再说了，这桩新闻，我更无法回避。那个杀人小贩，居然和你同名同姓，又是来自一个县，看到他，我总想到你。你们都是从农村出来的，你因为读书改变了命运，如果你没考上大学，也许他的命运，就是你的命运。我觉得，从这个角度，也可将这新闻深挖一下。

　　这话听得法官陈责我背后冷汗直冒，好在杜梅没有继续这个话题。

　　次日上班，法官陈责我去找院长，他对院长说明来意。他说作为一名法官，坐在上面审一个和自己同名同姓的人，心里总觉得怪怪的。院长表示理解，但能否另换法官，也不是他一句话的事，要党组开会商定。法官陈责我说这案子到时肯定有许多媒体关注，他是怕到时，媒体发现法官陈责我主审杀人凶犯陈责我，然后用来做新闻，把一桩严肃的事情弄成娱乐新闻。法官陈责我说，再说了，我和那个陈责我是同乡，怕到时有人说闲话。院长安慰说身正不怕影子斜，同名同姓的人多了。院长举例说明，说就拿他的名字张军来讲，全国没有一万个张军也有八千，咱们法院就判过叫张军的死刑犯，同乡人就更多了，又不是直系亲属，你害怕什么呢。院长盯着法官陈责我，法官陈责我感觉院长的目光前所未有的锐利，仿佛能穿透他的内心。法官陈责我慌忙说他自然不怕什么，只是不想给法院惹事。院长说他会提出来议一议，但他对法官陈责我办案挑肥拣瘦有些不满。法官陈责我见领导这样，也不敢再说什么。本来，这样的事，也不是大事，只要和领导沟通好，理由说得过去，换一下也是无可无不可的。法官陈责我没想到，这样一桩在平时并不难办的事，却遇到了麻烦，快下班时，院长打电话给法官陈责我，说上午开会时，把这事拿来议了，几位领导都说没这个必要，而且每个法官手上都有一大堆案子。法官陈责我感觉到前途一片黑暗。他想不明白，这么小一桩事，院长为何要驳他面子。抽了两支烟，他想明白了，这主审法官不好当，一方面，这案子社会关注度高，民意摆在那里，而另一方面，城管部门的压力也在那里。既然这案子已经到了他手上，又没有要回避的理由，自然就没必要换人主审了。法官陈责我调阅了小贩陈责我凶杀案的卷宗。可他怎么也集中不了精力去看。看到那一页页按着红色手印的口供，他的脑子里浮现出来的，却是自己戴了手铐接受审问的情形。

　　法官陈责我从卷宗中拿出小贩陈责我的照片，那照片是在预审时留下的。一张正面照，一张左侧照，一张右侧照，背景布上还标有身高。法官陈责我看着小贩陈责我，那是一个黑瘦的男人，眼窝深陷，胡子拉碴，看上去一点儿也不像四十岁的人，倒像是六十有余了。这样的脸，法官陈责我是无比熟悉的。这是一张典型的中国农民的脸，在他的家乡，他的堂兄弟们，他的叔叔伯伯们，都有一张这样的脸；他的父亲，也曾经拥有过这样一张脸。脸上写着贫穷与艰辛，却又有着铁一样的坚硬。但这张脸，又是法官陈责我陌生的脸。他试图从这张脸上，回想起当年同学时的情形。当初，小贩陈责我读一班。一班是快班，也就是现在学校常设的重点班，快班集中的是学习成绩最优秀的孩子，也是老师们为了高考升学而精心打造的集体。而如今的法官陈责我，当年的赵城，他的成绩按中考分数，离快班还是有点儿差距，读三班，是普通班。赵城的母亲曾求她哥陈庚银，让儿子进快班。但陈庚银说赵城去了快班跟不上，这样只会让他感到自卑，打击他的学习积极性，与其让他在快班里当最后一名，不如让他在一个普通班里名列前茅。这叫宁为鸡头，不做凤尾。虽然不在同一个班，三年高中，赵城和陈责我还是有过几次接触的。两人谈不上友谊，但这么多年来，当年的赵城，如今的法官陈责我，却一直记得当年那个清秀而寡言的陈责我，记得他和陈责我的几次为数不多的交往。最深刻的，当是高一那年，他们代表市一中去参加本地区六县市的中学生作文比赛，他们一起去了古城，看到了古城那如同长城一样的城墙。在比赛的前一天，他们几个来自一中的学生一起去逛公园，公园里马戏班子搭了大篷，据说一位气功大师要表演眼皮挑水。他们看了海报，都想进去看，但看一场要两毛钱，他和陈责我舍不得，没进去看。另外三位同学，每人掏了两毛钱去看，他和陈责我在外面等。两人都没说话，他坐在公园水边的一块石头上，陈责我坐在另外的一块石头上。他们等了二十分钟，进去看眼皮挑水的三位同学出来了。陈责我说不早了，回晚了老师该说了。于是五人往回走，一路上，看了眼皮挑水的同学，兴奋地描绘着眼皮挑水的气功如何神奇。在公园出口，又见到一群人围着看热闹，这次是不要钱的，五个同学都挤了进去看。原来是个十来岁的男孩，和一个看上去七八岁的女孩在表演，男孩右手拿一把尖刀，扎在自己的左手腕上，刀穿破手腕，鲜血四溢，脸上现出痛苦地表情。女孩拿出了一种粉状的药，迅速敷在男孩的手腕上，男孩抽出了刀，女孩拿一块手帕，将那受伤的手腕系好。女孩就拿了一个托盘，向看热闹的要钱。看热闹的转眼散得没几个人了，赵城和同学们要走，却见陈责我呆呆地站在那里。赵城拉他的手说咱们走。陈责我却突然从口袋里掏出了五毛钱，放在那女孩的托盘里。陈责我的眼里，泪水打着转。回去的路上，陈责我再没有说话。许多年来，曾经的赵城，现在的法官陈责我，经常回想起这一幕。在大学四年的无数个夜晚，大学生陈责我总会想起那个在乡下的陈责我，会想起陈责我眼里饱含着泪水的那一幕。读研时，研究生陈责我也会想起另外一个陈责我，那时，研究生陈责我已然想不起来他的同学陈责我的模样了，但那一双饱含泪水的眼，却依然那样的清晰，只要一闭上眼，他就能看到。后来，当法官陈责我在外面看到那些农民工时，也会偶尔想到陈责我，想到那已然模糊的形象，和那一双含着泪水的眼。如今，法官陈责我盯着手中的照片，那一双眼里再没有了泪花，也没有……那双眼，是那样的空洞，什么都没有。

茫然。只有茫然。

法官陈责我长叹了一口气。想，二十年过去了，他还能认出我来吗？如果改天在法庭相见，他是否会认出，穿着威严的法官袍，端坐在主审法官位上的那个人，是他当年的同学？如果他认出来了，他会说什么呢？也许他认不出来了。二十年，两个人的改变都太大了，如果在大街上遇见小贩陈责我，法官陈责我断然不会认出他来的。他不会认出我的。法官陈责我想。但是，他知道主审他的法官也叫陈责我，会一点儿都不起疑心吗？

法官陈责我盯着照片中的小贩陈责我的眼睛，他突然看见，照片中的陈责我眼珠子转动了一下，他眼里不再是茫然与空洞，而是射出了锐利的寒光。照片从手中跌落在办公桌上。许久他才确定，刚才是眼花了。他重新拿起了小贩陈责我的照片，盯着小贩陈责我的眼看。果然，照片中的陈责我，眼珠一动不动，就在他安心地将照片放进档案里的那一瞬，他发现，照片中的陈责我，嘴角突然泛起了一丝嘲讽，他甚至听到了冷冷的笑声。这一次，他强令自己镇定下来，再次死死盯着那照片，直到照片在他的手中老老实实，眼珠不转，嘴角不动，确定是一张没有生命的照片后，才将照片收进卷宗，将卷宗锁进档案柜。他又点上一支烟。无论如何，不能主审这案子，他想，二十年来担惊受怕，刻苦求学，努力工作才换来的这一切，不能付诸东流。他无法想象，成为小贩的陈责我经历过怎样的日子。但是，怎样才能推掉这案子呢？他陷入了苦思。他甚至想到了制造一次意外，比如车祸。可是谁又能保证，他能在车祸中恰到好处地受伤呢？

他还没有想到办法，杜梅却得知了这案子由他主审的消息。睡觉前，杜梅不满地说韦工之今天给她电话了。案子早定下来是你主审，为啥不说一声？杜梅问。法官陈责我说，这是我的工作，有必要对你一一汇报吗？杜梅盯着法官陈责我，看了足有十秒钟，像看陌生人。法官陈责我说你盯着我看什么。杜梅说你有事瞒着我。法官陈责我说我能有什么事瞒着你？我能有什么事瞒得住你这个以调查著称的大记者？杜梅说你越这样说，我越觉得你有事瞒着我。从恋爱到现在，你从来没有用这样的语气和我说过话。法官陈责我故作轻松地说，什么大事，不就是要由我主审这小贩杀人的案子吗，我本想今晚对你说的，没想你先知道消息了。杜梅还是那样盯着他，他却闭上了眼，将背给了杜梅。杜梅从刚才的强势转为了温柔，从背后轻轻环住法官陈责我，说，老公，有什么事，我们一起担。杜梅的温存，让法官陈责我的内心略略平静了一点。杜梅在法官陈责我的耳根处亲吻着，法官陈责我转过身，将妻子搂在怀里，说，我有点累，早点睡。话是这样说，却根本睡不着，脑子里翻江倒海。到了凌晨，见杜梅睡着了，法官陈责我悄悄起床，呆坐在客厅里，也不开灯，点了烟，一支接一支地抽。抽到第四支的时候，杜梅出现在了客厅，也没说话，只是坐在他身边，轻轻偎在他怀里。那一瞬间，法官陈责我有了一种患难夫妻的感觉。法官陈责我将余下的半支烟摁灭，说回去睡吧。杜梅说睡不着，就这样坐一会儿，挺好。又说，老公，不管你遇到什么难事，你要记得，我是你老婆，我们是一家人，我永远和你站在一起。

法官陈责我无言地搂着杜梅的肩。

杜梅意识到她老公遇到了棘手的事，但她并没有想到会是怎样的事。她心里所怀疑的，是法官陈责我遇到了另外的麻烦，比如收受贿赂被纪委盯上了。他所处的位置，本来就是有诸多诱惑的。但她很快就否定了。她知道，法官陈责我是个在物质上要求不高的人，他总是说现在的生活来之不易，很知足。不是经济问题，那么就是情感问题了。想到这里，杜梅的心里像打翻了五味瓶。她经常出差，加班做版到很晚，并不是个合格的妻子。想到这里，她越发觉得，事情会是出在这方面。这也是她最不能容忍的，她故意做出温柔的样子，希望以此来打败她假想中的情敌。她不知道，在她这样猜想时，法官陈责我却在想着，这件事要不要告诉杜梅。将真相告诉杜梅的冲动，在他们结婚后的这几年，一直折磨着法官陈责我。他害怕杜梅知道真相后离他而去，这害怕，让他心里紧绷了一根弦，绷得要断了，他快要崩溃了。他不止一次想，把真相说出来吧，然后让杜梅来选择。说出来了，他就不会这样难受了。他想，杜梅会原谅他的。但他很快又否定了这样的想法，觉得这是对杜梅的不公平，将压力转到杜梅的身上是自私的表现。他就一直在这样的犹豫中否定再否定。但每次，他最后的选择，都是继续瞒着杜梅。

杜梅在这天上午接到韦工之的电话。韦工之问杜梅这两天有没有时间，他想和杜梅见一面。杜梅问韦工之有什么事。韦工之嬉皮笑脸地说没事就不能请你这大记者吃饭么？我新发现了一家意大利餐厅，食物很可口，特别是比萨做得很有特色，又便宜，环境还好。韦工之还记得她大学时最喜欢吃比萨。杜梅问还约了谁。韦工之说请你一个不行么？不敢来，怕我吃了你？杜梅说不定谁吃了谁呢，只是今天要值班做版。韦工之就问明天晚上如何。杜梅说你真是想请我吗？有什么事？韦工之说他有料要给大记者报。于是就将这案子的事说了，说他已拿到了法庭寄出的开庭通知，这也就意味着，案件在十日内将开庭审理。韦工之还说，这案子的主审法官是陈责我。韦工之说有重要的事想和杜梅谈。她不知道韦工之究竟想和她谈什么。

韦工之是小贩陈责我的代理律师，自然是为了小贩陈责我的利益最大化。而作为一直跟踪这案子的记者，杜梅采访过小贩陈责我两次，每次采访，都给她留下了深刻印象。她总是觉得，这个人，和她的生命，有着某种说不清道不明的关系。她从来没有这样牵挂过她的采访对象。她甚至觉得，在这件事上，她的立场是有问题的。小贩陈责我固然有可怜之处，但站在受害者的角度，那可是一条年轻而鲜活的生命，是那个家庭两位老人全部的希望所在，还有吴用的未婚妻。后来她想，也许是因为，这个杀人凶手和她深爱的老公同名同姓，又来自同一个地方的缘故吧。但她又否定了这样的想法，小贩陈责我和她的爱人是两个世界的人，是完全不可类比的人。在她的记者生涯中，她采访过各种罪犯，也采访过数不清的底层人，但这个陈责我给她完全不一样的感觉。采访过他后，她就忘不了。她后来也去采访了受害者吴用的父母，还有吴用的未婚妻，看到吴用的未婚妻，想到她肚子里的孩子，同为女性的她，心底里升起无限的同情。但她却觉得，小贩陈责我是悲剧的制造者，同时也是一个更大的悲剧。

而谁才该为这悲剧负责？

是否消灭了小贩陈责我的肉体，就能还死者一个公道？

从这个意义上来说，她和韦工之，现在是有着共同目标的。但她对韦工之好不起来，她觉得，韦工之城府太深，满嘴没一句真话，让人捉摸不透。

杜梅和韦工之是大学同学，大学毕业后，杜梅出国，韦工之改了方向读研，成了律师。大学期间，韦工之是追过杜梅的，被拒绝后，马上改变目标，将杜梅的室友追到手了。这一点，也让杜梅很不能接受，觉得韦工之是在向她示威。这还是次要的，主要是杜梅觉得韦工之这人太能说了，她喜欢沉静的人，觉得男人要是太能说，就显得没分量。当然，这是她大学那会儿看人的标准，很难说这标准是对还是错。后来她成了记者，跑政法线，两人才再有了联系。韦工之是本城有名的大状，这有名，倒不是说韦工之在律师界有什么地位，而是这人特别能折腾，在媒体上出镜比较多，比如这次，他就是第一个站出来，要为小贩陈责我提供法律援助的律师，因此没少在报纸和电视上露面。

因业务关系，报纸有时要针对某件案件，采访一些法律界的专家，杜梅就会给韦工之电话。知道杜梅嫁了法官，韦工之曾约杜梅和法官陈责我一起出来吃饭。法官陈责我对韦工之的印象很不好。杜梅问为什么，杜梅说韦工之为弱势者提供法律援助，还是很了不起的，社会需要这样的人。法官陈责我冷笑，没有说为什么。只说，这样的人你还是少和他往来。杜梅认为是老公有偏见。但两人的来往，止于君子之交。想着这些往事，杜梅终于是入睡了。早上醒来时，法官陈责我已去上班，保姆也送儿子去学校了。洗漱时，杜梅发现，眼袋浮肿了起来，黑黑的，镜中的她，已然有了沧桑。从前并不爱化妆的她，现在不化妆就不能出门了。

韦工之约好中午开车到报社楼下接她，十一点四十分，韦工之的短信到了，说他的车到了报社楼下。杜梅简单补了下妆，黑眼圈依然是隐约可见。不管了，下楼。韦工之开一辆广本，候在了楼下。开国产车，在律师这一行里是少见的，显得有些寒酸，但和韦工之示人的形象还是比较契合的。见杜梅下来，开了前排的车门，盯杜梅看了一眼，看得杜梅心里乱，以为韦工之看到她的黑眼圈了。韦工之说，你越发漂亮了。明知韦工之嘴甜，心里却依然是高兴的，昨晚的不快就一扫而光了。韦工之说，知道你喜欢吃比萨，发现了一家店的比萨不错，就想到了你。杜梅说，这话你留着哄小姑娘吧。

并不远，几分钟的车程就到了。果然环境很清静，是杜梅喜欢的格调。吃什么倒是次要的，大学时，她喜欢吃比萨，现在，倒未见得还有这样的喜好了。知道韦工之约她，也不会真的是为了介绍美食。果然，在等候食物的时候，韦工之就谈到，说他昨天去见了他的当事人小贩陈责我。韦工之说完，喝一口苏打水，小眼针尖一样盯着杜梅。杜梅说你今天怎么了，看我的眼神怪怪的。比萨上来，韦工之没有回答杜梅的问话。说，你尝尝，是不是味道很特别。两人专心吃东西。一块比萨饼被消灭得差不多后，韦工之拿湿纸巾抹了嘴。显然，他是准备切入正题了。杜梅玩着手中的刀叉，反复切割着一小块比萨，等韦工之说话。韦工之说，我就不绕弯子了，昨天我见了我的当事人，陈责我。我告诉他，案子，马上要开庭了。你猜他怎么说？他说谢谢我为他辩护，但是他希望能获死刑。他说一想到那被他杀死的城管还那么年轻，比他儿子大不了几岁，他就觉得自己该死。杜梅说，我上次采访他时，他就这样说。韦工之说，可是我告诉他，他不会死，肯定不会死。因为，这次他案子的主审法官，也叫陈责我。韦工之说完，盯着杜梅。杜梅停下了手中的刀叉，抬头看着韦工之。韦工之说，我告诉陈责我，说这个审他的法官，不仅和他同名同姓，而且还是来自同一个县。杜梅的手忽然有些软。她想到了昨晚老公的反常。现在看着韦工之的眼睛，感觉韦工之是个老练的猎手，而她，是他无处可逃的猎物。

　　韦工之说，陈责我，当然，是我的当事人陈责我，听我这样说后，有那么一阵子，是显得很激动的。他的眼里，分明有火苗在跳跃，但是很快，他眼里的火苗又暗了下去。后来，我再问他什么，他都不回答了。韦工之说完，又喝了一口水。杜梅一言不发。过了好一会儿，韦工之说，你不想问我什么？杜梅说，问什么？韦工之说，没什么，我就是随便问问，这比萨饼怎么样，是不是很特别？杜梅说是很特别。韦工之用故作轻松的语气转移了话题，问杜梅平时爱看什么电视节目，他说有档相亲节目很火，他平时喜欢看。杜梅说她也看的，两人聊了几句相亲节目，杜梅说，要不你也报名去相亲节目，你这样的钻石王老五，一去肯定很受欢迎。韦工之说算了吧，他又不是高富帅，首轮估计就被灭得七七八八了。又说他除了爱看相亲节目，就是看电视剧，这一段时间，全是抗日神剧，还不如之前一些古装戏好看。又说前几天还在看《包青天》，里面一个案子，狸猫换太子，很有意思。韦工之建议杜梅看看。杜梅应付着。韦工之说，你一定要看。杜梅说，看过的。韦工之说，看过的再看看，常看常新啊，看你很累的样子，昨晚没休息好吧。杜梅说是没睡好。韦工之说，那我早点送你回去，中午你再休息一会儿。韦工之说着就买了单。上车后，问杜梅是送回单位还是回家。杜梅说回单位。在去报社的路上，韦工之突然又问了一句，你老公也是1974年出生的吧。杜梅说，你怎么知道他是1974年生的？韦工之说，法院的网站上有他的介绍。很快到了报社，韦工之说，注意休息。

看着韦工之的车绝尘而去，杜梅突然觉得，今天和韦工之这饭吃得极其古怪。回到办公室时，杜梅还在想，韦工之说，"你老公也是1974年出生的吧。"为什么用也是？那就是说，还有谁是1974年出生的。谁呢？自然不会是韦工之，韦工之和杜梅的年龄相仿。陈责我！小贩陈责我！杜梅的心里，闪过这个名字时，感觉到了无边的寒冷。她上网查有关小贩陈责我的信息，还有她的采访记录。没有小贩陈责我的年龄信息，但是她从采访记录里，找到了一条信息，小贩陈责我，1992年高考落榜，回家学木匠。杜梅又查了她老公法官陈责我的简历，她老公法官陈责我，正是1992年考上大学的。杜梅没有勇气再去多想，但脑子却止不住地飞速运转。调查记者形成的职业本能，让她很快理清了问题的关键：

小贩陈责我，法官陈责我，来自同一个地方，同一年高考。

又想到韦工之吃饭时，反复提到的狸猫换太子。杜梅感觉这世界无边的寒。

陈责我。杜梅想。这本是个极少见的名字。又想到老公这两天来的表现，她已经看到了问题的所在，虽然，真相是什么，这两个陈责我的背后，到底隐藏着什么，她无从知晓，只是一种隐约的猜测。杜梅不喜欢绕弯子的人，她想，这一切，只有请老公来解释了。这样的问题，显然不适合在家里谈，她不希望真相暴露在儿子面前。因此她发给法官陈责我一条短信，约他下班后在咖啡馆见面。这家咖啡馆，是他们恋爱时常来的地方。她和他，曾私下里称这咖啡馆为"爱之小屋"。选择爱之小屋，并没有什么太多的想法，只是想到约法官陈责我时，脑子里冒出的第一个地方。小屋。老地方。小小的包间。灯光恰到好处，这是滋长爱情的地方。杜梅先到，点了两杯蓝山。这是她喜欢的咖啡，酸、苦、甘、醇完美融合。而法官陈责我其实更喜欢喝茶。法官陈责我曾经说他不明白，都是咖啡，为什么价钱相差那么远？他不明白拿铁和摩卡有什么区别，他甚至喝不出来速溶咖啡和现磨咖啡有什么不同。等候法官陈责我的时候，杜梅的心情平静了许多。她甚至回想了许多两人在这里的美好回忆。他们的第一次约会就是在这里。是她约他。喝咖啡时，法官陈责我为了显示优雅，拿了咖啡杯里的小勺，舀了咖啡一勺一勺往嘴里送。她笑了，提醒法官陈责我，说这样喝咖啡不雅，会被人笑话的。后来他们恋爱了，她经常会拿这事来打趣。她并不知道，法官陈责我很在意这件事，因为这件事，显出了他和她出身的差距。杜梅记得，当时法官陈责我说他就是个农民的儿子，不懂得喝咖啡。杜梅喜欢的，其实正是他身上的这份朴实。但这甜美的回忆并未持续多久。法官陈责我来了。法官陈责我坐下之后，用狐疑的目光看着妻子，问今天是什么日子。杜梅说，不是什么日子，普通的日子，也许，会是终生难忘的日子。她补充了一句。许久没来这里了。法官陈责我有些内疚地说，多年过去了，这里居然没有变化，还是原来的样子。

两杯咖啡上来后，杜梅说，我是直性子，约你来，是有事和你谈。法官陈责我笑着说什么事要到这里谈，家里不能谈么？杜梅说，不能。语言冰冷，脸上没有一丝笑意。法官陈责我说，什么事，你说？杜梅说，今天中午，韦工之约我吃饭了。法官陈责我说，这不是什么大事，虽说我不喜欢韦工之。杜梅说，韦工之给我讲了一个故事。法官陈责我问，什么故事？杜梅说，狸猫换太子。法官陈责我脸上的笑一下子就僵了。他强装镇定地说，哦，小时就听过，包公案的故事。杜梅说，韦工之前天见了陈责我，不是你，是陈责我，那个小贩。杜梅又说，1992 年，你和陈责我就读于同一所学校。后来，你们两个，一个考上了大学，一个回家当起了木匠。也就是说，在当时，你们班上，或者说你们年级，有两个陈责我。法官陈责我不敢看杜梅直视他的眼睛，慌乱低下了头。杜梅继续说，可是小贩陈责我却说，他们年级只有他一个陈责我。杜梅还要说什么，法官陈责我打断了她的话。

你不要说了，法官陈责我说。

沉默之后，法官陈责我向妻子说出了真相。

这真相，本来是杜梅隐约的怀疑，她希望的不是这个结果，而是陈责我给她一个合理的解释，或者说，一个听上去合理的解释。可是法官陈责我告诉她的，却是她最不希望听到的结果。事实像一块生铁，硬硬地摆在了面前。摆在她面前的，是由此引发的一连串问题。这么多年，她一直生活在谎言之中。她的爱人，她孩子的父亲，原来不姓陈，而姓赵。她想到当年儿子出生时，他说要让儿子姓赵，姓回他父亲的姓，因为她是随母亲姓的。他还对她讲起了在他的记忆中，母亲是如何强势，父亲是如何沉默而懦弱。这一切，原来都是谎言。现在，律师韦工之知道了真相，或者说，他怀疑这里有问题，所以才会约她谈。接下来的问题是，她该怎么办。虽然说眼前这个人欺骗了她，骗了她这么多年，但她爱他，这是事实。每个人都会有不为人知的历史。法官陈责我隐瞒了他的过去，那么她呢？她何尝没有向他隐瞒过她的过去？在遇到法官陈责我之前，她爱过，无望之爱，对方有地位，有身份，有家室。她到国外留学，是想让自己逃离。这段历史，她从未对任何人说起。那位当年她深爱过的人，如今位高权重。这不是问题，问题是，她该怎么办？

法官陈责我说，这些年，我一直生活在痛苦之中，胸口像压了一块巨石，说出来了，反倒好了。该来的迟早会来，让暴风雨来得更猛烈些。

法官陈责我说他的前途、他的命运，还有这个家庭的命运，还有他舅舅的命运，现在都掌握在杜梅的手中。

杜梅冷静地说出了一句，还有陈责我的命运。

杜梅离开了"爱之小屋"。她没有回答法官陈责我他们该怎么办，因为她也不知道该如何回答。走在大街上，只记得，她起身的时候，法官陈责我又说了一句，还有儿子的命运。杜梅这时很想找个人来倾诉，将这沉重的压力转移与释放，但她找不到这样的人。法官陈责我不放心他，结账后追了出来，跟在他身后，呆呆地走。杜梅拦了辆的士，将法官陈责我扔在了身后。师傅问她去哪儿，她愣了一下，说朝前直走。走到前面红绿灯口，师傅问去哪儿，她说不要问，一直走。她的泪水就不争气地下来了。许多年了，自和那个人分手后，她再没有哭过。师傅拉着她游车河，师傅知道，这个女人遇上了伤心的事。这样的客人他见得多了。走了足有半小时，师傅又问去哪里。她想到了能去的地方，那是她的家。她告诉了师傅她要去的地方。那是她成长的地方，但她已经很少回去了。这些年来，为了她的新家，为了孩子，为了工作，除了节假日和父母亲的生日，她已经很少回这里。父母看到女儿突然回来，脸上溢起了意外的欣喜。可是很快，他们就发现了不对劲。杜梅刚哭过。母亲问她是怎么了，是不是和陈责我吵架了。杜梅说不是。她回了房间，这是她过去的房间，出嫁后，父母一直为她保留着。她反锁门，趴在床上，却再也哭不出泪来。

手机响起来了，她没看是谁的电话，直接关了机。第二天起来，对着镜中面容憔悴的样子，她平静了心情，精心化了妆。她是要强的人，断不可让手下那些小姑娘、小伙子们看出她哭过。到报社，她显得有些兴奋地同事打招呼，开选题会。她不知道，这种刻意装出来的兴奋却泄露了秘密。手下的小姑娘，一位她很欣赏的叫冰儿的记者小声问，一姐，你怎么啦。她睁大眼说，没怎么啊，我哪儿不对劲吗？冰儿说，哪儿都不对劲。冰儿这句话，就像一根针，将她故意装起来的强大轻轻一扎，就泄气了。另一个叫胜男的记者问，一姐，听说小贩陈责我刺死城管的案子马上要开庭审理了，这事谁来跟？她突然控制不住自己的情绪，说你们谁爱跟谁去跟。记者们相互对望，不知道他们的一姐从哪里受了刺激。她意识到自己情绪不对，平静了一下，说对不起，我刚才……这案子，从前是谁跟的，现在还谁跟。胜男说，之前是一姐你和冰儿跟的。她沉默了一会。想，跟还是不跟，自己跟，会多些主动权。可是想到又要去面对自己不想面对的"那个人"——她在心里，将法官陈责我称之为"那个人"了——她又不知该如何处置。

要不，还是一姐你和冰儿跟？胜男问。

她说先这样吧，不是还有几天才开庭么。

开完会，她有些不知所措。手机响，韦工之短信问她，后天他将再次去见他的当事人陈责我，问杜梅有没有兴趣一起去。如果有，他可以想办法安排。杜梅没有回。过了几分钟，韦工之的短信又来了。还是刚才那条重复发来的。杜梅依然没有回。又过了几分钟，韦工之的电话打了过来，却不是打她的手机，而是办公电话。她一接，是韦工之的声音。韦工之问杜梅方便接电话不。杜梅说什么事你讲。韦工之说刚给你发短信了。杜梅说手机放一边，没听见。韦工之大约听出杜梅声音有点哑，他知道，昨天他约杜梅说的话起作用了。他故意关切地问杜梅怎么了？生病了吗？杜梅说有点感冒不碍事。韦工之就将短信上说的话重复了一遍，问杜梅有没有兴趣。杜梅还没回答，韦工之说，你应该去。你一定要去。要是没时间，那我联系你手下的小姑娘也行。上次跟你一起跑这案子的，叫冰儿吧，我有她的手机号。

韦工之将杜梅逼到了绝路上，她无路可退。现在事情还是可控的，如果冰儿去，一切将失去控制。杜梅答应了韦工之。挂断电话，她想到了刚才脑子里冒出的那个词——控制。她的心里隐隐生痛。

控制。控制什么？为什么控制？

她不清楚。她还没想好这件事该如何处置，她要站在怎样的立场来处置。她现在想到的，是将事情控制在自己手中，将知情者的范围控制得越小越好。后来，当一切都已成往事，杜梅回想起这一瞬间她心里的感受时，她知道，她不过是另一个法官陈责我。当然，这是后来的事。而这一整天，杜梅心神不宁，她不停地看手机，她其实在等待法官陈责我给她电话。她想告诉法官陈责我韦工之约她的事。她想和法官陈责我分析一下韦工之究竟想干什么。直到下班，法官陈责我的电话也没有来。她没有回家，也没有回娘家，不想再让父母为她的事操心，就在报社旁的宾馆里开了房。晚上依然是没有等到法官陈责我的电话，这让她不禁有些担心。她了解法官陈责我，毕竟共同生活了这么多年。若在平时，不管是他的错还是杜梅的错，只要杜梅生气了，总是他先道歉认错的。可是这次，他犯了如此大的错，居然一整天过去了，都没有个电话给他。若是他不好意思开口，也会让儿子给她电话。她想打电话回去问问儿子，想想，还是没打。她想，这个韦工之，约她去见小贩陈责我究竟是什么用意。

谜底第二天就揭开了。第二天，杜梅和韦工之去见了小贩陈责我。这是杜梅第三次见小贩陈责我。隔着会面室的铁窗，小贩陈责我剃了光头，身穿蓝底白条纹的囚服。他看上去比杜梅第一次见他时精神要好。第一次见小贩陈责我时，他差不多就是一根呆木头，脸如死灰。而这次，他的脸上多了几许平静，他似乎抱定了速死的决心，对韦工之为他打官司表示了感激，但是他说他有罪，只有一死才能赎他的罪。对于一个不配合，不求生只求死的当事人，韦工之用上了激将法。韦工之对小贩陈责我说，死是很容易的事，但死了就能赎得了罪吗？活着，然后每天活在忏悔中，才是更需要勇气的事。但这激将法对小贩陈责我并不管用。他说他不想活了，现在每一天他都活得很痛苦，一想到那个被他杀死的孩子他就想死。韦工之说你死了，你老婆孩子怎么办？小贩陈责我说他不死也是坐一辈子的牢，也帮不上老婆孩子什么，只会成为他们的拖累。韦工之没有再和小贩陈责我谈这个话题，而是暗示小贩陈责我，这次的主审法官，和他同名同姓的这个陈责我，据他调查所知，和小贩陈责我是同一年毕业于同一所中学的。韦工之让小贩陈责我回忆有没有这样一位同班同学。小贩陈责我说没有。韦工之又说，据我所知，你当时读高中时是班上的尖子生，结果却连普通大学都没有考上。如果你当时考上了，你的人生将从此不同。韦工之相信，这样的暗示，足以让小贩陈责我抓到救命稻草。但是小贩陈责我却摇了摇头，说他当时没有考好，这是命。探视结束，杜梅没有和小贩陈责我说话。但韦工之的每一句问话，如钉子一样，一根根钉在她的心里。她不清楚韦工之想干什么，但看着只求速死的小贩陈责我，杜梅并不觉得他可怜，倒觉出了自己的渺小。回城的路上，韦工之问杜梅怎么看他的当事人。杜梅没有说话。韦工之说，你今天看上去很憔悴。杜梅还是没有说话。韦工之说，你是聪明人，该知道，你现在要做出选择了。没有等杜梅回答，韦工之对杜梅说出了他的分析。韦工之说，如果我没分析错，我的当事人陈责我当年考上了大学，而你的老公，法官陈责我李代桃僵，冒充他上了大学。如果我分析的没有错，我还相信，这件事，你老公一直瞒着你。但是昨天，他告诉了你真相。

见杜梅没有回答。韦工之说，也许，怎么选择你现在还没有想好。如果我的当事人当年被人冒名上大学的事曝光，相信，会在社会上引起极大反响，也会引起主审法官和合议庭的同情，我有百分之九十的把握，我的当事人不会被判处死刑，而会是无期或者死缓。而这样一来，你老公的前途就毁了，你的家庭就毁了，甚至于你的一生也毁了。韦工之说，现在，受害者吴用的家属，在检察院提起刑事附带民事的起诉，起诉了我的当事人陈责我，请求二十万元的经济赔偿。你知道，城管吴用是家里的独子，他父母年事已高，未来的生活应该有个保障。以我的当事人陈责我的经济现状，如果让他赔偿，别说二十万，就是两万，都是不可能的事，赔偿只会将这个家庭逼入绝境。韦工之说他是想给杜梅夫妻俩一个赎罪的机会，替他的当事人赔偿那二十万。韦工之告诉杜梅，他并不想害她。他说他的当事人抱了必死的心，他是想帮她。最后他说，你们家的大法官对我似乎比较反感，我想有个机会，我们坐下来好好聊聊，改善改善关系。如果你不反对，明天晚上，金潮酒店，我订好房间。

一路上都是韦工之在说。杜梅明白韦工之想干什么。韦工之的提议，未尝不是可行的解决方案。只是，这样一来，她杜梅就不再干净了。杜梅最终做出了决定，她不想成为帮凶，也不想将她爱过的老公送上审判台。她知道，许多年来，老公内心是痛苦的，他一直在忏悔，他立志做一名好法官，其实就是在赎罪。杜梅现在能做出的选择就是退出，置身事外。因此，当韦工之再次来电话，确认是否可以约到法官陈责我晚上见面时，杜梅说，要约你自己约，我累了，不想掺和你们的事。韦工之说，你不来也好，但你得帮我约你老公，我把地址发给你。

韦工之将地址发给了杜梅。杜梅终是将地址发给了法官陈责我。

法官陈责我接到短信，马上给杜梅回了电话。这条短信，让法官陈责我在绝望之中又看到了希望，如一个溺水的人，在即将淹没之时抓到了救命稻草。这两天，他如同经历了千年。刚开始，妻子逼他和盘托出真相后，他急得如热锅上的蚂蚁。他知道，妻子不会原谅他。他知道，这些年来，用尽心机维护的一切都将失去。地位、名誉、财富、家庭，甚至包括他已退休的舅舅那安宁的晚年……也许，他将从此一无所有，成为小贩陈责我式的人物。他的心里有过恐惧、害怕。当他冷静下来，他开始分析，杜梅是爱他的，虽然她是个敢言的记者，但他相信，杜梅不会将他送上审判台。这样一想，他的心中亮起了希望。可是他又想到，是韦工之提醒杜梅的，那么，韦工之就成了另一个知情者。想到韦工之，法官陈责我就绝望了。他后悔，当初韦工之通过杜梅想和他搞好关系，他没给韦工之面子。因为那时他想当一名好法官，想用自己努力的工作来赎罪。他知道，沾上了韦工之，他就休想干净了。果然，后来韦工之又找过他，那时他主审一桩案子，被告是本城有名的富豪公子，而韦工之是富豪公子律师团的一员。韦工之想约他见面，他说有什么事你到我的办公室里来聊，作为本案的主审法官，私下里和原被告的律师见面，都是法律所不允许的。想到这里，法官陈责我知道，现在，他的命运，不是掌握在妻子手中，而是掌握在韦工之手中。他就想，罢了，该来的，迟早会来。这样想时，反倒平静了。这时，他想到了小贩陈责我。他甚至想去看看他。

但是杜梅却在这时突然来信息了，虽说只是一个地址。杜梅来信息，就说明杜梅舍不下他们这么多年的情分。他马上给杜梅回了电话，他的声音都在发抖，但杜梅却很冷静。杜梅只是冷冷地告诉他，有人约他今晚在这个地方见面。法官陈责我问是谁，杜梅说你去了就知道了，然后就挂了电话。法官陈责我没想到，约他见面的是韦工之。小包间，就他们两人。韦工之见到法官陈责我，脸上堆起了笑，过来和他握手。又说这里是他朋友开的酒店，说话方便。菜早已点好，茶也泡好了。韦工之吩咐服务员，没有他的招呼不要进来。韦工之递给法官陈责我烟。法官陈责我接过。韦工之又给他点烟，法官陈责我说自己来。抽了两口烟。韦工之说，咱们用不着绕弯子了。韦工之于是将他所知道的事摊开来说了。法官陈责我说，韦律师，你约我来，就是告诉我这件事的吗？我不否认。我也做好了接受审查的准备。韦工之却笑了起来，说，陈法官你错怪我了，我约你来，不是想害你，是想帮你。我和杜梅是同学，我们又是朋友，我怎么会害你呢。

帮我？法官陈责我说，怎么帮？

韦工之将他的想法说了。他说这件事，杜梅不说，他不说，他的当事人不说，就没有人知道。而杜梅作为法官陈责我的妻子，没有往外说的理，而他的当事人，他自然有办法让他不说。韦工之说，城管吴用的父母，提起了刑事附带民事的诉讼。而他的当事人的经济状况，断然是拿不出一分钱来的。因此他的想法，这笔钱，由法官陈责我出，当然，他不会告诉任何人，这笔钱是法官陈责我出的，而是他的当事人小贩陈责我所出。这样一来，他的当事人就会和他达成共识，而受害者的家属也能得到赔偿。受害者的家属得到经济补偿之后，将不再那么强烈地要求对小贩陈责我处以极刑。小贩陈责我在经济如此困难的情况下，依然愿意进行民事的赔偿，虽然不能视作立功表现，但应该能赢得合议庭的同情，这样，就会出现一个皆大欢喜的局面，受害者家属得到了经济赔偿，他的当事人也有可能轻判，法官陈责我也会继续当他的大法官。

法官陈责我问，那，韦律师，你又能得到什么？

韦工之呵呵笑了起来，说，我当然也是赢家，首先，我为我的当事人争取了最低的刑期，这桩案子将被广泛报道，最重要的是，从此，我和陈法官就是好朋友了。

当真是山重水复疑无路，柳暗花明又一村。法官陈责我突然发现，这世界依然是美好的。只是……陈责我想到，作为主审法官，和受审的罪犯同名，这案子到时会有媒体旁听，杜梅这边或许没事，难保别的媒体不会嗅到什么信息。法官陈责我的担忧，是他这些天来一直忧心如焚却找不到解的问题。韦工之沉默了一会儿，说，你不能想办法退出这个案子么？法官陈责我说，没办法，开庭通知都已下发了，我也找领导谈过，但没有一个合理的、必需的理由回避。韦工之想了想，说，小事一桩，如果原告方提出你和被告是亲戚关系，就可以合理合法申请让你回避了。法官陈责我说，可是，我和被告并不是亲戚关系，而且，这样也容易节外生枝。韦工之笑道，陈大法官，你怎么聪明一世糊涂一时，你和我的当事人不是亲戚关系，可是你和我，当事人的代理律师，咱们是亲戚关系。韦工之这样一说，法官陈责我会心一笑，如释重负。韦工之说，这件事交给我来办。果然，法院很快收到了城管吴用家属的代理律师提出的申请，指出此案的主审法官陈责我和小贩陈责我的代理律师韦工之关系亲密，申请主审法官陈责我回避。

法官陈责我没有将他和韦工之谋划好的事透露给杜梅，杜梅也没有问。法官陈责我给过杜梅电话，希望杜梅能回家来住，说儿子想妈妈了。杜梅冷冷地以她很忙为借口挂了电话。因换了主审法官，开庭往后延了几天。这期间，法官陈责我想过接杜梅回家，但一想，还是等案子开完庭，一切风平浪静之后再说。他知道，现在杜梅在气头上，等她气消了就好了。法官陈责我每天晚上都让儿子给杜梅打电话，他要用亲情打动杜梅。当然，他告诉儿子，妈妈出差了。他知道，无论如何，杜梅是舍不下儿子的，再说了，杜梅没有将这事曝出来，并且帮韦工之约他，就说明，杜梅还是帮他的。一日夫妻百日恩，没有什么大不了的。法官陈责我就想到了一句老话，船到桥头自然直。这期间，法官陈责我的舅舅陈庚银来过几次电话，陈庚银不放心外甥，害怕他在这阴沟里翻船。陈庚银问法官陈责我要不要他帮忙，说他还是有许多关系可以动用的，他儿子的关系，还有他那些弟子的关系。法官陈责我告诉他，一切马上要过去了。陈庚银说这样他就放心了。

　　杜梅在案子开庭那天才知道，法官陈责我不再是这案子的主审法官。在那之前，她还在为法官陈责我揪着心。那天的庭审，她没有去旁听，而是将采访任务交给了她心腹的记者冰儿，她一直在办公室里等着冰儿回来。她是从冰儿的叙述中，知道案子不是她老公主审的，那一瞬间，她有过那么一丝释然，心头放下了一块石头，却又压上了另一块石头。她不知道老公用了什么法子回避了这桩官司，但她知道，在这件事情上，她也是有罪的。案子并没有当庭宣判。冰儿写好了稿子，杜梅在审稿时进行了一些修改，将冰儿那纯客观的报道，改得有了一些倾向性，明显有为小贩陈责我说话的倾向，并追问造成小贩陈责我悲剧背后的社会原因。做完这一切，她的心里获得了些许安慰。等候宣判的那几天，杜梅每天都在祈祷。她知道，如果小贩陈责我被判了死刑，她将一辈子不得安宁。同事们在议论这案子的结果时，大多倾向于会判无期或者死缓。没曾想，就在等候法庭宣判这案子期间，本市却出了一桩血案，一位男子在派出所行凶杀死了三名警察。这案子一时间成为新的热点，看似不相关的事，却影响了小贩陈责我杀死城管案的最终判决。小贩陈责我一审被判处死刑，并赔偿死者家属人民币十万元。小贩陈责我服从一审判决，没有提起上诉。事后，据了解内情的人说，本来合议庭拟定的结果，更倾向于让小贩陈责我赔偿死者家属二十万元，然后判处死缓，但后来的杀警案，改变了这一结果。上面有指示，要对这一类的案件从重从严判处。

　　这样的结果与意外，让法官陈责我的内心颇为沉重。事后，韦工之约法官陈责我一起吃饭，他开导法官陈责我，说这事也不能怪谁，大家都尽心了，谁知突然会出个杀警案呢。韦工之知道杜梅还没有原谅法官陈责我，就说，要不要我给当说客。法官陈责我感激地说，这件事多亏了韦律师从中周全，结果虽然有些遗憾，但也算是能接受的。韦工之于是当着法官陈责我的面，给杜梅打了电话，说他现在就和法官陈责我一块儿吃饭呢，说法官陈责我现在情绪很低落呀，希望杜梅宽慰他，劝杜梅回家。杜梅在电话里冷冷地说，你告诉他，该回家的时候，我自然会回家的。

这段时间以来，杜梅陷入了更深的痛苦之中，法官陈责我为自己找到了安慰的借口，但这借口，在杜梅心里却过不了关。她认为，是她害死了小贩陈责我，虽说她不是直接凶手，但她参与了作案，算得上是帮凶。她无法原谅自己，虽然说她也试图原谅自己，原谅法官陈责我。她甚至想过补救，如果她有这勇气，将法官陈责我的丑闻曝光出来，也许，案件还会有转机，这件事一定会再次成为社会热点，也会影响到小贩陈责我的死刑复核。如果她有勇气这样做，她早就做了。但她没有。她有自责的勇气，有自省的精神，却不敢迈出那实质性的一步。这些天来，她就在这两难之间徘徊，今天是决定补救的信念占了上风，她甚至都写好了一篇报道，但第二天，当她面对着写好的报道，终是没有发出去的勇气，在电脑上删除了。删除后她又开始自责，后悔。这样的反复，让她不堪重负，她崩溃了。她用酒精麻醉自己，每天晚上下班后，请部门的小记者吃夜宵，喝酒。小记者们知道她许久没有回家了，以为是夫妻感情上出了问题，却不知如何安慰她。回到宾馆，她依然睡不着，抽烟，嘴唇上起了一层泡。她无数次地回想起和法官陈责我相识相爱，结婚生子，共同生活的那许多日日夜夜。如果不是这件事，法官陈责我是她理想的爱人，没有不良嗜好，正直、顾家，虽然少了些浪漫，但给人感觉实在可靠。可是现在，一想到她深爱的人原来是披着别人的外衣，他公正的背后，原来有着如此不堪的过往，她就觉得恶心。如果只是恶心法官陈责我，她还没那么难受，她难受的，是现在的这个她。这个她，与她理想中的杜梅，原来差距如此之大。她一直以为自己是个正直的人，是个敢于追求真相的人，原来，她远没有自己想象中的那样高大与美好，她像恶心法官陈责我一样恶心自己。现在，杜梅突然明白了，当年法官陈责我之所以当时提到道德的运气这一命题，不过是在为自己的黑历史做自我辩解。

杜梅无法用道德的运气来为自己辩护。终于，在她生命的第三十六年，她明白了，她不是勇者，她一直在逃避。法官陈责我给她电话，也去求过她父母。他希望妻子能回家。但她一直无法面对这一切，直到小贩陈责我的死刑复核下来。小贩陈责我被执行死刑的那一天，杜梅心里的那种反复与纠缠依然没有结束。但她知道，一切都迟了。也许，她能用"道德的运气"来为法官陈责我开脱，却无法为自己寻得开脱。小贩陈责我被执行死刑的第二天，杜梅回到了久别的家。现在，她对这个家感到无比陌生，对消瘦了不少的法官陈责我，也感到无比陌生。她的消瘦，也让法官陈责我感到内疚。法官陈责我说，梅梅，回来了，回来就好，过去的，就让他过去吧。法官陈责我张开双臂，将杜梅拥在怀里。杜梅哭了。许久以来，她痛，她醉，但是她不哭。法官陈责我说，不哭，咱不哭。杜梅还是哭，杜梅哭着说，陈责我死了，是我们杀死了他。法官陈责我抱着杜梅的手，就僵硬了。许久，他说，是我杀死了他，与你无关。杜梅将法官陈责我推开，然后从包里掏出一纸离婚协议，她对法官陈责我说，我们离婚吧。

法官陈责我接到杜梅短信说她今晚回家，他兴奋不已，给关心着他婚姻危机的舅舅打了电话，报告了这一喜讯。他还提前回到家，下厨做了杜梅喜欢吃的菜。他以为，一切都过去了。虽然夫妻间出现了伤痕，他相信，时间会淡忘一切的。没想到，杜梅回来，却是让他在离婚协议上签字的。接过离婚协议，法官陈责我的脸一下子变成青黑色。他理解杜梅，知道这是杜梅深思后的结果。许久，他说，今晚我下厨做了几个菜，都是你喜欢吃的，本来是为迎接你回家的，好聚好散，一家人最后吃顿饭吧。杜梅说，不用了，你仔细看看，如果没有异议，明天就去民政局把手续办了。法官陈责我失落地说，我尊重你的选择。杜梅说，我把孩子留给你，因为我没有资格做个好妈妈，我希望，你能做个好父亲。

从民政局出来，杜梅回单位交了辞职书。社长吃惊地问杜梅干得好好的，为什么突然辞职。杜梅疲倦地说她不是个合格的记者，她没有资格再做记者了。社长问杜梅，准备调到什么单位去？找好了接收单位没？杜梅说她是辞职，不是调动。社长说，这年头，大家都削尖脑袋往体制内走，你这是为什么？

杜梅说，换个活法。

杜梅的父母听说女儿离婚，而且还办了辞职，除了生气，也没有什么办法。父亲问杜梅，打算干什么去。杜梅说她想出去走走。父亲问杜梅想去哪里走走。杜梅说没有目标，走到哪里算哪里。父亲说，哪天走累了就回家，这里是你永远的大后方。

杜梅抱着父亲哭了。

杜梅在离开这城市之前，去看望了小贩陈责我的妻子。那个黑瘦的女人依然在卖水果。杜梅采访过她，但她并未认出杜梅来。杜梅远远地看着她，心里却慌得不行，不敢上去和她打招呼。后来，杜梅取了五千元钱，假装买水果，将装有钱的信封放在小贩陈责我妻子的水果车上。杜梅提上水果快步走开，可她走了没多远，听见背后有人在大声叫，转过身，就看到跑得气喘吁吁的小贩陈责我的妻子，那个黑瘦的女人，手里举着那装有钱的信封，大声喊，老板，你的钱。那一瞬间，杜梅无地自容，深为自己用钱来求得良心安慰的行为可耻。杜梅还去看望了城管吴用的家人，吴用的父亲依然在开出租车。吴用的母亲被这巨大的悲伤击倒了，自儿子死后，吴母就一直卧病在床。她倒是认出了杜梅是来采访过的记者，和杜梅说起儿子，细数儿子在家里的欢乐细节，眼泪无声地流淌。杜梅问起吴用的女友。吴用的母亲终是哭出了声来。在她断续的哭诉中，杜梅知道，吴用的女朋友，本是想将孩子生下来的，可女孩的家人不同意，女孩坚持了几天，去做了人流。两家人，就再没有了往来。

杜梅越发觉得自己罪孽深重。她无法再在这城市待下去，哪怕一天，她都会窒息。她再次想到了逃，就像当年，她决定离开那个她深爱着却不得不离开的男人那样。那次她逃到了国外，而这次，她失去了方向，只是想逃，却不知逃向何方。她在火车站随意买了一张车票，去到了一个陌生的地方，然后再从一个陌生的地方，去到另一个陌生的地方。她走了很远，也走了很久。但她依然无法让自己的灵魂获得安妥。后来，她去了法官陈责我的家乡，也去了离法官陈责我的家二十里之外的小贩陈责我的家。她看到了那些走三个小时山路去上学的孩子。她想，许多年前，法官陈责我和小贩陈责我，上学时比他们还要苦吧。她在法官陈责我的家乡，听到了许多关于法官陈责我的传说，在他们村的小学，法官陈责我一直是老师激励孩子们的典范。而在小贩陈责我的家乡，她听说陈责我的儿子高考落榜后出去打工了。她到过小贩陈责我的家，那三间破败的房子，门前的苦竹黄芦，让她的内心无比凄凉。她去了小贩陈责我的坟头，坟头已长出了鲜嫩的苦艾。站在他的坟前，她深深地弯下了腰。旷野无声，落日西沉，一只乌鸦落在远处的树上，看着这陌生的女子。她知道，这辈子，她都无法赎清自己的罪。她为自己一直在逃避而感到羞愧万分。她想明白了，这样的逃离，不是她想要的活法。她用手机拍了一张小贩陈责我坟头的照片，发给法官陈责我。这是她们离婚后，她第一次联系他。而他曾给她发过几次短信，她都没有回复。他给她打电话，她也从来没有接过。

就在杜梅发来短信的这天，法官陈责我刚审结了一桩重要的案子。因为开庭，他的手机一直关机。宣判后，他去赴了一个重要的约会。宴请他的，是这天审结案子的被告方，而从中牵线的，是律师韦工之。法官陈责我喝了许多酒，从前他是不喝酒的，自从和杜梅离婚后，他开始喝酒了。并不是因为内心痛苦而酗酒，而是应酬多了起来。过去，这类应酬他都会推掉的，但现在他推不掉了。酒后，律师韦工之开车送法官陈责我回家。路上，韦工之给了法官陈责我一张卡。法官陈责我说，你这是干什么？韦律师说，这是刘总的一点心意。法官陈责我说，韦律师，我是欠你一个人情，可是，我还你这么多次了，该还清了，往后，我们还是各走各的道吧。韦律师笑道，陈法官这说的是什么话？什么人情不人情的？说这话太见外了。咱们的合作这才刚刚开始呢，往后，还会有更多合作的机会。法官陈责我长叹一声，没有再说什么。回到家，才记起来开手机。他收到了杜梅发来的短信——那张夕阳下长了荒草的土堆。

法官陈责我回短信问：

这是什么？

杜梅回：

陈责我之墓。

出租屋里的磨刀声

1

就是这里了。房主摇着一串叮当作响的钥匙，一把把艰难地拨弄了老半天，才将锁打开。推开门，"呼"地窜出个东西，把天右吓了一跳。那东西已没了影，远远地"喵喵"乱骂，以示抗议。是只猫。房主说。一股潮湿的霉味扑面而来。天右手举在半空划拉，并没有蜘蛛网。

两个月没住人，收拾一下就可以的啦。离市区远点，坐车还是好方便的啦。出门就是518路终点站，半个小时一趟往市内，一个月二百文，很便宜的啦。在深圳，有房出租的肯定是广东人，广东人说普通话爱带啦，房主说话时"的啦"比较多，像唱歌。天右说，是啦，我知道的啦。房主就笑着解下一把钥匙扔给天右。这里很清静，也没治安仔来查房，你想干什么都得。房主冲天右暧昧地笑着。

天右并未挑剔。在深圳，能租到这么便宜的房子，还有什么可挑剔的？这是一幢二层的小楼，二楼堆着些舍不得扔又用不上的旧家具，楼下租给打工人住。小楼后面是片杂木林，一些南方独有的植物长得很茂盛，路边挤着几株枝叶肥硕的香蕉树，一条曲折的小径在杂草掩映中蛇行，小径尽处就是惠盐高速的出口，再下去200米，便进入了繁华的小镇。

天右选择这样的地方租屋，主要是为了省钱。在深圳市内租相同大小的一间房子，月租至少八百。天右在一家台资厂打工，每月工资才六百。厂里有集体宿舍，十二人挤一间房，六张双层铁架床分割着本来就很狭小的空间。横七竖八的绳子上挂满了洗净的或未洗过的衣服，空气中充斥着汗溲味儿和脚臭味儿。但这并没有什么。只要有张床，打工的人就能把夜晚很从容地打发过去，并且还能够做一些美好的梦。天右本无须为租房而劳神，自从与何丽拍拖后，情况便不同了。天右每次与何丽见面，缺乏一个更加深入交流的环境。时间一长，何丽就不高兴了。何丽说，天右，你再不解决租房问题，除了分手，别无选择。天右这才急了，每天走在大街上双眼直往墙角、电线杆上瞅，还真让他瞅到了这个地方。月租２００元。远是远了点，想到只是周六周日才来这儿住，反倒落个清静。天右对何丽讲了，何丽的脸上就露出了掩饰不住的酡红，催着天右早日拿到租屋的钥匙。

房主说你四处看看先，觉得行了就先交三个月的房租。天右问隔壁房间有没人租。房主过去敲门，没人应。房主说，有租出去的，也是北佬，好像是对夫妻，做乜事的不知道，我们只管收钱，其他不过问的。房主这次没"啦"。天右点头表示相信。心想隔壁有人租住还好点，不然这么偏僻的地方，幽静倒是幽静，还真有些让人害怕。听说有邻居，天右唯一的一点担忧也打消了，当下交了三个月的房租，随后便将房间收拾了一番，到镇上买了点儿生活用品，一个家便算安置好了。忙完这一切，夜色已降临。天右躺在床上，用力地运动了几下，床发出"咯吱咯吱"的叫唤，天右便兴奋了起来，一时间浮想联翩。急切地回市内接何丽一块儿在新家共度春宵。

天右在出门时遇见了磨刀人。天右有点讨好地对磨刀人点了点头。说，回来了，我是新搬来的。

磨刀人瘦削的脸上浮起一丝呆滞的笑容，也冲天右点了点头。那一刻，天右从磨刀人那幽深得望不见底的双眼里看到了一些不可名状的东西。一九九七年三月二十八日的傍晚，天右并未在意去观察这个未来的邻居，他心里想的只是快点赶去市内，然后焦急地守在何丽打工的泰丽电子厂门口，等泰丽厂下班的电铃骤然拉响，然后从潮水样涌出的穿着米灰色工衣的打工妹中寻到何丽，然后再坐上５１８路公汽，与何丽度过一个销魂的夜晚。而事实上，天右的这个夜晚正是这样度过的。何丽的兴奋可想而知。打工人的理想都很卑微，这样一个根本不能称之为家的窝，也能让他们得到莫大的满足。天右说，何丽，委屈你了，不能给你一个家，一个真正的家。何丽动情地搂住天右的脖子，何丽说天右其实家只是一种感觉，躺在你的怀里我感觉幸福安全这就够了。何丽把头埋在天右胸前，眼里有两颗晶亮的东西在黑暗中一闪一闪。天右环住了何丽的腰，用舌头逗何丽。何丽笑了起来，笑得床板咯吱咯吱响。这一夜，天右和何丽当然不会想到，隔壁房间里的磨刀人是何等烦躁，也不可能听到从隔壁的房间里传来的那一声声顿挫的磨刀声。他们更想不到，他们的幸福打破了磨刀人的平静，加深了磨刀人的痛苦与愤怒，不幸与悲哀。这就为后来的一切埋下了种子。然而天右不知道，何丽也不知道。拥有幸福的人是不会知道痛苦的滋味。哪怕是瞬间的、卑微的幸福。

2

　　磨刀人的女人很漂亮。

　　磨刀人的女人对天右说，我叫宏，别人都叫我阿宏，我比你们大，你们叫我宏姐吧。

　　天右红着脸，憨憨地笑。他觉得宏看他时的眼神有种撩人的风韵，这风韵让天右想到了诸如成熟的水果以及八月的乡村，白的云朵下面温顺的羔羊。倒是何丽乖巧，甜甜地叫了一声宏姐。何丽说，宏姐，我们是邻居了，以后多关照，听宏姐口音好像也是四川人。宏姐说，我是重庆的。何丽说，四川重庆是一家嘛！两个女人见面熟，不一会儿便拉呱得如同老熟人了。天右插不上嘴，在一边听。突然说，你老公回来了。果然，远远就见一条瘦削的影子施施然从香蕉树下转过来，手里拎着一大串东西，像是鱼。宏姐消失了笑容，低头匆匆地回了自己的租屋。不一刻，磨刀人便出现在了小楼前。天右说，回来了，生活不错嘛。天右的话里不无讨好。磨刀人并没搭腔。只是拿眼幽幽地剜了天右一眼，一声不响地进了屋，把门关上。天右觉得这人无趣，也进了自己的租屋。何丽说，你有没发现，隔壁那男人怪怪的。天右说，是有点怪，他女人却生得好漂亮，为人也爽朗。何丽说，怎么，看上人家了。告诉你，给我老实点，别吃着碗里想着锅里。天右被何丽一顿抢白，面红耳赤，说，自家栏里的猪都在哼哼，哪有心思管别人家的猪。何丽扑哧一声笑了。却神秘地说，我觉得宏姐不像工厂妹。天右对这个话题不感兴趣，两人便不再谈论邻居的事，一起出去买菜做晚餐。买回菜，把饭忙到肚子里，已是晚上八点多。却见宏化了很浓的妆，在昏黄的灯光下益发显得妩媚逼人，宏穿着一件露脐真丝短上衣，包裙，背了个精致的坤包"的的夺夺"出去了。他男人一言不发冷冷地陪宏走到高速公路出口的地方，送宏上了一辆摩托，才施施然折回。何丽正要关门睡觉，见送宏回来的磨刀人，说一句，这么晚了，宏姐还要去上班？磨刀人脸上闪过一丝不安。说，没……没……慌慌张张低了头，不敢看何丽的眼，钻进自己的房里，半天没动静。

何丽疑惑地关上门。天右早已等得急不可耐，一把抱过何丽，手便伸进了何丽的乳罩。何丽说你这死鬼，不要脸，不怕人看见。天右说，谁看见？何丽用嘴努努隔壁。小声说，我看宏姐八成是做……话没说完，早被天右用舌头堵住了嘴，两人便恣肆地动作起来。

女人的第六感觉天生敏锐。这一晚何丽怎么也进入不了状态。总觉得有双阴森的眼在什么地方注视着他们的一举一动。天右说，丽，怎么啦，有心事？何丽突然不吭声了，眼睛瞪得老大，面色也白得吓人。天右一惊，转头看，却见窗户外面映着个黑影，想到隔壁房里那怪怪的男人，心里一阵惊悸，示意何丽别出声，壮了胆轻手轻脚摸到了门口。屏住呼吸。半晌，外面的黑影却一点儿动静也没有。天右长长地吁了口气，说，自己吓自己，是我白天晾的一件上衣挂在走廊里。何丽也长吁了口气，全身瘫软了似地躺在床上。忽地听得"咚"的一声，什么东西从窗台上掉了下去，吓得何丽又尖叫了起来。远远地却传来一声猫叫。原来是只野猫。天右说。过去紧紧地把何丽抱在怀里，轻轻地抚着何丽的长发。两人一时无语。

就在这时，寂静的夜空传来了"霍霍霍"的磨刀声。

应该说是何丽先听到这声音的，何丽打战地抱紧天右，问，什么声音？

天右故作镇定，说，风吹着易拉罐响。

何丽说：没风。

租屋里的空气凝固了，只听得两人粗重的呼吸和闹钟的嘀嗒。

霍，霍霍。霍霍霍。

霍，霍霍。霍霍霍。

一声一声，顿挫有力。仿佛是巫师的咒语，带有慑人的魔力，在这南方小镇寂静的夜空，清晰可辨。天右的思绪飘向了遥远的记忆深处……记忆深处有他荆山楚水间的故乡……娘站在漆黑的夜空中一声一声为他招魂，天右哎，回来哟……回来了。爹坐在床头答。天右感觉他的魂儿掠过了一片幽蓝的狗尾草，开满山坡的狗尾草，随着那一唤一答的节奏，在夜风中此起彼伏。

好像在磨什么东西。何丽说。

天右还在胡思乱想。

哎！我和你说话呢！何丽揪着天右的胳臂，说，好像有人在磨什么东西？！

天右回过神来。半晌才说，可能是拿了货回家赶做吧。我们厂喷油部的磨砂工都领了货回家做的。天右说着紧紧搂住何丽。用谎言安慰着何丽，也安慰自己。

霍，霍霍。霍，霍霍。

霍，霍霍。霍，霍霍。

磨刀声在夜空中有节奏地起伏。空气仿佛也被这磨刀声搅动了，一浪接着一浪，夹杂着金石相撞的叮当声。这一夜，天右和何丽紧张得睡意全无。直到凌晨一点多钟，听见远远地传来了"的的夺夺"的脚步声，磨刀声才戛然而止。不一会儿，便听见宏姐和他男人在说话。天右这才松了口气，又用舌尖来撩拨何丽，何丽却没有反应，不一刻，便发出了均匀的呼吸声。天右苦笑一下，在何丽的乳房上流连了一阵子，迷迷糊糊睡去。

3

再次回到出租屋，天右和何丽又在流水线上忙碌了一周。每天晚上加班加点赶货，两人早已忘记了出租屋里的磨刀声。周五放假，两人照常如同出笼的小鸟，扑扑棱棱飞回了自己的家，共度属于他们的又周末。回到租屋，依旧是迫不及待地关上门恩爱一番。

吃完晚餐，到小镇上逛了一圈，又看了一场录像。天右已再找不出什么可供娱乐的事来。回到出租屋时，磨刀人已回来了。宏不在家。磨刀人坐在门口的走道里，把碗里的一条小鱼夹了逗猫。猫围着磨刀人喵喵叫唤，跳起来扑磨刀人夹的鱼，磨刀人把筷子一抬，猫便落了空，却不甘心就此离去，围着磨刀人转。磨刀人又把筷子放低，猫敏捷地一扑，终于抢到了鱼，得意得"喵呜"着。

这是只极瘦的大麻猫，身上的毛蓬乱地支棱着，两肋深陷，看得见一根根凸起的肋骨。毫无疑问，是只野猫，如果猫的世界也有主流边缘之分的话，这无疑是只处于边缘状态的猫。何丽和天右回来时，磨刀人正乘猫不注意，蓦地伸出手抓住了猫的后颈，把猫拎在空中，猫惊恐地惨叫，四条细瘦的腿杆在空中乱划。磨刀人见何丽和天右回来，一松手，猫在空中打了个翻滚，轻盈地落在了地上，骂磨刀人一声喵，一闪，没入草丛。

天右和何丽也没再同磨刀人打招呼。两人相偎着进了房间，便又迫不及待地抱在了一起，学着刚刚看到的那录像片中的姿势。何丽摆动着丰满的臀部，夸张地呻吟着。情正浓时，忽听得外面"啪"地一响。何丽一惊，抱紧天右，说，什么声音。天右没有停止动作，说，肯定是那只野猫。春天来了，猫在发情，急着找男人呢。何丽说，你怎么知道那是只母猫。天右不再答话，呼吸粗重了起来，正要深入动作，何丽却说，听，那个神经病又在磨什么。天右一愣，果然听见一阵金石相撞的声音。接着，夜空中就传来了低沉的"霍霍霍"的磨刀声。一声。一声。仔细听时，磨刀声又停止了。两人刚开始动作几下，磨刀声又霍霍响起。好像故意和天右作对，天右停止动作，磨刀声也停。这样折腾几次，天右草草地泄了。两人静静地屏住呼吸，却再无磨刀声。隔壁的磨刀人仿佛睡了，一点儿动静都没有。天右狠狠地骂了一句神经病变态狂。心里一惊，想，这人莫不真是脑子有问题。想到近段时间传得很凶的杀人狂，再联想到磨刀人的举动，越想越觉得恐怖，越想越觉得磨刀人可疑。一时间竟手脚冰凉，也不敢对何丽多说什么，只是把何丽紧紧地搂在怀里。何丽说，天右，我还要。天右便开始动作，心里却总是想着那刺耳的磨刀声，动作了半天，身体却没有反应。天右说，丽，我今天不行了，明天再来好吗？何丽极不情愿地掐了天右几下，不再理会天右。两人都用胳膊枕住头，眼睛盯着漆黑的房顶想着心事。那只野猫却不知何时偷偷进了房间，蹲在窗台上，冷冷地望着这对占据了它家的陌生人。天右说，丽，给你说个笑话。你知道男人最喜欢女人说什么话，最怕女人说什么话。何丽还是不理睬天右。天右说，男人最喜欢女人说我要，最怕女人说我还要。何丽无声地笑笑。猫摇摇头，轻轻跳下窗台，悄然无声地融入夜色中。

　　次日，天右和何丽逛了半天街，回来时近中午，却见宏蓬松着头发，趿着拖鞋、穿着睡衣去洗漱。宏睡衣上的扣子没扣上，两只雪白丰腴的奶子半露出来，弯腰洗漱时，那深深的乳沟一览无余。天右看直了眼。何丽与宏打过招呼，一进门便扯住天右的耳朵，说，小心把你的眼珠看掉。又用手在天右的裤裆里摸了一把，说你他妈的不用时挺威风的嘛。天右嘿嘿地笑。两人便都有一点冲动，亲热了一番。天右正要弥补昨夜的失职，却听见"笃笃笃"的敲门声。拉开门，是宏。

宏说，没打扰你们吧！

何丽说，是宏姐呀，没事，进来坐一会儿。

宏就真的挤进了屋。两个女人有一句没一句地聊了起来。才知道宏的男人叫吴风，两口子都是重庆人。吴风在一家木器厂上班。宏就在镇上的龙门酒店当咨客。天右说难怪总看你晚上去上班，很迟才回来。何丽白了天右一眼。说，我们女人扯闲话，你一个大男人插地啥子嘴嘛！天右便红了脸尴尬地坐到一边，有点手足无措。宏叹口气，说何丽，你真幸福，看你老公多听你的。何丽说，宏姐你也不错呀，每天上班你老公还送你那么远。宏摸出烟，扔给天右一支，问何丽要不要，何丽说不要。宏并不吸烟，叼在嘴里愣了一会儿。又说，我男人爱说话，你们别见怪。何丽说，这是哪里话，同是天涯打工人，有啥子见怪不见怪的。宏说，不过你们放心，我老公是个好人、老实人。宏说这话时，眼里竟是无限柔情。两人又聊了一会儿。宏说，不早了，我该去买菜做饭了。两人便散了。竟有一点依依不舍起来。

磨刀人照例天黑才回家。而差不多同时，宏也打扮得漂漂亮亮的，准备去上班了。宏一走，租屋里仿佛又变了个世界，空气也沉闷凝重了起来。何丽对天右说，你有没有发现，宏的老公眼睛很可怕，有一股杀气。天右说，你尽瞎扯，什么杀气不杀气的。

这一夜，照例有霍霍的磨刀声响起。天右毛了胆子在磨刀人的房门外听得很真切，是真真实实的磨刀声。

这一夜，天右和何丽照例没有做成爱。天右总是想着那霍霍的磨刀声。该死的磨刀声。天右很愧疚地对何丽说，丽，我不行了。何丽给了天右一个脊梁。天右就从背后抱住何丽，轻轻地抚摸着何丽。何丽把他的手拿开，却嘤嘤地哭了起来。这一哭，泪水便像断了线的珠子样往下落。急得天右手足无措。何丽哭够了，才抱住天右说，老公，咱们换个租屋吧。天右说，嗯，咱们换个租屋。

4

　　重新租屋的计划进行得并不顺利。在镇上，稍好点的地方租间房，月租都不会少于500块。况且房主又不肯退房租，甚至连天右打他的呼机都不回复。为了租这房，置办生活用品，本来就没有存款的天右早已囊中羞涩，就算要重新租房，也只能等到下个月发了工资再作打算。

　　这个周末，何丽不肯再来租屋住。天右左劝右劝，并保证在晚上能很威风。何丽被天右说动了心，又和天右来租屋睡觉。但那该死的磨刀声依然在天右刚刚雄起时响起。何丽说，他磨他的刀，有啥好怕的，他无缘无故的还会杀人不成？天右说，我没怕。但天右却总是一听见磨刀声便威风不起来。何丽大为扫兴，对天右的热情顿减。以后，任天右怎样说得天花乱坠，也不肯回租屋住了，并下了最后通牒，再不另租房子，就和天右拜拜。

　　天右变得心事重重。一方面是租房的事，但更重要的是担心自己从此便雄风不再了。果真那样，对他将是一个何其残酷的打击。天右做的是开冲床的工作，天右上班时就这样胡思乱想着。

　　丢你老母。

　　广西主管冷冷地转到天右面前。骂天右：看看你冲出来的货，浪费的你赔。

天右这才发觉，本来一块料应该冲三十个产品的，现在只冲了二十来个，一时低头无语，任凭广西主管劈头盖脸一通好骂。广西主管骂够了，掏出罚单，划拉一通，让天右签字。天右迷迷糊糊的在罚单上签了字。好像是罚一百，管它呢。天右现在没有心情去考虑罚款的事。真要阳痿，不是一百一千的事，是一辈子的大事。该死的！天右恨恨地想。把冲床开得老快，手机械地把片材塞进冲模下。

转眼礼拜天又到了。周五晚下班后，天右犹豫再三，终于还是去了泰丽厂门口等何丽。下班铃响，打工妹们潮水般地涌出来。天右双眼不眨地盯着厂门口。半个小时过去，出来的打工妹零落，并未见到何丽。天右急了，挡住了一个女孩问认不认识何丽。何丽？哪条拉的？女孩问。天右说不上来。女孩说，几千人的厂，又不知道是哪条拉的，怎么找人？天右花了十块钱，买了包红塔山的烟塞给保安。保安懒懒地拿起对讲机接通了车间的保安。老半天，何丽才磨磨蹭蹭地从厂子里出来，远远见了天右，脸上挂层霜。

两人一前一后地走到厂外那条脏兮兮的河边。天右低着头没话。何丽无聊地拾起地上的小石子，一下一下扔进污水河中。说，有啥子事嘛，没啥子事我要加班去了。天右说，何丽，咱们……何丽的眼里盈满了泪水，咬咬嘴唇说，天右，咱们散了吧，再这样下去我受不了。你说，咱们天南地北的，拍拖图个啥子？图个贴心，图个依靠，图个安全感。可现在你给了我啥子？跟你住在那个鬼地方，提心吊胆，一点儿安全感都没有。上班害怕拉长骂，下班害怕治安仔查，好不容易礼拜天，回家还要担惊受怕，我真的受不了。天右说，我知道，你是嫌我不行了。何丽说，天右，别这样，你这只是暂时的，我不是嫌你，真的不是嫌你，我是受不了这种日子，再这样下去，我会疯的，都是我不好，我对不起你。何丽说完这些时早已是泪流满面。

天右无话可说，人像被掏空了，一时间心灰意冷。

你走吧！天右说完转身就走。何丽在后面哭着叫了声天右！天右的泪水就下来了。他没有回头。他无法回头。

天右回到厂里，开了机床加班。他把冲床的速度调到了最快。后来，老板说天右是故意让冲床轧断手指的。天右左手的四根手指齐齐被轧断，人也昏死了过去。

五天后，天右出院。同时也接到厂方开除他的通知。老板没有赔偿天右，反说天右违反操作规定，弄坏了一个价值十万的模具，扣押了天右当月的工资。天右到厂里去闹，并扬言要上劳动局去告。老板说，要告尽管去告，老子拖你个一年半载，耗死你个捞仔。

　　天右狠狠地说，老子告不了你便杀了你，然后一命抵一命。

　　老板冷笑，你小子有种就放马过来，我随时奉陪。

5

天右带了一把刀回到出租屋。

一把刀，一尺余长，闪着青冷的光。刀是从一个穿藏袍的人手里买来的，那人说是真正的藏刀。天右拿着刀，突然觉得豪情干云。多日找厂方索赔都没人理会，到劳动部门投诉，劳动站倒是来调解了，厂方认为天右是故意自残然后敲诈。因为那天天右把冲床调到了厂方明令禁止的速度。要想讨回公道，除非上法庭。要是上法庭，没有一年半载判不下来。老板无所谓，天右这样的打工仔就拖不起了。天右当时无助地往回走，就见到了那个兜售藏刀的人。那人有着一双深不见底的湛蓝色的眼，天右只望了那人一眼，意识便有些模糊了，一大片一大片的蓝，便把他的思维覆盖。

小伙子，买下这把刀。藏袍人斩钉截铁地说。

天右鬼使神差地买下了那把刀。

回到出租屋。屋里多日未住人，空气中有股浓浓的霉味。天右推门进屋，那只野猫忽地从床上窜起。那野猫早已把天右的床当作自己的窝。

天右说，猫，来，我们做个伴。

猫并不领情，气愤地逃得远远，冲天右叫骂：喵。喵。喵。

天右骂，不识抬举的东西，老子杀了你祭刀。

天右出门找来了块石头。蹲下。磨刀。刀锋冷冷。刀声霍霍。

咚，咚，咚。

有人敲门。

天右收了刀。打开门。是宏。

宏说，咦，天右，这么久没回来住，我还以为你们另租了房呢。何丽呢？

天右一听宏提到何丽，激动了起来。何丽，何丽她不会来了。天右说。天右这样说时，已是咬牙切齿。你知道这是为什么吗？都是你那该死的老公。天右冷冷地盯着宏那高耸的双乳，突然有了久违的冲动。这是雄性的冲动。这种感觉很强烈。因为你，天右说，因为你那该死的男人，每天晚上在房间里磨刀，害得何丽离开了我，害得我变成了残废，害得我丢了工作。天右越说越激动，一激动天右就亮出了刀。

天右的心脏因激动而剧烈地跳跃着，他的体内有无数条火蛇在蹿动，男人的血液在沸腾。后来他的阳具就高傲而且坚挺地雄起。自从何丽走后，天右以为他的阳具再也不会苏醒了。现在，它居然醒了过来，而且是前所未有的威风。天右急于想知道，他到底还是不是男人。于是天右一步步地逼近宏。

天右说，你老公犯下的错，该你来偿还。

宏笑了。宏笑得很媚。宏说，我早知道你想要什么。我第一次见你时就看出来了。宏说来吧，你们男人都不是什么好东西。宏说着解开了上衣的扣子，露出那双雪白丰腴的奶子。天右抱住了宏，把宏的衣服剥得精光。天右把积郁多日的愤怒全都发泄在宏的身上。宏在扭动。宏说，狗日的，狗日的。

猫不知何时又跳到了窗台上，冷冷地盯着对疯狂的男女。以至于它忘记了自己处境的危险。蓦地，猫发出了一声尖利的惨叫。在空中一连翻了七八个滚，落荒而逃。天右依稀看见是宏的男人对猫下的手。但天右那时已忘记了害怕，天右叫了一声何丽。那时宏说了一句别为难我男人。天右就感觉到了无限空茫，空茫中，一大片无边的狗尾草在风中摇晃。

天右不知是何时睡过去的。醒来时，已是深夜。

夜凉如水。月如钩。

天右醒来后听到的第一个声音便是霍霍的磨刀声。宏又去上班了，是他男人在磨刀。天右听得今天的磨刀声特别响而沉，仿佛要把磨刀石切断，泛着一股浓浓的杀机。天右感觉到了这杀机。他的内心也有一股相同的杀机在涌动。天右猛地想到，他今天把磨刀人的女人给干了。天右还想到他干磨刀人的女人时那声猫的惨叫。天右开始害怕了。他把那柄藏刀攥在了手中。攥紧藏刀的同时，天右便把什么都决定了。

隔壁房间的磨刀声还在一声紧似一声。

霍——霍——

霍——霍——

霍霍霍霍霍霍，霍。

时急时缓的磨刀声，如一条无形的绳索，紧紧勒住了天右的脖子。天右张开嘴，大口大口喘气。攥刀的手已是湿漉一片。

先下手为强。天右想。

操。

天右想。

杀。

藏刀出鞘。天右的血又开始沸腾，下身坚挺胀痛。该死的野猫不知何时又钻了进来，冷冷地冲着天右笑。天右忽然觉得那猫的笑如同老板的笑，带着冷冷地嘲讽与鄙视。天右一挥刀，猫一声惨叫，拖着血迹逃离。

6

天右进入了磨刀人的房间。

这是第一次进入那个在他心目中打满了问号的房间。房间里并没有什么特别。一张简易的木床，床上堆得乱七八糟，墙边摆着锅碗瓢盆煤气灶。如此而已。这是典型的打工人租房内的布置。磨刀人蹲在地上，很仔细地磨刀。从刀柄的形状可以看出是把菜刀，但刀身充其量只有一把菜刀的五分之一。看得出，这是日积月累磨砺的结果。磨刀人面前的磨刀石呈月牙儿状，两端高高翘起，成一道优美的弧。对于天右突然闯入，磨刀人并未表现出意外。仿佛老僧入定，物我两忘。他的手指修长有力，这样的手应该用来弹钢琴。他的眼睛呈现出迷幻的黄。仿佛开满了狗尾巴草的田野。他专心地磨着他的菜刀，根本没有在乎杀气腾腾手握藏刀的天右。

霍，霍霍。霍，霍霍。

声音顿挫，节奏均匀，看不出一丝慌乱。磨刀人将那雪亮的刀锋对着灯光，眯着眼看了一会儿，很满意地点点头。然后缓缓地转过头来，面对不速之客天右。

磨刀人平静地看了一眼天右。只一眼，天右便突然觉出了恐惧。感觉有只手突然把他的心攥住，感觉浑身提不起一丝劲。举刀的手像刚刚喷射过精的阳具，软软地垂了下去。

天右说，我来找猫。一只猫。一只麻猫。一只大麻猫。该死的猫偷吃了我的菜，还把我的床弄脏了。声音低得连自己都快听不见了。天右突然明白了，自己只不过是个善良的打工仔。心中无论充满了什么样的仇恨与愤怒，那也只是阿 Q 似的仇恨与愤怒。长年的麻木与生存的压力已磨尽了他的锐气。天右连在这屋里多待一分钟的勇气也没有，更别说用手中的刀去砍那让他陷入了困境的磨刀人。天右缓缓后退，抓刀的手在滴水。天右紧张地盯着磨刀人，害怕磨刀人突然地一跃而起，刀锋一闪，砍下他那颗脆弱的头。天右并不想死，活着多好，好死不如赖活。天右的一只脚已退出了磨刀人的房门。

磨刀人突然站了起来，用力地挥了一下手中的菜刀。磨刀人说，你别走。

天右还在往后退，藏刀护在胸前。

你别走。磨刀人又说了一句。

恐惧再次袭遍天右全身，天右感觉脊背发冷。物极必反，恐惧到了极点，便能生出勇气，就像现在的天右。天右感觉有了力量，握刀的手青筋凸起。当磨刀人再逼近一步时，天右一闭眼，长长地吼出了一声，我操——挥出手中的藏刀。

有黏稠的东西溅在天右脸上。天右睁开眼，听见磨刀人说了一声：好。

天右又挥出了一刀。

磨刀人又说，好。

天右突然清醒过来。我杀人了，我砍了他两刀。天右几乎绝望地想。可这刀不是准备来砍老板的么？现在，两刀都砍向了磨刀人，一刀砍在磨刀人的肩上，另一刀，也砍在磨刀人的肩上。磨刀人的胸前已染红了，但磨刀人的神色镇定，磨刀人并没有还手，甚至没有招架。天右突然明白了，磨刀人是故意让他砍的。这样想时，天右又感到了一阵无可名状的恐惧。磨刀人脸色苍白，缓缓地靠墙坐在地上。天右脑子如水洗样的清醒，扔掉了手中的刀，扶坐在墙角的磨刀人。磨刀人突然伸出血糊糊的手，一把抓住天右的手。说，谢谢你。

天右说，我送你上医院。

天右说着要去抱磨刀人。

磨刀人说，不用了，我是故意让你砍我的，你这一刀，让我从痛苦中解脱了出来。天右说，我送你上医院，我出医药费，我不是真心想杀你的。

磨刀人说，没事，我死不了。你听我说，如果你真的帮我，就听我给你说一个故事。

7

磨刀人说了一个故事。

故事发生在中国西部的一个小山村。故事的男主人公是小学教师。他十七岁开始在村办小学教书，兢兢业业耕耘了十一个年头。按照当地政府规定，教龄在十年以上的民办教师可以转成公办。但他没有能转正。因为他爱上了一个不该爱的人。那个不该爱的人是村长的女儿。村长的女儿曾是他的学生。初中毕业后，村长的女儿也到小学任教。他们之间的爱情发生发展得行云流水，但却在关键的时候出了问题。因为村长不允许他的女儿嫁一个穷得叮当响，又比他女儿大十岁的教书匠。后来，他就失去了教师的职业。他决定到南方打工。那天，天刚麻麻亮，教师背上简单的行囊，走到村口。当他深情地再次回眸生他养他的故乡时，他看见了村长的女儿。

这是一个没有一点儿新意的私奔的故事。

这种故事大量地充斥在我们的民间故事和传奇中，故事的结局当然是才子佳人终成眷属，一个是八府巡按，一个是诰命夫人。而这个故事中的男女主人公双双来到了南方，然后他们开始了漫长的流浪生涯。东莞，佛山，深圳，中山，珠海。他们相濡以沫，相亲相爱。然而，他们只是普通的打工者。他在一家小工厂当员工。她则忙碌在流水线上。是爱情使他们从风风雨雨中走了过来。后来，她怀孕了。一次人流。又一次人流。他们养不起孩子。后来，他们的老乡介绍她进了酒店做咨客。他们的生活开始发生悄悄的变化。有一天，她哭着对他说，她对不起他。原来，她让经理给睡了。男人愤怒了。男人打了女人一耳光。然后男人操起了刀，要去酒店杀掉那个睡他女人的经理。女人抱住了他。女人说，你要杀，就杀了我吧。女人说经理给了她一笔钱。女人还说她豁出去了，做一年，挣点钱，然后离开这该死的南方，去一个谁也不认识他们的地方，开始新生活。看着跟自己风里来雨里去的女人，男人的心里很不是滋味。他放下了手中的刀，又柔情地抚着女人的脸，说他不该打她。女人说她实在不想再这样流浪下去了，想有个家，有个可爱的孩子。就这么简单平常的一个愿望，可这个愿望却那么的难以实现。女人说，老公，你不会怪我吗？男人说，我不怪你。只是他晚上再也不和女人做爱了。男人是个懦弱的男人，他没有勇气去找那诱惑他老婆下水的男人。从此以后，女人每天晚上出去坐台。男人便在家里焦躁不安。男人快要发疯了，他一次又一次地拿起了刀，想去杀人。杀经理，杀那些压在他老婆身上的男人。甚至杀死自己。他把刀在磨刀石上磨得冷如秋水，但他终没去杀人。他是读书人，何况他连鸡都不敢杀。他陷入了极度的痛苦中。每天晚上磨刀。渐渐地，他发现，每当听到霍霍的磨刀声，他便会进入一个虚拟的空间。在那个空间里，他的思想纵横驰骋。他可以砍瓜切菜样地砍掉他仇恨的人的头颅，也可以佛祖般的对他所恨的人拈花一笑。再后来，他便不再有任何的思想了，他只是迷上了磨刀。没有仇恨，没有自责，不带任何感情色彩地为磨刀而磨刀。磨刀这个单一的动作，成了他生命中不可分割的部分。不停地磨刀可以使他进入一种无物无我的状态。在磨刀的过程中，他无爱亦无嗔。

　　他们的生活又趋于了平静。后来，新来的邻居打破了这种宁静。邻居是对小情人，每天晚上疯狂地做爱。女人夸张的呻吟和床板的吱呀声如同扔进水中的巨石，在他宁静孤寂的心中激起了波澜。每当听到隔壁的做爱声，他便想到他的女人和别的男人在一起的情形，他的心中又升起了仇恨的火焰。他拼命磨刀，但他已不能进入无物无我的境界，他心中充满血腥和狂热。他一次又一次疯狂地磨刀，一次又一次徘徊在邻居的门外，恨不得砍死他们。

但内心深处另一个声音告诉他不能这样。他觉得他心中有两个自己，一个是佛，一个是魔。一会儿，是佛战胜了魔。一会儿，是魔战胜了佛。他明白，原来每个人都是可以成为佛，也可以成魔鬼，佛和魔原来是如此的接近。糟糕的是，近来，魔渐渐占了上风。他很害怕。那样的事，是他心爱的女人不愿看到的。为了他的女人，男人不会干出任何傻事来的。

天右，谢谢你。磨刀人说。

天右茫然地看着磨刀人。

魔，佛。天右不懂。仿佛又有所悟。

天右再次把目光投向磨刀人的眼，这次，天右没有感觉到一丝恐惧，有的只是一望无际的理解，他理解磨刀人的痛苦与压抑，悲愤与扭曲。因为他有着相同的痛苦与压抑，悲愤与扭曲。那一刻，他是如此的怀念故乡，怀念荆山楚水间那开满山坡的狗尾巴草，狗尾巴草在风中起伏，像长江的秋水，一波漫过一波……天右轻轻地一声叹息，拎起了他的藏刀。一转身，却看见宏满脸泪水地站在门口。

天右一阵慌乱，不敢看宏的眼。他逃出了租屋，消逝在夜色中。

8

　　磨刀人和宏从这个南方小镇消失了。谁也不知他们去了哪里。

　　也许，他们去了一个没人认识他们，没人知道他们那不堪回首的过去的地方，生儿育女，平静地过完他们的下半辈子。而每当深夜，劳累了一天的人们进入梦乡时，那间偏僻的出租屋里，依旧会传来霍霍的磨刀声。

　　磨刀的人是天右。

白斑马

1

你来到木头镇，那桩轰动一时的凶案已发生许久，关于白斑马的传说，在人们的茶余饭后越传越玄，而事情的完整经过已成为谜，湮灭在时光的尘埃中。你曾专门去过李固隐居的云林山庄，山庄铁门紧锁，园里荒草萋萋，一些白鸟在园子上空盘旋，不时发出两声锐叫。从此，那园也成谜，引诱你一次次走向它——在黄昏——久久徘徊。你从没敢走进园子，也无法走进，园门上那一道封条，将你拒之门外。像你曾经生活的城，也曾将你拒之门外，用一道无形的门。

自凶案发生后，小镇人对这园子避之不及。

白斑马！

如果不是你亲眼所见，那传言无法让你信服。你的职业让你，对传说的源起有着强烈好奇。你深知一件，平淡无奇的小事如何演变，终成口口相传的传奇。很多的时候，你用文字演绎传奇，直到有一天，在叙事者的眼里，你也成传奇中人。

你已无法记得，这是第几次来到云林山庄门口。

你看见了白斑马。其时天色正黄昏，残阳如血，你枯坐园门口，想象着画家李固曾经的隐者生活。李固，现代隐者，经历非同凡响，具体细节已被人忽略，但其中大概却清晰可辨。

李固，生于长江之畔古城荆州，其祖父为民国期间荆州书家，当时古城常见其祖父题写的匾额；李固的父亲，一个老牌大学生，大学毕业后在校任教，与李固的母亲感情甚笃，算得上举案齐眉、相敬如宾；李固打小没有吃过什么苦，家学渊远，加之天资聪颖，十九岁便考上大学。然而出乎李固家人意料之外的是，李固在大学毕业后，开始了漂泊生涯。很长的一段时间，他在佛山一间美术陶瓷厂当普通拉坯工，他隐藏过去，努力遗忘那些伤痛，淡却了轰轰烈烈过一生的梦想，只想做一个平常的人。然而命运让他在公元一九九八年时，遇见了你，关于这段相遇，你曾经在一篇散文中有过这样的记载：

"我在佛山美术陶瓷厂结识了一位来自湖北的朋友，我在这里把他叫着X吧。X毕业于某名牌大学美术系，却在陶瓷厂当普工，月薪一千五左右。一日我们在室内闲聊，X说起他昔日的大学生活，眼里亮起一星光，我一直记得那星光，一道微光。在我后来的记忆中，那道光被无限放大，那么亮，亮得甚至可以照亮我在黑暗中的前程。而那的确，只是一道微光。他说起了他在武汉读书时的生活，说起了他的同学少年，说他也曾指点江山、激扬文字，说起这些时，他的腰直了许多，那一张我见惯了的麻木的脸，突然有了异样的神采。他说到了我熟悉的武汉三镇，说到他大四那年的夏天。说到他曾走上街头。然而……他说到然而时，眼里的那一道微光暗淡了，像一阵风，吹灭了两只火把。那遥远的过去，那年夏天，那场政治风暴，他的青春……当时的我，不能理解他的心中在想些什么，就是现在的我，依然也不能明白他当时在想些什么。我记得他长长地叹了一口气，没有再说话，就那样呆呆地盯着窗外。窗外，是南庄的天空，那么多的烟筒在往外冒着烟，像极了一副超现实主义的画。我说，你不能这样下去。我说，你的性格中有太多逃离的因子，遇上困难，便不会想着去征服，只想着逃避。他苦苦地一笑，说，你呀，你还年轻，太天真了。然后，他的样子又回到了之前，那样的颓废，甚至有些未老先衰。"

你当时和他有过一场激辩，你认为他是一个遇事爱后退的人，是一个经不挫折的懦夫。他辩不过你，他低下了头，显得有些手足无措。后来他说，长这么大，你是第一个这样批评我的人，但，你说到了我的痛处。

十多天后，你找到了一份不错的工作，在南庄一家酒店用品公司当主管。当你把这个好消息告诉 X 时，他表情古怪，盯着你看了许久，像看一个怪物。你不无得意地说，怎么样！你不知道，你的得意再一次伤到了他。两个月之后，当你再次去到美术陶瓷厂，却听说了 X 辞工的消息……

这是关于两个人相互影响的故事，打工途中的一次偶然相遇，改变了你和他。你后来成长为一名写作者，被人称为打工作家。那次相遇也改变了X，也就是李固。他离开了陶瓷厂，依然经历了许多的苦难，多年后，他在深圳拥有了自己的公司。经过十年拼搏，他的公司已有了千万资产，他正雄心勃勃地想要把公司的业务拓展到海外，意外发生了，她深爱的妻子被查出患了癌。他愿意倾他所有换回妻子的性命，然而他没能办到。妻子离去，同时带走了肚里的孩子。沉浸在失去妻儿痛苦中的他，没有了心情打点公司，公司的大小事务，都由他的副总，也是他最信赖的同学打点。没想到，同学却借此机会，另起炉灶开了一家公司，把李固公司的大桩业务都拿走了，直到同学自己的公司走上了正轨，把一纸辞呈放到李固的办公桌上时，李固才从梦中醒来。接连的两次打击，让他心灰意冷。他的内心再一次陷入了迷茫之中。

理想实现之日，便是灵魂失重之时。

他开始怀疑自己所作所为的价值。很长的一段时间，他在屋里一待就是一整天，他第一次感受到了死亡离他是如此的近，一个鲜活的生命，说没就没有了。他觉得他人生是充满悲剧的。而每一次悲剧的根源，都是源于心动。那年夏天，他没能守住自己的心，走上了街头，于是他的命运拐了一个弯；后来陶瓷厂的那次相遇，让他沉寂的心再一次动了，于是他有了这第二次的悲剧。不动心。他想到了禅宗的这个说法。

同学的落井下石，像一阵风，吹灭了他心中的那点微光，从此沉默少言。直到一日，也许是冥冥中命运的安排，他偶然来到木头镇，一眼相中山脚下这处废弃的厂房，连同后面大片的荒山，这就是后来的云林山庄。李固自号云林庄主人。他做起了现代隐者，隐居在木头镇，每天以画画、养鸟为生。

但识琴中趣，何劳弦上声。

他觉得，这一次，他终于按着"我"来生活了。终于可以守住"不动心"。

时光渐渐疗救着他的伤，小镇生活一度安宁祥和，他在艺术的世界里，找到了安妥灵魂之所。很长一段时间，他的绘画只有一个主题，那就是他深爱的妻。他的画室里，到处都是亡妻的目光，他就生活在亡妻的注视中。说不清从何时起，亡妻的形象开始在画布上变淡，这是一个渐变的过程，一开始，他的画面上还能感受到强烈的阳光，他捕捉着光影映照在亡妻脸上的那美好瞬间，渐渐地，仿佛从小镇尽头升起了一片雾，白雾开始遮掩着画面，亡妻的笑，开始变得缥缈，如同梦中的仙子，再后来，画面上已看不到亡妻的五官，后来，连身影也隐去了，每一片叶子，每一缕雾，甚至每一笔色彩，每一根线条，每一条黑与白的交织，都成了他的亡妻。

白斑马的出现，打破了他内心的宁静。那是在英子妈开始给他送菜后不久的一个夏夜，隐居的画家李固走出了他的云林山庄，他坐在一处小山坡上，不远处，就是广深铁路线。夜色已深沉，一列火车从远方驶来，在黑暗中，亮着一排窗口。那一瞬间，他的内心无限感伤，他看到了很多年前的那个夏天，那些躁动的热情，他看见了自己第一次离开家走向远方，带着迷惘与失落，他记得那一年的火车，火车上的气味。他从来没有坐过那样的火车，他混迹在一群散发着汗味的民工中间……广深高速列车鸣的一声，带着一道白光，那一个个的在黑暗中闪亮的方窗，也化成了一道白光远去，时速二百六十公里的准高速，这就是深圳与广州之间的生活，加速度的生活。他曾用这样的速度生活。现在，李固的生活慢了下来，慢得几乎处于凝固状态。画家李固坐在黑暗中的山坡上，望着又一列自远而近的火车，他的心里无限伤感，那些逝去的时光，那些坐在夜火车上的人，他们从何处来，到何处去，他们可能对明天满怀希望，也可能满怀绝望……他又看到了许多年前的那个夏天，混乱的尖叫，拥挤的火车，在深夜东倒西歪的疲倦的民工，在深夜光顾民工们钱包的小偷，他看着小偷像掏自己的口袋一样掏别人的口袋，他看着小偷，小偷也看着他，他面无表情，小偷也面无表情……他再一次感受到了他的懦弱。小偷远去了，他听到了尖叫声和哭声，车厢里乱成一团，他的心像铁石一样坚硬……一夜无眠。车过韶关，天渐次亮了。窗外的晨光中，一丛丛凤凰竹和肥硕的香蕉树，透着南国的消息。他看到了民工们眼里闪烁着的光，而他的眼里是没有光，他只想逃，逃得越远越好……

李固坐在山坡上看夜火车。他从失去爱人的痛苦中走了出来，开始迷恋夜晚坐在山坡上看火车的感觉。直到有一天，他坐在山坡上，许久也没有看见一列火车，正当他失望地想要离去时，他看见了一匹马，像一缕月光，从铁轨的一端"的的达达"而来。白斑马的蹄声，像一粒石子，扔进了李固平静的心湖，惊碎了他的梦。

在他死后，朋友为他举办了一次画展：《白斑马——李固遗作展》。

人们惊叹如此简单的黑白条纹的组合，就可以营造出让人叹为观止的艺术空间。

2

画展的前言说，李固的白斑马系列画作，是在木头镇完成的。他生命中最后的一段时光，隐居在木头镇。

你在画展上见过李固的照片，一个有着坚毅五官的中年人，嘴唇紧抿，眉头微皱，目光中有着云烟一样的忧郁。你觉得那目光是你似曾相识的，但自从陶瓷厂一别，已过去了十年。他已记不得李固的模样，甚至记不得他的名字。茫茫人海中的一次偶遇，你们的生命像两条铁轨，曾经有过一次交汇，到铁轨走到下一个交汇点时，已物是人非。在画展上，你与海报上的李固久久对视。开始，你以为是幻觉，你看见海报上的李固对你眨了一下眼。看完画展离开时，你下意识地再回首，你再次看见，海报上的李固，又对你眨了一下眼。

李固的忧郁在那一瞬间传染了你。

可以说，你是追寻着桑成和李固的脚步，从深圳来到木头镇的。

对了，该说说白斑马，在你第 N 次来到云林山庄时，看见了一匹马，一匹斑马！从你的眼前无声地一闪而过。当时你想到了一个词：白驹过隙。

又想到了那个传说：凡见白斑马者必死。

这是一个魔咒。小镇人都信这个。你也信。

据说当初，画家李固、菜农马贵都看到了白斑马，洗脚妹英子、你的朋友桑成，也都看见过这匹马。而他们死亡的现场，都出现了来历不明的"白斑马"三个红字。

从云林山庄回到家，你心事重重。

自打搬到木头镇，你就无法写作。这对于一个自由撰稿人来说，是很要命的事情。当初，关于要不要在木头镇买房安家，你和张红梅是有着不同意见的。张红梅是你的妻子，她的故乡离你的故乡有数千里之遥。你们在打工途中相识并相爱，从此，她陪伴着你走过了十多个春秋。

张红梅说："你在深圳多年，有许多朋友，这些都是资源，不是有消息说政府打算招安你的么？"

你冷笑一声，"招安招安，招甚鸟安。"

提到招安，你是有伤痛的。一度，省里面也是有单位有意招安你，但立马就有人去告你的黑状，一时间流言满天，把你描绘成了一个无恶不作的超级坏蛋。于是那家单位得出结论，对于人品不好的人，再有才华，我们也不要。而那告发你的人，却是你曾经最好的朋友。你之离开深圳，其实也与这件事有关。你也和李固一样，想要逃，逃到一个没有人认识你的地方，安安静静生活、写作，甚至进工厂打工。

张红梅说："如果这样，那咱们回到烟村，那里有你们的亲人，有你们的家。在烟村，遇上什么事，多少有个人帮忙。在这里好比生活在孤岛上。"

你说怎么会是孤岛呢？你的意思，要在南方扎下根。在离深圳不远的小镇安家，你还是想离深圳近一点。深圳于你，是怎样的一种爱，爱里透着恨，恨里又透着绝望，绝望中，又总会有希望之光在闪烁。

张红梅说："你现在还能写，将来要是不能写了，我们一家人怎么生活？"

你笑："哪里会不能写呢？"

张红梅说："总有写不动的时候。"

你说："那时社会发展了，福利跟上来了。我们不会再被社会遗忘的。"

你没有对妻子说起过李固的事，没有对她说起过白斑马，当然更没有对她说起桑成。

在这小镇，张红梅的生活单调而枯寂。自从你开始自由撰稿，突发奇想地认为你可以成为伟大的作家之后，张红梅也被你这伟大狂想所蛊惑，为了让你能更安心地写作，她辞去了工作，开始了职业的相夫教子。来到木头镇，张红梅的天地，除了你和孩子，就是小区那一片园子。邻里之间，几无话可说，大家都把自己的心关得紧紧，相互提防，把对方想象成心怀鬼胎之辈。这样的处境，让你对未来有了新的担忧。看见白斑马后，你心里的不安越发强烈。

连日来你的脑子里像灌满了浆糊，整天整天在电脑前发呆，每天能做的，就是消耗掉两包香烟及大量咖啡。你一直没弄明白，桑成为何要来到木头镇，你听他说过，他要来解决问题。

在深圳这十多年，桑成算得上是你最好的朋友之一。你俩曾同在一间工厂打工。后来又一同进入了政府的文化部门，当上了文化打工仔。工作之余，你俩时常会谈起未来，谈起未来桑成就显得忧心忡忡。桑成的梦想很简单——想办法让在深圳扎根。他为此拼搏了十多年。

桑成对你说他要去木头镇。

你知道木头镇，在很久以前，那是个让打工者闻之色变的地方。那些没有暂住证的外来者，被治安收容后，旋即遣送至此，等候他们的亲朋将钱来赎。那时你虽没到过木头镇，却不止一次在你的文字中想象和描写过木头镇。在你的笔下，木头镇的风是阴冷的风，木头镇是一个暗无天日的所在，是人间的炼狱，是打工者的噩梦。

"为什么要去木头镇？"你问桑成。

"在哪里失去，就要在哪里找回。"桑成两眼望远处的高楼，一架银白的飞机掠过楼顶的天空，飞机的尾后拖着长长的白云。

桑成失去了什么？要找回什么？对此你一无所知。桑成在离开深圳前往木头镇时，对你说了四个字："我要进入。"

"为什么一定要进入？进入什么？"你问。

"我们这一代人，是没有退路的一代人。"桑成说。

"退路。为什么要退？"你问。

"你不觉得累吗？"桑成说。

"累。"你说。你对桑成说了西西弗绪神话中那个不停推石头上山的人，你觉得你就是这样的人。

正是从那一天，你开始思考自己的退路问题，也可以说是在寻找归宿吧。

在外流浪日久，你渐感无限倦怠。用现在的流行话说，你已是奔四的人，你无家可归，你需要一个归宿，你过惯了过客的生活，渴望成为归人。木头镇也许是个不错的归宿。后来你这样想。木头镇的地理位置理想，小镇清静，山水秀美。广深高速铁路穿镇而过，到深圳二十分钟，去广州四十分钟。所谓进可攻，退可守。你这样对张红梅说。

"但是……他妈的白斑马。"如果那魔咒当真的灵验，妻子与女儿怎么办？看到白斑马的那天晚上，你心事重重。睡在床上久久难眠。张红梅问你怎么了，在想什么？

"我在想，如果我死了，你嫁给谁我才放心。"

"我也曾经想过这样的问题。我要是死在你前面，你娶谁我才放心。"

"娶谁？"

"娶青羊怎样？我觉得她配你很好。"

青羊是张红梅的好朋友。一个漂亮而执拗的女人，许多年来，她一直在奔跑，从乡下到武汉，从武汉到北京，从北京到上海，从上海到深圳……许多年来，她不停地换工作，差不多每年要做几份不同的工。同时她也在不停地换男人，她换男人比换工作更频繁。张红梅曾问青羊，什么时候能安分下来？青羊摇头，说她不能过重复的生活，否则她会疯掉。说她不能没有爱情，那样她也会疯掉。

你似乎很欣赏青羊，你说她能让你感动，你理解她这样做的原因。你这样说时，想到了自己，你曾经也是这样，不停地追赶着，奔跑着，你其实并不知道自己到底想要什么，只是隐约觉得，你想要的东西总在前方，在你触手可及却又遥不可及的前方。于是你不停地这样跑，从乡下跑到城市，从少年跑到中年。如果不是桑成的死，你还会这样一直茫然地跑下去。桑成的死对你触动很大，桑成很清楚自己想要什么，那就是溶入深圳，成为一名真正的深圳人。为此他一直在努力。他的目标一度是那么接近，那么触手可及，可是突然之间，一切都成为了过去，桑成死了，所有的梦想都成了空……

妻子说到青羊时，你想到了和青羊睡在一起的样子。青羊的身上，有着许多理想主义的东西，那东西让你着迷。

"看你，没出息的样，乐得合不拢嘴了。说正经话，你娶谁我都不放心，你的自理能力那么差。"张红梅说。

"我谁也不娶。我要是死了，倒是想好了让你嫁给谁。"

你说出了那个人的名字——李兵——这一生最好的朋友，一个老实本分人。老实本分的人，在这世界上是吃不开的。他在外打工许多年，一直做着相同的工作，不到万不得已，决不跳厂，他每个月精打细算，把余下的钱都存下来，据说他的存款已很可观。可他的妻子认为他不会挣大钱，只会死做呆干，同他闹离婚已经年。

你说："我要是死了，你就跟李兵过，你们两人会幸福的。"

张红梅说，"我才不跟他呢。你觉得他好，我不觉得。"

你说："我是认真的。"

你的脑子里再一次闪过那匹白斑马。

3

这小镇，最先看到白斑马的，该是菜农马贵。

那天他正在给菜浇肥，那也是一个黄昏，他想浇完了眼下这畦就回家吃饭。他的儿子已站在对面的荔枝树下喊了他两次。

他不是小镇的原居民，和这里其他菜农一样，他来自河南。十几年前，木头镇周边的小镇开始开发，对于蔬菜的需求日增，一些河南来的先行者，就开始在木头镇承包了土地种菜，而小镇本地的主人，则去到周边的镇办起了三来一补的工厂。河南人越来越多，渐成规模。马贵是近几年才从河南来木头镇种菜的，他的一双儿女，皆在这菜园长大，如今早过就读年龄，却未曾上学。

马贵浇着菜，菜们长势喜人，他看着心里欢喜，仿佛看到的不是绿色蔬菜，而是花花绿绿的钞票。风一吹，蔬菜在晚风中倒向一边，他看见许多的小手举着钞票在朝他奔来。

他觉得有点累，挂着长把的粪瓢柄，望着西下的残阳，他听见了脚步声。以为是孩子来叫他回家吃饭，说："你咋又来了，不是说浇完了就回么。"

他说完，没听见人回话。回头，就看见一匹马。

一匹马，站在菜园中央，望着他，嘴角泛着笑。

他吓了一跳，以为这马要吃他的菜，想轰走它，然而那马根本没有吃菜的意思，只是站在菜地里，望着他。咧开嘴，笑，像一张人脸。

马贵第一次见到这样的马，一身的黑，不，一身的白，不，一身黑白相间的条纹。马贵从来没有见过真正的斑马。他的心跳瞬间加速。他知道，此乃稀见之物。他小心翼翼地朝斑马摸过去，走到斑马身边，他分明感觉到斑马嘴里喷出的热气。他蓦然伸出手，想去摸斑马的头。如果有可能，逮住它，准能卖个好价钱。他想。

斑马撒开蹄子，转眼消逝在菜地尽头。

回到家，菜农马贵对他媳妇说，他看见了一匹马。不过马贵说他看见了一匹黑马，身上有着白花的黑马。他强调。

媳妇无动于衷。一匹马么，只要没有吃掉她家的菜，她懒得关心。

然而马贵觉得此事奇怪，长这么大，都没有见过如此奇怪的马。他想到了英子。

英子读过高中，有知识，见识广。也许，对她说说，她会感兴趣。

吃罢晚饭，他去到了不远处英子的租屋。英子妈才从菜地里回来，在做饭。一问，说英子上班去了。英子高中毕业后来到南方，不想和她妈一起种菜，要自己找工作。英子后来真找到了工作，英子对妈说她在一家香港公司当文员。但也有人传言，说英子根本不是在香港公司当文员，她在洗脚城里给人洗脚。但这话很快就被人反驳了，洗脚城里招进去的那些女娃，一个个都长得勾死人，英子随她爹，长得丑，就是她想在洗脚城干，人家也不会要她。

马贵坚信这一点。

英子没在家，马贵就坐下来，和英子妈闲扯。

英子爹多年前来到深圳，开始在沙井镇的建筑工地打工，不小心从脚手架上掉下来，死了。英子妈来这边，处理完男人的后事，就跟着老乡来到木头镇，租了菜地种菜。这些年来，英子妈一直未再嫁。她不缺钱花，男人死后，得到了一笔抚恤金，再加上她很能干，她的菜比别人的好。她听了英子的话，种菜不打农药，不施化肥。她家的菜，比别人家的菜卖得价高。每到星期六，在木头镇定居的香港人就来她家买菜。老乡们劝她，找个人嫁了。

她说英子都没有嫁呢。她挣钱都是为了英子，她希望英子将来嫁个城里人，不要像她，嫁个农民，没知识没文化，只能做建筑工，说不准什么时候就没了。她本想让英子上大学，男人死了，她有钱了，英子上大学是不用为钱发愁，然而英子不争气，没考上。英子妈气得在床上睡了三天。

英子妈问马贵："找英子有啥事？"

马贵说他看见了一匹马。他详细地说了那匹马的样子。说是想问一问英子，这是什么马？这里怎么会有这样的马？这马是不是很值钱？

英子妈说："那你给英子打个电话呀。"

马贵给英子打电话，英子正在忙工作，不方便说话电话。马贵坐在英子家里，和英子妈说话。天就真的黑了。南国的风没来由地乱吹，他的话也越来越显得心不在焉。他听说过一些关于英子妈的传言，但没有证实过。

"在俺这吃一碗？"英子妈做好了饭，盛一碗，问。

他摆着手说："不吃不吃，俺吃过了，你吃啥饭呢？面条？你要吃好点。"

英子妈捋了捋散在额前的头发，说："一个人，做啥好吃的也没滋味。"

他的心扑通一跳。说："大哥走了这么多年，你也不再找一个？"

英子妈就笑，拿眼勾着他，说："都老妈子老草了，谁要？"

他的手突然抖了起来，想到了那传言：五十块就可以和她睡一晚。

"你哪儿老了，你一点也不老。"

"你说笑话，咋会不老，说话就四十了。"

三十如狼，四十如虎。他有些坐不住了。他想走，可是屁股像是粘了胶水，搬不开脚步。于是没话找话，说起了云林山庄的李固。

"听说你常去云林山庄？"他问。

"嗯。"英子妈一碗面条没怎么动。

"听说那里有个画家？"他问。

"嗯。"英子妈盯着碗里的面条。

"听说他一个人住那么大个庄子？"他问。

"嗯。"英子妈说，"就他一个人，我没见过别人。"

"他都干嘛呢？"

"画画，天天画。"

"他人怎么样？"

"好，我每次给他送菜过去，他都多给我钱。上次送了一把豆角，就给了二十块钱，哪值二十块啊，最多三块就够了，可是硬是要给。他说我种的菜好吃。"

"听说他原来是个大老板，有几千万哩！你说一个大老板，跑到这小镇来，是为啥？"

"不知道。他没说，俺没问。"她挑了两根面条，想吃，又放在了碗里。

"你还有事？"他见她像心不在焉。

"哦！没事没事。"英子妈说。

"听说，那个画家养了很多鸟？"他再问。

"很多鸟，也不是养的，庄子里有一个水塘，树又多。来了鸟，他就给鸟撒一些食。鸟就越来越多了。他每天都要花许多钱买粮喂鸟，你说这人真是怪。"

"前天马富家过喜事，放炮，把他的鸟吓跑了。他来找马富理论了。他妈的马富运气好。"

"我去送菜时听他说了。"

"哟！你的屁股真大，坐在这里不想走了吧。"两人正说着，门外蓦然传来马贵老婆的声音。

英子妈同马贵老婆打过招呼，低下头，稀溜稀溜吃面条。

"我正想走哩。"马贵说着起身离去。

英子妈说："坐一会再走？"

这话是问马贵老婆的。马贵老婆哼了一声。扭着屁股走得飞快。马贵跟在后面，很快消逝在黑暗中。

4

你来到木头镇时，悲剧早已发生。桑成的死塞满了你的脑子。

桑成来到木头镇，就再也没能活着回去。你一直很后悔，后悔那天没有同桑成一块儿来木头镇，你相信，只要你来了，桑成就不会死在这里。

桑成来木头镇的前几天，又和领导吵架了。其实不能称之为吵架，是被领导给训了一通。领导爱拿桑成当出气筒，训桑成更是家常便饭。领导训桑成时，桑成就一声不吭。也许正是因此，领导在他的领导那里受了气，总是拿桑成出气。领导也没觉得这样有何不妥。可是这次，当领导又拿桑成说事时，桑成突然狂叫了声，并抓了只茶杯砸碎在地上。不要说领导，办公室里所有的人都呆了。一惯沉默的桑成，暴发起来竟是如此恐怖。桑成狂叫一声，脸上青筋都凸了出来，脸黑得发紫。领导被搞得不知所措。桑成在暴发完后，就不再吭声，那么多双眼睛，就那样望着他。领导当然不会就此罢休，他得找一个台阶，他缓和了一下语气，说：

"桑成啊，不是我说你，你……"

"啊！～～～～～～～"桑成再次狂叫。

这样的尖叫，显然未把领导放在眼里，领导更加难堪。但领导毕竟是领导。领导说：

"桑成你是疯了，我不和疯子一般见识。"

同事们都来劝领导，说桑成肯定是脑子里有毛病，不要和他一般见识，大人不记小人过，息怒息怒，别气坏了身体，领导的身体重要，领导的身体是革命的本钱。

领导必须找个台阶下，他命令桑成写检讨，并要当着所有同事的面读检讨。

领导走过，同事都来劝桑成。

桑成对你说："不写。他妈的，炒鱿鱼就炒鱿鱼，此处不留爷，自有留爷处。"

你劝："别这样，桑成，有这份工作不容易，听说今年文化局要招调，去年招调，艺术馆不就有好多人转了正，有了编制吗？这关键的时候，你可不能犯傻。再说了，我觉得，老板说得也有道理。"

你们都叫领导为老板。领导也喜欢你们这样叫。听说现在连博士生称自己的导师都叫老板。你们老板也曾对你们说过，说他也是一个打工仔。谁都是打工仔。你劝桑成，其实也是在劝自己。

桑成说："你不知道的。"

你说："我知道。"

桑成说："……我写。"

桑成写了检讨，可是领导说不行，写得太简单了，对问题的错误认识不深刻，要重写。桑成又写。写完了再交上去，领导还是说不行。桑成写了四次，都没能通过。桑成很沮丧。

说："我知道老板为什么和我过不去。他不会放过我的。"

"为什么？"你问。

桑成说："还记得在不久前，我和老板一起出差吗？老板在那边有很多朋友，天天有人请吃饭。那天吃完饭，老板的朋友说要带我们去一个熟人家坐坐，我也跟着去了。一个很普通的小区，三楼，有位中年女人开门迎我们。我当时也觉得有些不对劲，那家里的气氛怪怪的，大白天，窗帘拉得严严实实，开一盏暗红色的灯，那中年女人说话压低着嗓子。坐了大约十来分钟，进来六、七个女孩，一字儿在我们的面前站开。中年女人笑盈盈地说，你们自己点吧。我们那天去了四五个人，老板的朋友对老板说，你先来。老板笑着点了一个，其他的人都点了。老板问我，说桑成，还有三个，你想挑哪个就挑哪个。我这才明白要干吗。我不要。我说。不要？老板盯着我，我第一次觉得老板的眼神是那么可怕，老板冷笑了一声，说，农民！中年女人问我，是不是嫌小妹不漂亮？不漂亮可以再换。我的嗓子发干，心脏像要跳出来了。长这么大，我是第一次遇见这阵势，早知来是干这事，打死我也不来。老板的朋友问老板怎么回事，显然他感到很扫兴。我听见老板对他的朋友说，算了，这小子阳痿，不是男人。老板的朋友拿怪异的目光盯着我，哈哈哈地笑了一阵。他们各自拥着点到的女孩进了房间。只留下我一个人坐在客厅，那中年妇女做了一会儿我的思想工作，说小妹们可都干净着呢，还是学校的学生哩。我紧张得要死，借口不舒服，吓得落荒而逃。"桑成说，"从那以后，老板就看我横竖不顺眼。接下来的几天都没给我好脸色，每次出去活动也不带上我了。"

你笑桑成："难怪老板恨你，我是老板我也恨你。老板要和你一起嫖娼，你他妈的却来这　手，你把领导往什么位置放？重要的是，从此你在他的面前就有了道德优势。"

桑成说："去他妈的道德优势。"

你说："桑成呀桑成，你真是个农民。"

桑成说："我本来就是农民。"

你说："你想一辈子当农民？"

桑成说："傻逼才想当一辈子农民。"

你说："那不就得了，来，我帮你写。"

你帮桑成写了一封三千字的检讨。检讨深刻地总结了自己错误，并把这种错误归结为农民意识，这次老板没有再说什么。老板在第二天的早会上，还是语重心长地对部下们说了一句意味深长的话："我们是做文化的，一定要掌握先进的思想，我们的行为，要代表先进文化的方向，满脑子迂腐落后的想法，就要被这社会淘汰。"

你和桑成都认为老板的话有道理。

老板的经历，和你的经历，和桑成的经历其实差不多——从内地农村或小镇来到深圳，多年打拼，终于混进了文化部门，所不同的是，老板是所谓的体制内的人，生病有医保，退休有工资，住有福利房，出门有公车，在外花天酒地，甚至嫖娼的钱都可以由国家报销，而你和桑成，只是政府文化单位的临时工，打工仔。你们没有根。你们的生活经不起意外的打击。你们的人生是建立在一个脆弱的地基上的，你们是被社会福利遗忘的人。也正因此，你们对未来总是心怀忧虑。

老板说："我是为你们好，你以为我会害你们吗？我是希望你们都过上好日子。"

老板的话，让你和桑成许多天都没有回过神来。桑成说，老板是对的。

没过多久，局里新一轮招调又开始了，凭能力，你和桑成自然都是可以招调的。你没文凭，被拒之门外。桑成有自考文凭，依然没能拿到指标。后来风传说要拿到指标，要么献财，要么献身。对于桑成来说，就只有献财一条道了。桑成还真的去找过领导的领导。领导的领导说没问题，拿二十万来。桑成拿不出二十万，问领导的领导，可不可以分期付款，像买房一样月供。领导的领导盯着桑成，这大约是他遇见的最无厘头的行贿者。从领导的领导办公室出来。桑成就感到大事不妙。当天下午，老板就把桑成叫过去，大骂一通，然后炒了桑成鱿鱼。桑成被解雇后没多久，领导的领导就被双规了。据说他向组织部的一位女领导献财又献身。而你，也是那时就辞了工，当起了自由撰稿人。

桑成离开单位的那天，几位同事摆酒送别。老板也来了。老板问桑成恨他不。桑成说不恨，感谢老板点醒了他。桑成在酒后宣布了两件事，第一件，是他要让自己堕落一回，第二件，他要去一趟木头镇。

"为什么是木头镇？"

"在哪里丢失的，就要在哪里找回来。"桑成说。

后来，桑成在木头镇遇见了英子。这是他的宿命，也是英子的宿命。

你试图弄清楚桑成和英子之间发生的事件真相，但你将永远也无法弄清。

传说英子也看见过白斑马。你找到了英子妈，英子妈证实了这个传言。英子妈还沉浸在痛苦之中，显然不太想去谈有关英子的一切。女儿在洗脚城做工，当妈的听到传言后，跟踪了英子，才得以确认的。在那之后，她和英子有过一次谈话，她说英子你别瞒着妈，妈知道你在哪里上班了。

英子说："妈，您要是觉得没面子，我就辞了这份工。"

英子妈说："什么面子不面子，能过日子才是好的。英子你长大了，你做什么工妈不管，妈只巴望你自己灵醒点，找个好人嫁了。来洗脚的不是老板多吗，看能不能找一个，说什么也不要嫁回农村，和城里人比起来，咱农民简直就不是人。"

做妈的，其实并不了解女儿。她永远无法走进女儿的内心。人心是如此之复杂，远远超出了一个农村妇女的想象。

也超出了你的想象。

从英子家回去的路上，你突然想去看一看马贵的那片菜地。自从看见白斑马，不祥的感觉就一直紧紧纠缠着你。你害怕，为你的妻子和孩子。孩子在小镇读书，上的是外来工子弟学校。妻子没有工作，你们在这小镇安家，可在这小镇举目无亲，连熟人也没有，你害怕万一你突然死去，妻子和孩子谁来照顾。你甚至后悔当初买房子时，没把房产证落在妻子的名下，这样你死了，她想要卖掉房子回农村生活，也不用那么麻烦，那些天，你总爱琢磨自己的后事。你甚至想到了托孤这个词，你一直想找一个可以托孤的人。你有那么多的朋友，你在里面寻觅可以托孤的人。传说从来不是空穴来风，李固，马贵，英子，桑成，他们都看见了白斑马，他们都死了。你希望你是个例外。白斑马像一个无形的魔咒，引诱着你去寻找真相。你相信，弄清楚了他们真正的死因，你就有可能避免这样的灾难。

马贵的菜地已经换了主人。所有的菜农对于白斑马的事都避之不及，好像一沾上，就是沾上灾难。到了傍晚，菜地里早早没了干活的菜农，他们现在都晚出早归，害怕一不小心看见那倒霉的白斑马。

你甚至不敢对朋友们说起你曾见过白斑马的事。

你一无所获，理不出一点头绪来，只有坐在菜地边发呆。有人在远处打量，向你投来怪异的目光。你就这样坐到天黑。"白斑马，要来就来吧。有种你再一次出现。"然而你没有看到白斑马，你心情复杂，又失望又庆幸。

回到家时，你妻张红梅说李兵来电话了。你复电，问李兵有何事，现在怎么在过？李兵说还在工厂里打工，不过现在升主管了，工资高了，工作压力也很大。你说这是好事啊，有压力才有动力。

李兵说："我找你，是想请你给拿个主意。我不想再拖下去了，决定答应她离婚。"

你嘴角浮起了笑，想到了昨晚你和张红梅在床上的对话，想到了白斑马，想到了托孤的人，你觉得，冥冥之中自有安排。窗外有风，吹乱了桌上的纸，在屋里乱飞，你的心一下子空空荡荡，你看见你的灵魂飞离头顶，你看见你呆呆地站在电话机前，一切像极了一张黑白的照片，世界在这一刻有了短暂的凝固。过了许久，你的灵魂才回到肉身。

"离吧离吧。这样拖着，对你和她都不好，都什么年代了，没有爱的婚姻，是不道德的。"

"可是，孩子怎么办！"李兵说。

"为了孩子，你更应该离，"你说，"离了来我这儿住一段时间散散心。"末了你又补了一句，"长痛不如短痛。"

"好……我听你的。"

张红梅说："哪有你这样的人，只有劝人合，哪有劝人离的？"

你说："他离了，我就放心了。"

张红梅说："你发神经。哎，你一天到晚在外面跑什么呢？"

"……"

"实在写不出来了，就去找工作。"

"……"

"你怎么啦，我总是个人在和你说话。"

"……"

"再这样下去，我要疯掉了。咱们住在这里，像住在孤岛上一样。"

"你可以上网，实在寂寞了找个人网恋也行。"

"恋你个头。"

"……你可以去打麻将。小区里不是有麻将馆吗？"

"发神经，我一个人都不认识。"

"打几次麻将不就认识了吗？"

"我就想和你说话。你陪我说说话好吗?"

"我们这不是在说话吗?"

"……"

这一次,轮到张红梅不说话了。过了许久,你看见她在流泪,抚着她的肩问她怎么了。

张红梅说:"我要是个哑巴就好了。"

那一刻,你差一点对张红梅说了白斑马的事。说你看到了白斑马,说出你所担心的事情。可你还是忍住了没有说。你的心,又在马贵、桑成、李固和英子四个名字上转悠起来。

5

英子打工的洗脚城，二楼洗脚，三楼松骨。有客人在二楼洗完脚，技工们会笑着劝顾客，"老板，去三楼松松骨嘛。"客人被说动了心，会说，"那我就点你的钟。"于是二楼的洗脚技工就上到三楼给客人松骨。技工们每天凌晨三点下班，会一起走出洗脚城，穿过小镇的铁路桥，去到一家夜市烧烤档吃烧烤。姑娘们一路上叽叽喳喳，是这小镇最美的风景，姑娘们谈论着某一个有趣的客人，当然，相互打听这一天洗了多少个，收入有多少，也是必不可少的。她们的工作，没有底薪，收入全靠提成，小费看客人的心情。英子每天下班后就回家，她很少和姐妹们一起去吃烧烤，不是不想去，是姐妹们在孤立她，有意不叫她一起。

英子知道，姐妹们在谈论了客人和收入之后，大抵会把她当作话题，当然，英子刚进洗脚城打工时，被她们谈论是经常的事，比如被某个客人退了，被人拿言语伤着了。她们谈起这些时，觉得相比起英子，她们的人生是幸运的。后来，她们谈论英子时，言语里便渐渐多了一些讨伐的意思。

英子从来没有上过三楼。在这里打工一年多了，她甚至不知道三楼是什么样子。她没有学过松骨，她知道，学会了也不会有客人点她。越是这样，英子越发对三楼产生了强烈地好奇。有一次，她曾向一个洗脚技工问起三楼的情况，技工说你自己上去看嘛。英子一时不知该如何回她。

英子想，"要是有客人点我上三楼去松骨就好了。"

这似乎成了英子的理想。就像当初她想着进洗脚城打工一样。英子的性格，当真是太像英子妈了。英子妈自从知道女儿在洗脚城上班后，总觉得心里虚虚的，在老乡们面前说话都有些心里发紧，总觉得他们都知道英子的事，在背地里笑话她。她努力在老乡们面前维护着女儿的形象，只渴望女儿早点找到好的归宿，到那一天她就能扬眉吐气，把女儿的婚事操办得热热闹闹。她觉得她的生活，一直被一股窝囊之气所压抑着。有时她甚至会想一想李固——那个画家。她觉得李固是个好人，也是个有钱人，英子嫁了他，一定能享福。她故意让英子去给李固送菜，英子回来后，她就反复不停地问英子关于李固的事情。可是英子在去送了一次菜之后，说什么也不去了。英子妈再去送菜时，会故意和李固谈一谈女儿英子，谈起英子来，做妈的恨不得把天底下最美的词都用在女儿身上。可是李固对女人早死了心。他曾经爱过，现在，他心灰意冷。好在这小镇质朴的民风，让他多少有一些安慰。他只想逃遁，他不知道，命中注定了，他无处可逃。

英子其实对李固抱有很浓的兴趣。

母亲经常爱说起李固，李固在英子眼里，是那样的神秘。英子对未知的生活，总是充满了好奇。当她初次走进云林山庄，看到那么大的园子，有山、有水，还有那么多的鸟。在这里生活的，会是一个什么样的人呢？这主人超出了英子可以想象的范畴。在洗脚城打工，她每天都要接触到各色人等，可以说是阅人无数，可是她无法把李固和她的想象挂上钩。

提着妈为李固收拾好的蔬菜，英子第一次走进了云林山庄。园子里很静，静得除了鸟声，还是鸟声。鸟声一下子勾起了英子对家乡的美好记忆，那时父亲还在，家还是一个完整的家，每天清晨，她的窗外就会传来清脆的鸟鸣声。她那时有多少的梦想啊，大学、爱情……父亲意外去世，打碎了英子的梦。她不想读书了，她选择了另外一条人生道路。英子走在云林山庄，也走进了未知。她见到了画家李固，一个很平常很普通的男人，如果他来洗脚城洗脚，英子是不会把他和画家联系在一起的。

李固坐在画架前作画。英子小声地打招呼。

李固抬头，望了英子一眼，很漠然。

"我妈让我给您送的菜。"

"哦。放那儿。钱在桌子上，你自己拿。"李固说完，低头作画。

英子放好菜，拿上钱。站在一边，看李固作画。看一眼李固的画，英子的脸唰地就红了。那一天李固画的是女人体，可是那女人的五官，却分明是英子妈。

英子的脑子一下子就乱了，慌里慌张地离开了云林山庄。

英子对母亲和李固的关系产生了联想。莫明其妙地，英子和母亲之间产生了隔阂，她甚至有那么一点恨自己的母亲。往后的日子里，母亲再对她说起李固时，她总是很粗暴地打断母亲的话。英子觉得母亲伤害了她。从云林山庄回来的那一晚，英子格外地思念父亲。

英子和英子妈的关系出现了裂痕。做母亲的不明就里，做女儿的，又是一个言语极少心里却十分要强的人。要强的英子，更加强烈地产生了上三楼为客人服务的愿望。她多么想找一个客人，让那客人疯狂地蹂躏她，就像她当初疯狂地想进洗脚城一样。

英子当初来木头镇，母亲希望她种菜，她不干，说要找工作。看见有家洗浴中心招工，她也没有想太多，去见工。招工的两个男人，瞪着古怪的眼，像看怪物一样把她从头到脚打量了一遍，说不招新手。英子指着招工牌，说上面不是写着，生熟手都招吗。招工的男子说，不招了不招了。英子转身离去时，听见那男人在笑，对另一个说，也不看自己长什么样，还来见工，哪个客人会要他洗脚呢？

英子听见了，转身冲到了那男人面前，盯着男人，一言不发。

男人说："你怎么回来了？"

英子不说话，脸气得发黑。眼里像有两团火在烧。那男人被英子盯得心里直发毛。英子就这样盯着那男人足足有一分钟，然后一言不发地离去。

英子把这视为对她的羞辱。接下来的时间，她一直在找工作。其实她要是想进厂，是不难的。英子来到南方时，南方的劳资供求关系早已不是20世纪的行情，当初一个职位上百人竞争，现在是工厂大多打着长年招工的牌子却招不到工。英子却不想进厂了，她一直在赌气，非要进一家洗浴中心。

一个月以后，英子成了一名洗脚妹。洗脚妹的工作与性服务无关，但多少有那么一点暧昧，穿着的衣服领口开得低一点，透着那么一股子的风情。有时客人占点小便宜摸一把，也是无可无不可的，大不了说一声老板记住我的工号啊，下次还点我的钟。

英子没想到在洗脚城干多久，她只是想证明一下，她是可以在洗脚城找到工作的。

经过几天的短暂培训，英子就上岗了。想到长这么大，第一次和陌生的男人这样接触，英子心上心下，紧张而又充满期待。她和四个姐妹一起，端着洗脚的药水鱼贯而入，这是她第一次上工，她走向了坐在最里面的一位客人。那位正在大声说笑的客人见了英子，脸上的笑容顿时不见了。英子很礼貌地对那位客人鞠躬，客人的脸上写满了不快。

客人说："把你们的部长叫来。"

英子去叫来了部长。

客人对部长说："帮我换个靓点的小妹。"

部长说："对不起先生，现在客人多，人手不够。"

"不够？那我们走。"客人说罢起身要走。

部长说："您等一下。"

英子被客人退了。这是英子第一天上班，她一直记得这一天，这一天是她人生中的奇耻大辱。当然，这样当面不留面子的客人毕竟是很少的。每次服务时，她都能感受到客人的不耐烦，感受到客人心中那失落的情绪。客人们总爱和那些长相漂亮的技工逗嘴，而那些时候，英子总是一言不发，认真地给客人洗脚，用力按着一个一个穴位。英子看不上那些漂亮的技工，仗着长相漂亮，给客人洗脚时偷工省事，许多该按的穴位都没有按到，只是拿手在客人的脚上摸过了一遍，然后坐在客人的大腿上，胡乱按摩几下了事。

英子接到马贵的电话时，正在给客人按脚心的穴位。她手指的力道恰到好处。客人不时发出愉悦的叫声。

英子说："舒服了，下次来您还叫我，记住我的工号。"

客人伸手摸她胸前的牌号："让我看看，哦，138，我记住了。"

同来的客人笑，说老齐你往哪儿摸呢？

英子笑，被叫着老齐的也笑。房间里的温度一下子升高了两度。老齐说，"今天这脚洗得舒服，这才是真正的洗脚，你的技术好。"

要强的英子在得到客人的好评时，却得罪了一起出工的同事。英子的技术，让其他技工的技术相形见绌，她得到老板表扬的次数越来越多，其他技工被老板批评的次数也就越来越多。有一次老板很严厉地把那些偷工省事的技工训了一通，说，"你们看看人家英子。"

自此，英子明显感受到了来自同伴们的敌意。人与人之间，没有任何利益冲突时，是可以相互温暖的，当有了丁点大的利益冲突，一切马上就变得冰冷而无情。要强的英子发誓要在这无情的地方立住脚。她从来不会向命运低头。

后来英子遇见了桑成，他的眼光是那么温和，她听他说着自己的困惑。英子也对桑成道出了心中的伤痛，她说客人对她冷漠她可以理解，也可以接受，可是姐妹们的冷漠与敌意让她接受不了。

"我想不通这是为什么，她并没有得罪她们。"英子说。

桑成说："因为你妨碍她们了。你的存在，就是对她们生活的妨碍。"

英子第一次听到这样的说法，她的心一下子被照亮了。后来，她们还说了许多，再后来，英子生平第一次上三楼为客人服务，那一次，也成了她人生的最后一次。

6

经过多日寻访，你对英子和桑成的事，渐渐有了一个较为模糊的认识。

他们生命中的痛苦，和你的一样。你知道桑成的痛，知道英子的痛，甚至也能理解画家李固的痛苦，可是你却无法透过纷繁的生活，看到这些痛苦的根源。你感受到了他们生命中的那种挥之不去的焦灼，那种焦灼和你的痛苦是那么相似，可是你无法理清自己内心的焦灼与痛苦的根源。

李兵又来电话了。李兵说他离婚了。

你问："感觉怎么样？"

李兵说："像死了一次。"

你说："你很快会重生的。"

李兵说："刚刚走进民政局的大门时，我还那么恨她，恨她贪心，恨不知足，恨她不理解我，恨她毁了我的生活。我掏心掏肝地对她好，这么多年来，我几乎是为了她而活着的。可是走出民政局的大门时，我突然一点也不恨她了，我恨不起来，我理解了她。我对她说，对不起，这么多年来，让你跟着我受苦了。她说其实她也不好。"你兵说，"你知道吗，这么多年来，我们从来没有心平气和地好好说上几句话，离了婚，我们突然心平气和了，突然懂得了将心比心想问题了。"

你说："你还爱着她么？"

李兵说："一日夫妻百日恩，十几年的夫妻了，哪里能说忘就忘了。"

你问："那，你后悔了？"

李兵说："不后悔，我爱她，就要为她好，让她去过她想要的生活。只是，觉得累，心里空空的。"

你说："到我这里来散散心吧。"

一个星期后，李兵真的来了。你去木头镇火车站接李兵。你和李兵有好多年没有见面了。见面了，你和他都没有想象中的激动。你们都从对方的身上看到了时间的重量。用时下的话说，你们都是奔四的人了。你们几乎都苦笑了一下。

张红梅炒了几个拿手的菜，你们那天喝了许多的酒。

"这么多年了，你的性格还没有变。"

"你也没有变。"

"我变了。"你说，"那时我们多么简单，现在变得复杂了。"

是的，你觉得，现在的你和李兵，除了叙旧，好像没有什么可以谈的了。

"那时我们都在乡下，夏天的晚上，坐在稻场上，谈论理想、未来、人生。想想真的好笑，那时我们认定了，理想无法实现，都是因为那该死的乡村，只要有一天，冲出了牢笼一样的乡村，我们就一定能实现梦想。"

李兵说："是啊是啊，那时，你已决定了出门打工。我本来是要和你一起出门打工的，可是我开始谈恋爱了，我没有走出来，你说要是我当时跟你一起出来打工，现在会怎么样？"

你说："我妈去世早，父亲年岁已高。出门打工有些不放心。是你鼓励我走出去，还说，你走了，我把伯父当父亲一样，栽秧斫谷什么的，我会去帮忙的。你去闯，我帮你尽孝。我相信你，一定能闯出一片天的……你真的帮我尽孝了，可是我呢，这么多年，我混成了什么样子。"

李兵说："你不错了，比起很多人来，你已算好的了，你在外面有了自己的房子，安了家。"

"可我把家安在了一个孤岛上。"

你们喝了许多的酒。你已开始说酒话了，你说："什么安家，只是有了一个房子，家是什么，家是放心的地方，可这么多年，我的心，找不到一个地方安放。对了，说个笑话，不，不是笑话，是认真的话。你知道吗，我总是想，要是有一天，我突然死了，我想让你娶你嫂子，娶张红梅，你们俩一起生活。听见了没有，你要记住，娶张红梅。"

张红梅说："别喝了，喝多了净胡说八道。"

李兵说："让他喝吧，我知道他的心里苦。"

你说："我的心里苦，李兵你的心里更苦。你记住我这话，我要是突然死了，你就，过来，成为这一家的，男主人。这房子，这家，这里的一切，都是你的。"

那天你是真喝醉了。你喝醉了可心里还明白着。后来你说出了白斑马的事。

"我看到了白斑马，看到了白斑马的人都要死。桑成死了，英子死了，马贵死了，李固也死了，现在轮到我了。"

李兵和张红梅把这话当成是酒后胡言，根本没往心里去。

李兵在你家住了一个星期。本来是你想让李兵来散散心的，他离婚了，心情不好。结果反倒成了李兵在安慰你了。这么多年，你终于把心里那许多的苦都倒了出来。你也对李兵说，"你说说罢，别把苦压在心里，说出来就好了。"李兵摇摇头，笑笑。不说话。李兵总是这样，话很少。你还记得当时你这样评价过李兵，你说李兵的沉默是金。如今的李兵比十几年前更加沉默了。

张红梅说："你带李兵出去走走嘛，天天待在家里喝酒，把人都喝成酒麻木了。"

你对李兵说："我带你去一个地方。"

你带李兵去了云林山庄。你再次对李兵说了你所知道的李固。你问李兵知道为什么叫云林山庄吗？

李兵摇头

你说："李固是想学元代的大画家倪云林。"你还对李兵讲了许多倪云林的故事。那个有着精神与物质洁癖的画家、隐者。

"倪云林看上了一位歌伎，于是把她叫到了自己的庄园，想和她共度春宵。但又怕她不洁，叫她去洗澡。洗完上床，又经过严格检验，认为还是不干净，要她再去洗，洗过之后，他认为还是不干净，要她再去洗。洗来洗去，歌伎洗感冒了，天也亮了，他也只好作罢。"

李兵听着，望着云林山庄内青葱的树木发呆。

"在倪云林的眼里，歌伎不干净，权贵、金钱更不干净。张士诚的弟弟喜欢他的画，送来绢和金币想求他的画，他把绢撕了，说他这么干净的人，怎能为王门画师。他得罪了权贵，挨了顿鞭子。挨打时他一声不吭，有人劝他，打得痛，叫一声也好。倪云林说，不能出声，一出声，便俗了。"

李兵说："这园子里好多的鸟。"

你说："就是这样的一个爱洁之人，可最后，却偏偏死得极为不洁。"

那一天，你还对李兵说起了这些天来你打听到的另一件事，是关于这里的菜农与画家李固的事——

画家李固来木头镇隐居之后，他的庄园里来了一些鸟，于是他开始给这些鸟喂食，没想到鸟越来越多，他每天都要准备十多斤的鸟食来喂鸟。他的园子里，渐渐成了一个鸟的天堂。可是有一天，离庄园不远的菜农马富家办喜事，放了很多的鞭炮，把鸟都吓跑了。李固于是找到了马富，说您以后不要放炮了，一放炮把我的鸟都吓跑了。马富说，这关我什么事，我们农民过红白喜事，都是要放炮的。画家李固说，我不是禁止你们放炮，只是请你们不要放炮。当时有个叫马贵的菜农也在场，马贵说，你说得好听，凭什么你不让放我们就不放了，政府禁鞭都禁不了。除非你给钱，你给钱我们就不放了。马富和其他的菜农都说，对对对，给钱就不放了，你不是有钱么？画家李固想想觉得也有道理，没有理由不让人家放炮。于是同意了给钱。然后就谈到了具体的价钱的问题，给多少钱，才能让他们过喜事不放炮呢。经过讨价还价，最后达成了共识：五百块钱买菜农们不放炮。这事过了没多久，马贵就找到了画家李固，说，我来通知你一声，明天我过生日，要放炮。你看这事咋办。李固说，这好办，按上次谈的标准，五百块。马贵喜滋滋地拿到了五百块。过了不到一星期，马贵又找到了李固，说他明天又要放炮。画家李固说，又有什么事？马贵说，还是过生。李固说，不是上星期才过的吗？马贵说，这次是儿子过十二岁生日。李固说，那好吧，我再给你五百。马贵说，过十二岁生日是大事，要热闹，不放炮不吉利。最后的结果，是李固拿出了七百块，才把马贵打发走。马贵的生财之道，很快被其他菜农得知，于是那一段时间，差不多天天有人去找李固。

李兵说："那后来呢，总不能老这样被他们敲诈。"

你说："是啊，后来李固便不肯给钱了，说你们爱放炮就放吧，随你们的便。于是菜农们就拼命地放炮，想把鸟都吓跑。可是经过几次之后，鸟儿们渐渐习惯了鞭炮的声音，再怎么放，都不跑了。"你说，"难怪很多厂都不敢招河南人，河南人就这样。"

李兵苦笑着摇了摇头，说："你是太久没有回烟村了，其实咱们那里的人也是这样。现在的人，都变坏了。从前是夜不闭户，现在是上了锁都敢撬你的门。你搞种植，人家偷你的，你搞养殖，给你下毒药，尽干损人不利己的事。对了，画家得罪了这里的菜农，只怕他以后的日子就不好过了。"

"没什么，那画家，如今已不在这世间了。"

你和李兵都不再说话。

"我要走了。"晚饭时李兵说。

"急什么呢？"

"该进厂打工了。"

"你就那么喜欢打工吗？你又不缺这个钱花，你存那么多钱干吗呢？"

"我也不知道，可是，不打工，干吗呢？"李兵苦笑。

你说李兵："你这是为了打工而打工。"

李兵说："那你是为什么而写作呢？"

你想了一会，说："我和你一样，是为写作而写作。"

你送李兵去木头镇火车站。在候车的时候，你对李兵说，"记住我的话。"

李兵说："什么话？"

"如果我出了意外，帮我照顾你嫂子和侄女。"

李兵说："胡说什么呀，好好的，人哪儿那么容易就死了。"

你说："我们来到这世界是一个意外，离开这世界，却是必然。李兵你要答应我。"

"你放心，如果真有这么一天，我把她们当亲人。"

7

英子看见白斑马，是在她从李固的庄园出来之后的事。那时，菜农和李固之间已生仇恨。只有英子妈，依旧每日采颉新鲜蔬菜送到云林山庄。英子妈的举动，实际上是表明了她的立场，这样一来，她便成了全体菜农的敌人。英子妈菜园里的蔬菜，在某一天晚上全部被毁，面对被毁掉的菜地，她心里明镜一样。前些天，马贵就来找过她，让她别再给画家李固送菜了。

英子妈说："为啥不能送？"

马贵说："那个画家得罪了咱们，和咱们是敌人。"

英子妈说："和你们是敌人，和我不是。我又没有去敲诈过人家。"

马贵说："反正你不能再给他送菜，否则你别想在这里种菜。"

英子妈看到被毁的菜园，站在那里，默默流泪。依她的性格，若在老家，她定要拿一把菜刀，一块砧板，站在村口把那该死的祖宗十八代操遍。然而这不是在村里，她知道这些老乡一贯欺软怕硬，什么事都做得出。英子妈擦干泪，把被毁的菜地重新翻过，种上新的蔬菜。英子下班回家，知道家里出事，打电话报了警。这样的小事，自然很快就查明了真相。果然是马贵带人所为，诸多菜农参与，罪不责众，批评教育一顿，责赔偿了英子家损失。从此，关于英子妈和画家李固的谣言，开始在菜农们间流传，并传回了千里之外的河南老家。

新一茬的菜出来后，英子妈做的第一件事，就是采了一筐鲜嫩蔬菜，让英子给画家李固送去。

英子说："我不去，要去你去。为了那个画家，你把老乡们都得罪了。知道外面都怎么说你们吗？"

英子妈说："就是有人说闲话，我才让你去送菜。"

英子冷笑了一声："闲话？"

英子还是去了，她要去告诉那个画家，为了他，她们一家把老乡都得罪了，希望他离她母亲远一点。英子去到云林山庄，见到画家。这次画家没有作画，正给鸟儿喂食。手中的鸟食抛撒开来，鸟们从高处飞下，安静啄食。那么多的鸟，仿佛整个小镇的鸟都飞来了这儿。见了英子，李固停止喂鸟，问英子这段时间为何没来送菜，问英子妈还好。英子见了李固，心头的恨瞬间烟消云散了。

英子还是说了家里发生的事。

李固说："你妈是个好人，你也是好人。"

英子说："好人有什用，这世道，好人总是吃亏。"

李固接过菜，拿了一张百元钞票给英子。想一想，又拿了四张。

"你家菜地损失因我而起，这个算我的一点心意，你一定收下。"

英子冷笑："可怜我们么？"

李固说："不是那个意思，我只是想不能让好人吃亏。"

英子没有收钱。说："这菜是送给你吃的，你也是好人，我们不能总占好人的便宜。"

走出云林山庄，英子心情格外轻松。这是她来南方最开心的一天。走到庄园门口时，她看见了一匹马，英子从来没有见过这么漂亮的马，马蹄踏出音乐的节奏，"的的达达，的的达达，"从她的身边走过。英子看得呆了，不一刻，那马走远了，她才回过神来。

英子被这世间的大美击倒，她想大哭一场，泪就真的下来了。

英子泪流满面地回到家。母亲吓坏了，问英子怎么了谁欺负你了。

英子摇摇头。她的心还在那匹马身上。马把她的魂给勾走了。

英子妈问："见到画家了？"

母亲急切的眼神，打破了白斑马带给她的美好心境。她的心情顿时灰暗，冷冷一笑，说见到了画家好得很在喂鸟呢画家还问你好。

"英子你怎么了，你怎么这样和妈说话？"

"我怎么了？我该怎样和你说话？"

"我是为他担着心。马贵从老家回来了。"

"回来了又怎么样？咱们还怕她不成。"

"马贵从老家带来了一把鸟枪。"

英子冷笑："他拿枪能干吗！他除了欺负比他更老实的人，还能干吗。再说了，他敢把枪带来，是自己找死。一个电话到派出所，他就……"

英子妈打断了英子的话："你可别干傻事。"

英子和母亲说不到一块儿，饭也不想吃，独自在小镇到处走。

英子的内心被一种莫名的情绪充满着，感觉自己要爆炸了。她漫无目的乱走，不知不觉，又走到了云林山庄的门口。那时天已黑了。英子坐在山庄对面的树下，她想再看见白斑马，天黑得严实了，英子还那样坐着。

她终于如愿以偿，她看见了白斑马，踩着音乐的节拍，"的的达达，"从远而近。白斑马温顺地走到她身边，停下脚步，睁着一双大眼看她。她伸出手，轻抚白斑马的脸，白斑马伏在地上，冲她点头，她明白了白斑马的心思，骑上马背，白斑马站了起来，的的达达，驮着她离开了山庄。小镇的街上，除了偶尔呼啸而过的一辆汽车，几个蜷缩在墙角安身的流浪汉，就是英子和白斑马的天空。走上大路后，白斑马开始小跑了起来，迈着细碎的步子，越迈越快，渐渐就飞了起来。白斑马把英子带到了一个陌生的地方，又趴在了地上。英子明白它的意思，说你是让我下马么？白斑马对英子咧开嘴一笑，这一笑，英子一下子认出了白斑马。英子脱口而出："怎么是你？"

"是我。"

白斑马跨在了英子的身上，英子紧紧地搂着白斑马。

"来吧来吧来吧来吧来吧来……"英子闭上了眼，她要把自己的珍藏献给白斑马。

枪响了，白斑马倒在了血泊中。英子尖叫了起来，蓦地看见对面的云林山庄。背上冷汗涔涔，默了许久，方知是南柯一梦，慢慢家去，一路细品梦中的幸福与不安。

"怎么会是他？"英子想。

回到家，英子觉得很累，倒在床上睡。母亲看英子脸色很不好，问英子是怎么了？不舒服？

英子说："你还关心我舒不舒服么？"

"我是你妈。"

"你走开，我想休息，我很累。"

"好，我走，你休息吧。"

"把灯关了，把门给我带上。"英子说。睁大了眼瞪着天花板。黑暗中，天花上渐渐浮现出了一张疲惫的脸，一双忧郁的眼睛。那是她的客人的脸。一个古怪的客人！她想起了那客人第一次来洗脚城，一个人，脸上写满了孤单与落陌。

"老板您做什么生意呀。"

"我不是老板，我不做生意。"

"那……老板……"

"说了我不是老板。"

"听口音，先生是北方人吧？"

"你是洗脚还是查户口？"

"对不起老……先生，我不该多问，我只是想和您说说话。"

"没什么，我只是不喜欢被人盘查。我讨厌被人盘查。"

英子从没见过这样古怪的客人。来洗脚城洗脚，很少有人独来的，来了也少有这样闷不吭声的。一连十多天，客人每晚按时到洗脚城，每次都点英子出钟。每次都一言不发。有好几次，他干脆躺在椅子上打起呼噜，直到英子给他洗完，把他叫醒，才结账走人。

"我叫桑成。桑树的桑，成功的成。"差不多半月后，客人主动开口。

"哦。"英子习惯了在这客人面前的沉默，一双手用力在客人脚底的穴位上按压。

"不想知道，我为什么，天天来点你洗脚么？"

"嗯。"英子手上的劲道略顿，又开始专心做足底按摩。

"你让我想起一个人。那是我的初恋。"桑成说。

"切!"英子嘴角泛起不屑地笑。"这样的话太没有创意了。"

"我把她弄丢了。"桑成闭着眼，陷入一回忆中。

"许多年前，我刚来南方，在一家玩具厂打工，做彩绘。这样的工作很简单，白坯的波丽公仔头，用很细小的毛笔画上眼睛，嘴巴，眉毛……每人一道工序。彩绘部一多半都是女工，我是少数的几个男工之一，我能进彩绘部，全因多年前的一点美术功底。人物传神，全在阿睹。我做的是彩绘部最难的工序：点睛。"

许多年后，当桑成躺在洗脚城的椅子上，闭上眼缓缓开始对往事的追忆时，他又闻到了玩具厂那特有的气味，混杂、刺鼻，如午后的阳光一样明亮、躁动，那是桑成生命中的青春期。爱情是那一时期的主题，相较之下，生存与发展都变得次要。玩具厂没完没了地加班，于桑成也成了一种享受，这一切都源于一个名叫林丽的女工。多加班，他便能多些时间看见林丽。

林丽，那个长相普通，却开朗质朴的 QC，她的脸上总是闪耀着阳光的色彩，她的身上弥漫着夏天的味道。桑成是多么迷恋那样的时光啊，经过他手的产品，通过长长的传送带缓缓送到林丽面前。桑成莫名地想起一首诗，"君住长江头，妾住长江尾，日日思君不见君，同饮长江水。"桑成的产品开始出现次品，次品出得越多，和林丽接触的机会越多，下班时，林丽把桑成生产的次品送到他的工位上，"返工!"林丽说。桑成笑，"你生气的样子很好看。"桑成说。他和林丽走到了一起。下班后，工业区的花园里开始有他俩成双成对的影子，后来，工业区外的香蕉林旁，开始有他俩的身影。许多的傍晚，只要不加班，他俩就会坐在那些肥硕的香蕉树下，看天上的流云，想着未来，人生，直到流云暗淡，小镇的天空出现繁星。他们是多么热爱那个南方小镇啊，热爱那小镇上的阳光、雨水、海风，热爱那长长的流水线，那流水线上的公仔，那刺鼻的天那水的气味……这一切，深入了桑成的血液，许多年后，桑成一闭眼，就能闻到那南方小镇的气味。那是他打工的第一站，他爱那小镇，胜过爱他的家乡。

"后来呢?"英子问。

"我把林丽弄丢了。"桑成对英子说。"那天我们在外面坐到很晚……"

那一天，桑成和英子在香蕉林边坐到很晚。后来，他抱住了她，他们要在这南国的香蕉林里完成生命中最庄严圣洁的仪式。

"后来，治安队就出现了。"桑成说。"我是个混蛋，我当时太害怕了。我和林丽开始跑，没命地跑，我们希望能逃过一劫。你知道被治安抓了是什么后果么，那时我们都没有办暂住证。我一直不明白，我们是中国人，却为何要在中国的土地上暂住。然而没有人会听你的质问。当时我和林丽只有一个想法，逃，不能让治安队抓住。我们后来跑散了。我听见了林丽的哭声，林丽被抓走了。我是懦夫，我没敢和林丽共患难。"

"你的确是个懦夫。"英子说。

英子出来打工时，暂住证已不再是个问题。那位名叫孙志刚的青年，用他的死去，换回了千千万万打工者在中国土地上行走的安全。治安队也退出了历史的舞台。打工者在街上看见迷彩服时，不再畏之如虎。英子对这样的生活没有真切的体验，也就无法理解桑成当时的选择。

"第二天，林丽没有回来。我托人去治安队打听。"

"为什么要托人，自己不会去吗？"

"我自己哪敢去？没有暂住证，那不是自投罗网么？我托人去打听，才知道林丽已被送到木头镇收容所了。我后悔、害怕。我想无论如何我要把林丽找回来。我请了假，又问工友们借了钱，然后到木头镇来找林丽。我没有找到林丽。收容所的人说没有林丽这个人。林丽从此就消逝了。后来的一年时间里，我一直待在那家玩具厂打工，不敢离开，我怕林丽来找我。我给林丽的家里写过几封信，后来终于收到一封回信，原来林丽的家人也不知道她去了哪里，她已很久没有给家里寄钱，也没有给家里写信了。"

"你从深圳来到木头镇，就是来找林丽吗？"

桑成摇头："这么多年过去了，哪里能找着林丽？我来木头镇，是为了把林丽从我的心头抹去。这些年来，我活得太累，我要换个活法。"

桑成没有对英子说，那一次，他和林丽正要完成他生命中的第一次，治安员的突然出现，让他从此落下了心理的病根。他想到了老板对他的嘲讽，"他不是男人"。

"为什么对我说这些呢？我只是个普通的洗脚妹。"

"我也不知道为什么，见到你，就觉得你是林丽，其实你长得一点也不像她，可我就觉得你是林丽。我想对你说出这些，说出这些年来我心底的负罪与忏悔，我想请求你的宽恕。"

两行泪划过英子的脸。这是她做洗脚工以来，第一次感受到被人尊重，感受到为人的尊严。

从那个古怪的梦中醒来，英子再也无法入睡。那匹变成了桑成的白斑马，一直在她的脑子里拂之不去。

她在等待着——"如果桑成提出来和我上三楼，我不会拒绝。他会吗？"

8

　　桑成生前曾给你打过两次电话。那时你还在深圳，桑成在木头镇。第一次，桑成说他在木头镇过得很好。说如果一切顺利，他将留在木头镇生活了。说木头镇是一个好地方，山清水秀，跑了这么多年，他累了。你说桑成你这是在逃避，你为什么要放弃，你不是一直想进入深圳，成为一名真正的深圳人吗？桑成说，"从前我是这样想，来到木头镇之前我这样想，现在我不这样想了，你要是来过木头镇，你就会喜欢上这里的。"你说桑成你从前不是说过，木头镇是你这辈子最恨的地方吗？你不是说木头镇是我们这一代打工人的噩梦吗？桑成说，"许多年前我到木头镇寻找林丽时，的确是那样认为。那时走在木头镇的街头，就像走进了一个噩梦。可是现在不一样了。"桑成说现在在木头镇他感到很放松。桑成说如果有可能，他将在木头镇住下来，当一名菜农，终老在此。

　　这次通话后十来天吧，桑成又给你打过一次电话。这一次，桑成的话语里又开始透着忧郁。桑成问你，斑马是白的还是黑的。你想了半天，说，黑白相间。桑成又问你有没有见过白斑马？你说你见过斑马，在动物园，但没有见过白斑马。桑成说他在木头镇见到了一匹白斑马。桑成说白斑马总是在傍晚出现，独行在小镇街头，的的达达的的达达，马蹄声每晚入梦。在梦中，他是游子，打马走过江南，小镇沉睡在梦中，他是过客，不是归人。桑成说，"我开始以为这是个梦，可是英子说这不是梦，英子说她也见到了白斑马。"

"英子是谁？"你问桑成。

桑成说："林丽。"

"你真的找着林丽了？"

桑成说："找着了。我找着林丽了，找着林丽之后我才发现，这些年来，我拼命地想进入城市，想像城里人那样生活，慢慢地我把自己给弄丢了。我找回了林丽，也找回了我自己。"

你说桑成你小子总是这样神一出鬼一出，你将来不成疯子就成哲学家。

桑成说："也许我会成为一个农民。"

你笑："他妈的桑成，你小子不一直都是农民么？"

你当时没能明白桑成说这话的意思。后来你也来到了木头镇，在追寻有关白斑马的真相过程中，你渐渐明白了桑成所说的农民二字的分量。

桑成对英子说他看见了白斑马。英子说她也看见了白斑马。英子这样说时，想起了那个梦，梦中，白斑马变成了桑成。她在梦中呼喊着，来吧来吧来吧。英子对桑成说，你天天来洗脚，也不怕把脚洗破？英子说你可以上三楼，三楼有松骨房，松骨房的女孩个个漂亮。

"除非你帮我松骨。"

桑成半开玩笑半认真。

他们一起上了三楼的松骨房。英子坐在桑成的腿上，替他按摩。

桑成看着英子，突然笑了。英子问桑成笑啥。桑成说他此次来到木头镇的目的之一是要让自己堕落。可是他不敢，只有找个洗脚城洗脚。

英子也笑。差不多是笑得趴到了桑成的身上。

桑成问英子笑什么，英子告诉桑成，她进洗脚城打工，完全是为赌一口气。她对桑成说了她的那一次见工，说了那些工友们对她的冷眼。英子说她的梦想是有客人点她，让她松一次骨，然后她就辞去洗脚城的工作，进工厂打工。英子说她一直很羡慕那些在工厂里打工的打工妹，穿着朴素的工衣，进出厂房，坐流水线，英子说那样的生活，才是她梦想中的打工生活。但是在进工厂之前，她一定要完成自己的心愿。

桑成笑得更开心了，桑成说："你这人有强迫症。"

英子说："你不也一样么？"

英子不笑。桑成也不笑。英子趴在桑成的胸前。桑成像一根呆木头一样。

英子说："可以抱抱我么？"

桑成就抱着英子。

世界在那一刻放慢了速度。英子又想起了那个梦。"来吧来吧来吧来……"英子的泪就下来了。

"谢谢你桑成，你帮我完成了心愿，从明天起，我就辞工，开始新的生活。"

"从明天起！"桑成想到了那首著名的诗，从明天起，做一个幸福的人。那是一个没有明天的人写下的关于明天的遐想，是一首绝望之歌。桑成在心里默念着诗人生命最后写下的诗句，他前所未有地理解了诗人的绝望与悲伤。桑成的情绪一下子跌落到了无底的黑洞。

"从明天起，我们做一个幸福的人。让我们把不幸都在今天结束吧，今天，我帮你完成心愿。"

"帮你成为一个堕落的人……来吧来吧来吧……"。

英子又看到了那匹白斑马，白斑马驮着她，在清晨的小镇，的的达达，马蹄声踏碎了小镇的黎明。英子又听到了枪声，白斑马倒在血泊中，一双美丽的大眼里满是绝望与悲伤。英子看见了桑成死灰一样的脸，桑成的脸上写满了绝望与沮丧。

"我不是男人，我不是。"桑成痛苦地卡住了英子的脖子。

英子终于没能帮桑成完成他堕落的心愿。她窒息在爱人的怀里，她看不到明天的幸福了。明天的幸福，本来就是一个不可能到来的幸福，因为明天永远也不会到来。

"我都干了些什么？"

英子渐渐冰冷，桑成把英子平放在按摩床上，呆坐一边，默默地看着英子，英子的脸渐渐变成了林丽的脸。桑成掏出手机，给在深圳的你发了一条短信，只有四个字：无法进入。做完这些，桑成觉得他可以走了，他敲碎了窗上的玻璃，碎玻璃划过手腕，他紧挨着英子睡下，他看见了一匹马，一匹白斑马，踏着的的达达的蹄声，由远而近，他看见了许多年前，他从故乡来到南方，为了进入深圳，躲在一辆小车的尾箱里试图混进南头关，结果被人拉到了一条小巷，他被洗劫一空……深圳，他无法进入……他看到了他和林丽相遇的那个南方小镇，那小镇上的阳光、雨水、长长的流水线、流水线上的公仔……他看到了南方的香蕉林，他和林丽即将完成生命中最庄严的仪式，治安队突然出现了，从此，他的人生，便落下了致命的伤疤……

后来人们发现桑成和英子时，他们已骑着白斑马去到了明天。按摩房的墙壁上，留有三个血红的大字：白斑马。

白斑马为何物成了警方后来追寻事件真相的切入点，然而却没有找到任何答案。白斑马三个字是何人所写，也成了一个永远不解之谜。

警方在走访英子的家人和那些菜农时，得知了画家李固枪杀马贵案也与白斑马有关。警方将两案并案侦查，但查到最后，依然没能理出头绪，于是二案都成了悬案。警察们在画家的画室里，看到了满屋子的画，那些巨幅的油画，全部由各种黑白相间的条纹组成。那些画被画家命名为白斑马1号至99号。白斑马100号的创作尚未完成。但是一百号白斑马出现了变化，人们在未完成的画中，看出了隐藏着的一个人物的形象，有人说那个人是英子的母亲，有人说不是。

你来到木头镇时，这个案子已过去许久，但关于白斑马的传说，依然像幽灵一样飘浮在木头镇的上空。在后来的走访中，你得知了一些基本的事实——

事实一：画家李固来到木头镇之后，木头镇开始出现的白斑马。

事实二：菜农马贵回老家时，偷偷带来了一把猎枪。

那段时间，每到黄昏，马贵都会看见白斑马。白斑马悄悄来到他的菜地，仿佛在向他挑衅。马贵想过许多办法，想抓住这匹古怪的马。他在菜地里下了套，然后远远地埋伏着，只等马蹄踏进绳套，他只要拉紧绳扣，就能将这匹怪马抓住。然而白斑马每次走到绳套前就停步不前。有几次还故意在绳子的前后左右迈着穿花步，左一脚右一脚，在绳圈的边沿踏过。马贵愤怒了，从老家带来猎枪，他发誓要杀死白斑马。

然而在走访中，你又得知，那些菜农里，除了马贵，谁也没有看见过所谓的白斑马，因此那时大家都认为马贵得了疯病，每天晚上，马贵都会背着他的猎枪在菜地里埋伏，他的行为被菜农们传为笑谈。菜农们见到马贵，会问他，"马贵，抓到斑马没有？"会笑他，"打斑马，打个斑鸠还差不多。"马贵冷笑，"你们知道什么，老子打到斑马了，你们别眼红。"

英子妈还对你说过她的一些猜想，英子妈认为，马贵背来了枪，并不是想打斑马，他是对画家李固怀恨在心，想要去打李固园子里的鸟。

"你有什么证据？"你问英子吗？

英子妈说："马贵从家里把枪带来的当天晚上，就到过我家，让我转告画家，说他迟早要把画家园子里的鸟全都打光了下酒。要想保住那些鸟，让画家去菜园找他谈判。"

"你对画家说过了么？"你对这个问题很感兴趣。

"我让英子对画家说了。"

"画家怎么说？"

"英子说，画家什么也没有说，只是愣了一下，就继续画画。"

"你是说，马贵是去找画家谈判，两人谈不拢，马贵就拿出了枪要打画家，画家出于自卫，夺过了枪，打死了马贵。"

"反正我这样想。画家是个好人。"

你觉得英子妈的说法有一定的道理。事实上，警方的结论在某种程度上，也采信了英子妈的证词，认为李固是在杀死了菜农马贵之后自杀。问题是，在案发现场，画家李固的墙壁上，同样发现了三个血红的大字：白斑马。对此，警方没有做出解释，也无法做出解释。

你又一次在云林山庄门口徘徊，直到有一天，你无意中坐到了画家李固经常坐过的那个小山坡上，他在李固的那个角度，看到了从远方鸣着汽笛而来的夜火车，他看到了那一方方在黑暗中亮着的小格子，他的思想在那一瞬间和李固相通，你突然想起来画家李固就是十年前，你在陶瓷厂里遇到的那位当苦工的大学生。你也想到了你的十八岁，你和你的小同乡坐在火车上，你们的目标是深圳，那个传说中遍地是黄金与机会的地方。深夜，你们开始东倒西歪，你对自己说，不要睡着，不要睡着，可你还是睡着了。一觉醒来，你发现口袋里的一百五十元钱不翼而飞，那是父亲卖掉了准备用来作春耕开支的一头肥猪，你尖叫了起来，车厢里乱成一团……南方之行是如此的残酷，当你和小同乡挤出火车站时，你已六神无主。在火车站广场，你和小同乡又走散了，多年以后，你向已人到中年的同乡证实了你的猜测，同乡是因为怕你借钱而故意丢下你的。不过那时你已不再记恨他。好在你的袜子里还有一百五十元，你拿着那一百五十元，坐上了从广州火车站到深圳的汽车，一路上，你不停地被赶到另一辆车上，再掏一次车票继续你的行程，你眼见着两位打工者因不愿掏钱而被揍得鼻青脸肿，从广州到深圳，你转了四次车……后来你知道了，这也是当时的南方特色之一，美其名曰"卖猪仔"。如今，这一切都已成了过去，南方是如此残酷，却又如此让你迷恋。你望着那一方方在黑暗中闪过的窗口，窗口里的，有过客，也有归人。

那一刻，你突然发觉，你沉迷在白斑马的问题中已然太久，你太久没有同妻儿好好地在一起说上几句话，你前所未有地想家，想你的妻儿，你什么也不愿去想，只想回家。

从现在起，做一个幸福的人……

你几乎是一路小跑着回家的。回到家里，你又看到了李兵。

李兵是来辞行的。这些年来，珠三角的许多工厂开始往别的地方搬迁，有的搬到了内地的省份，李兵他们的工厂搬到了越南。在珠三角只留下了一个设计部。

"厂里的工人差不多都辞工了。老板希望技术骨干能跟着一起去越南。工资比在国内要高一点，生活，每年往返的机票都由厂里包。我报了名。"

"越南……过去也好，"你说，"记得多联系。"

"遇上合适的，就成个家。"张红梅说，"看看你，上衣扣子掉了两颗还在穿，脱下来我帮你钉上。"

"不用了。"李兵说，"没什么，习惯了就好。"

"脱下来让你嫂子给缝上。"你也说。

张红梅给李兵钉着扣子，突然说："你看看，我们真是傻，怎么没想到青羊呢？我觉得青羊和李兵在一起很合适的。"

钉好扣子，你妻把衣服还给李兵，就拨打她的好友青羊的电话。机主已停机。

"这个青羊，一天到晚飘忽不定的，一下子北京一下子上海，从来不在一个地方安心待上哪怕半年。"

李兵走后，你对张红梅说起了白斑马的故事，你说这些天，你一直被这个白斑马弄得头昏脑涨的。你说你一直试图弄清楚白斑马的真相，现在你终于从中摆脱出来了。管他白斑马黑斑马，你现在只想好好生活，活在今天。

9

你终于又找回了写作的感觉，你在电脑上打下了白斑马三个字。

李固、桑成、英子……他们从时光深处一一向你走来。你用文字在编织着他们的故事，整个写作的过程，就像是一次在迷雾中的探险，写完了他们的故事，你也走出了迷雾。你在文章的最后写道："每一个闯深圳的人都是一部传奇。千千万万的李固、桑成、英子们，留在了他们自己的传奇里。而更多的人，都在继续着自己的传奇。"

写到这里，你接到了一个朋友的电话，朋友是一名小说家，在深圳，他的生活清贫而寂寞，但他一直甘于清贫与寂寞。朋友的亲人突然因脑溢血昏迷不醒，医院需要他们交十万元才肯动手术，而这对于朋友而言，无疑是一个天文数字。放下电话，你的痛苦再一次生发，你唯有在心底里为朋友的亲人祈祷着，祈祷他们能写出自己的传奇。你感受到了来自时光深处的焦虑与不安。生活是如此脆弱，你想到了朋友桑成的一首关于打工者的诗，诗名叫《泥船水手》。你还记得其中几句：

> 你说彼岸有幸福
>
> 我要抵达
>
> 哪怕划一艘泥做的船

开冲床的人

1

　　有个打工仔，名字叫李响。可他的世界没有一点声响，于是给自己改了个名字，叫李想。他希望自己是个有思想的人。还有个打工仔，来自广西，年方十八，瘦瘦小小，像棵草，工友们都叫他小广西。他俩在同一间五金厂打工。都开冲床。有一天，小广西的一只手掌被冲床砸成了肉泥，连血带肉溅了李想一脸。李想当时在神游，并没意识到溅在他脸上的是血、是肉，只感觉到有东西扑打在脸上。他纳闷地看见小广西跳起来，蹲下去，又跳起来，接着身子像陀螺一样转着圈子；小广西的嘴不停地一张一合，像一条在岸上垂死的鱼；他脸上的肌肉在抽搐、扭曲，直到把身子扭成了麻花状。这古怪的模样让李想产生了联想。他经常这样，看见事件甲，就想到事件乙，又由事件乙想到事件丙……他的联想漫无边际。李想时常觉得，这一切都是他的名字在作怪。觉得他名字中的这个想字，不是思想的想，而是胡思乱想的想。比如现在，李想想起了麻花，厂外面有卖天津大麻花的，李想第一次见到，惊讶得不行。呵！那么大的麻花！这哪儿是麻花呀，可不是麻花又是什么呢？这些，已是十年前的事了，十年前，李想十八岁，和如今的小广西一个年纪，李想从湖北来到广东打工，在老乡的帮助下，给这间厂的人事经理送了一条"特美思"——那时想要进厂不容易，何况李想这样失聪的人，就更不容易，但有了一条"特美思"，进厂又变得容易了起来。因此容易和不容易，有时是辩证的，是相对的。李想顺利进了这家五金厂。那一年，李想见到了许多前所未见的事物，比如冲床，比如许多稀奇古怪的植物，总之一切都是那么新奇，天津大麻花就是其中之一。李想对天津大麻花情有独钟，每次经过卖麻花的摊点，闻到那浓浓的油香，他就会想起过年时母亲炸的油饼。母亲在炸油饼时，李想就眼巴巴地盯着锅里，说，"妈，完球了，油没有了。"母亲瞪他一眼，朝他挥着手说，"去去去，出去玩，这么多油饼还塞不住你的嘴。不说话没人当你是哑巴。"谁曾想一语成谶，他竟然真成了哑巴。进厂后第四个月，李想生平第一次拿到了工资，一百八十元。在李想看来，那是一笔不小的数字。拿到工资李想就出了厂门，直奔麻花摊点，买了一根天津大麻花。李想捧着天津大麻花回到宿舍，左看右看，终究没舍得吃。在家里，只有生病了，母亲才会买回几根小麻花，泡在糖水里，这是李想记忆中的人间绝味。闻着天津大麻花的油香，小学四年级那年冬天的记忆纷至沓来，他记得那个冬天下很大的雪，那时的冬天仿佛都有很大的雪，常常是清晨一觉醒来，雪已把门堵住。他喜欢雪，在雪地上追踪着兔子或野鸡的足迹，追出很远，直到雪地上的足迹突然消逝，他从来没有追到过野兔或是野鸡，却乐此不疲。那个冬天，他在追野兔时不慎掉进水凼子，爬起来时浑身皆已湿透，回到家，在火边一烤，烤得手脚生痛，仿佛有鱼在咬。当晚他就病了，高烧不退，外面的世界冰天雪地，他身体的季节却在夏天。那场病持续了一月有余。李想尚能忆起，母亲每天晚上站在寒风呼呼的山头上为他招魂，母亲喊，"响儿哎，回来哟。"父亲在屋里答，"回来了。"母亲和父亲的一喊一答，成为李想对于声音的最后珍藏。冬天过去时，李想的身体从夏天回归春天，却陷入了一个无声的世界。用现在的眼光来看，那是一次医疗事故，乡间的医生用庆大霉素和链霉素对李想的身体进行了轮番攻击，杀死了病毒，也直接导致了他双耳失聪，听力损失九十分贝以上。……李想看着天津大麻花时就想起了母亲，想起了母亲为他喊魂的声音，那声音来自他的体内，仿佛是从某个细胞里不经意溢出。李想想起母亲一辈子没有离开烟村，没见过这么大的麻花。他抻长脖子吞着口水，最后小心翼翼地包好麻花，去了工业区邮政代办所，把那根大麻花寄回了家，顺修短信一封，告之母亲，说：儿在外面一切皆好，拿了工资，不愁钱花，工作也不累。说：每天坐在冲床前，把薄铁片伸进冲床口里，踩一下电钮，如此简单。说：车间里一大排冲床，在不停地冲着铁，冲着铝，冲着不锈钢，还有电锯在锯着铁，锯着铝，锯着不锈钢，火光四散，像花一样，煞是好看……李想的思绪游走一周，他再次看着身体扭成麻花的小广西，突然灵醒过来：小广西出事了！李想觉得脸上粘乎乎的，伸手一抹，抹出一巴掌血，血中带着肉屑，那是小广西的血，是小广西的肉屑。血和肉屑一如王水，腐蚀着李想的脸。脸上的皮肉被撕裂，痛感瞬间从脸经过心脏直抵脚尖，李想的意识再次逃离了现场。"王水"二字，是从前一位工友写给他看的。厂里有个车间，车间里有个池子，池里盛满王水。李想初次见到王水，呵！好神奇。像火！像一个张着大嘴的怪物！水居然可以吃东西！？李想见过一位工友的手指被王水吃掉，余下黑乎乎的一截，像根从灶里拔出的木棍。这厂子里是危险和恐怖的，到处是吃人的王水和咬人的电锯、冲床。拿着原料从仓库到冲床车间，或是从冲床车间到镀铬车间，就像是经过一片危机四伏的原始森林。李想时常觉得一双眼不够用。半年后，李想对车间熟悉了，哪里有电锯，哪里有王水池，哪里会飞出像暗器一样的铁片，哪里的地下有"绊马索"，这一切,他都了然于胸。王水没有吃到他的肉，冲床没有咬着他的手。给他写下"王水"二字的工友，那只写字的手早已被冲床吃掉，就像小广西的手一样。失去了手不久，小广西失踪了。十年来，李想习惯了这样的失踪。他知道，用不了几天，甚至是几个小时，就会有人来填补小广西留下的空位。这硕大的车间，能坚持做满二年的人已不多，能全身而退者更是少之又少。李想已记不清这车间吞噬了多少根手指……李想时常会想：他们做事何以马虎若此？李想不一样，他在这位置上一坐就是三年。五年。八年。十年。……可能还会坐下去。李想觉得冲床很温柔，很安全，也很听话。脚尖轻点一下控制，冲床的大铁掌呼地抬起，放下要冲的料片，脚尖再轻点控制，冲床呼地冲下。一切都是那么简单。看着小广西那血肉模糊的断掌，李想木然地想，好好的人，脑子又没毛病，为何把手放进冲床口，手在冲床口里，为何又要踩控制开关？若只一个人如此尚可以理解，为何每年都有人会犯同样的错误？李想喜欢他的这台冲床，和冲床有感情。仿佛这冲床是他的恋人。每天下班，他都会拿起抹布，把冲床擦得干干净净，油光闪闪。李想甚至觉得，他和这台冲床是一个整体。他熟悉冲床，就像熟悉自己的手指，操控冲床，如同指挥自己的四肢。他向工友表演开冲床，他的动作是那么有节奏感。在表演的时候，李想闭着眼，他的心里没有冲床，也没有铁片，只有一个宽广的舞台，他在跳舞，动作舒展、轻盈。那是多么美妙的境界呀。他冲出的产品整整齐齐，铁片上冲出来的圈一个紧挨着一个，材料没有一点浪费。这事被经理抓了现行，他因此而被罚款五十，这让李想心疼了好多天。李想后来不再表演了。身体被限制，思想却获得了无限的自由，坐在冲床前面时，所有的思想，最后都落在渐行渐远的声音上。关于声音，李想实在无法忆及太多，他只依稀记得母亲和父亲的喊魂声，房前屋后树林里的鸟叫，草丛中不绝的虫鸣。有时李想一边开着冲床，一边努力回忆那些鸟叫和虫鸣。他相信一定还有鸟叫和虫鸣躲在他身体的某个细胞里，在和他捉迷藏，他就和这些声音玩起了游戏，发誓要把它们找出来，而声音却躲避着他。他一次次徒劳无功，后来李想明白了，以他的能力是无法找出这些声音的，他想到了医生。医生在检查了一番之后，给他开出了一堆的药。后来的很长 段时间，李想把工资都交给了一家又一家的医院，换成了中药、西药、藏药、各类祖传秘方……李想打工有了明确的目标：挣钱，治病，找回失去的声音。因为这个目标，再苦再累，李想也没有觉得苦和累。他更多看到的是希望。终于有家医院给了李想真正的希望：手术植入电子耳蜗。李想不再病急乱投医，他开始存钱。十万元，这是医生报出的数字。对于李想来说，这是一个无穷大的数字。然而李想从此安心地坐在了冲床前，冲床每上下起动十次就是一分钱。李想无法计算出，当他手中的钱变成六位数时，冲床要上下起落多少次。但他相信，这一天迟早会到来的。李想读过一篇课文，叫《愚公移山》。李想还看过一个故事，叫《精卫填海》。李想觉得他是愚公，他是精卫。他在冲床上贴一张纸片，上书六字：有志者，事竟成。

2

李想和小广西睡一张床。李想睡下铺，小广西睡上铺。宿舍里八个人，小广西是李想唯一的朋友。

在小广西出现之前，李想的世界就是车间，就是冲床，就是手中的那些金属。几十台冲床在不停地起起落落，响声震天。李想安坐其中。那是李想的无声之阵，没有声音的世界里，李想早已忘记了语言。强烈的自尊，让李想不愿通过手势与人交流，也不会张开嘴发出徒劳的声音。也许是看见了小广西，让李想想起了初出门时的自己，他产生了想和小广西交流的冲动。李想听不见小广西对他说些什么，可是他喜欢"听"小广西说话。小广西出事后的很长一段时间，李想在回忆他和小广西的友谊时，脑子里总是浮现他们第一次交流时的镜头：

（李想）拿出纸和笔，在纸上一笔一画地写道：我叫李想，你叫什么名字？我们交个朋友。

（小广西）脸唰地变红，嘴快速地一张一合，双手乱摇。

（李想）急坏了，在纸上快速写道：我不是坏人，看到你，想到我刚出门时的样子。

（小广西）脸更红，嘴迅速一张一合，双手不停地比划。

（李想）写：你在说什么呢？我听不见，你能写给我吗？

（李想）把纸片塞进小广西的手中。

（小广西）看着纸片，一脸茫然。

（李想）写：晚上很冷，我看你没有被子，为什么不去买，是没有钱吗？我借钱给你。

（小广西）突然痛哭，抱着头，蹲在地上，肩膀一抽一抽。

这个镜头无数次出现在李想的回忆中。当时他并不知道小广西不识字。后来，是另外一个工友见到哭泣的小广西和不知所措的李想，充当起了翻译，把小广西的话译成字，把李想的字再念给小广西听，才为他们解了围。工友在纸片上写道"他叫韦超，来自广西，他说他不识字，连自己的名字都不会写。他没有钱买被子，但他说不冷。"

那天晚上下班后，李想和小广西一起去逛街，李想帮小广西买了一床被子。

一个哑巴，一个文盲，他们的初次交流，后来在这间五金厂作为笑谈被广为流传。而在这笑谈流传的时候，李想和小广西成了形影不离的朋友。他们当真是奇妙的一对！上班时，李想的身边就坐着小广西。睡觉时，李想的上铺就睡着小广西。吃完饭，两人一起到厂外的公园走走。小广西看见什么新鲜事都会问李想，明知李想听不见，可他还是会问。还是会说。李想能感受到小广西眼里透出的情绪，那些快乐或者忧伤，于是他也被感染，一起快乐或者忧伤。

小广西说：我喜欢上了小玲子，不敢对她说，她读过书，有文化，又是做仓管的。我晓得我们不般配。可我就是喜欢她。

小广西说：我不想在这间厂里做了，车间里太吵，每天晚上睡着了耳朵里还在嗡嗡嗡地响。

小广西说：开冲床太危险了，听说每个月都要出工伤呢。

小广西说：你是好人，为什么不找个女朋友呢？你存了那么多的钱，肯定会有女孩子中意你的。

小广西说这些时，李想就看着他，脸上一直带着笑。

小广西有时也会使点坏，用广西话骂李想：丢雷个嘿！

李想还是笑。看着李想笑，小广西忍不住了，自己笑得不行。

李想却不笑了。他看出了小广西笑里的坏，举起拳头冲小广西挥一挥。小广西忙拱着手说对不起对不起。李想脸上便再次绽开笑容。

工友们也问过小广西：你都对李想说什么呢，你有毛病吗，你说什么他又听不见，不是白说？

说：小广西小广西，你这是对牛弹琴呢。

小广西问什么叫对牛弹琴？

说：这就是对牛弹琴。

小广西的脸又红了，说，你们欺负人。

厂里经常会贴出一些罚款告示：某某某员工，上班时不按规定操作，罚款一百以儆效尤之类。

小广西害怕被罚款，每次出告示都要挤过去看。看见上面有他的名字就害怕。有一次，厂里贴出奖励通告，上面有小广西的名字。

小广西紧张地问工友：我是不是又罚款了？

工友笑：罚了，罚一百。

小广西说：我没有犯错误呀，为什么罚我？

工友指着告示，一字一句地读：我厂冲床车间员工韦超，在上班时间不按规定操作，罚款一百，以儆效尤。

小广西急了：我哪里不按规定操作了，经理今天还表扬我了呢，我哪里就不按规定操作了！

围观的工友们哄地笑了。小广西却哭了。

李想挤过来，看到告示，为小广西高兴，他不明白小广西为什么哭，奖了一百块还哭什么？他拉着小广西，指着告示上小广西的名字，对他竖起了大拇指。

这是李想第一次通过打手势与人交流。

小广西终于从李想的表情和工友们的坏笑里明白，这不是罚款告示。小广西却高兴不起来。他学会了沉默。小广西不喜欢和那些工友们一起玩。和他们在一起时，他很自卑。他喜欢和李想在一起，和李想在一起时，他觉得他是生活的强者。和李想在一起时，他什么都说，包括他晚上手淫，包括他手淫时心里想着的人。说出来了，他的心里就平静了，而李想是他最好的"听众"。永远不会把他的秘密泄露的听众。

3

李想快存够做手术的钱了。坐在冲床前，他会想小广西。想：要是小广西还在该多好。想他做了手术，就能听到小广西的声音了。李想感到无限遗憾，他连小广西去了哪里都不知道。小广西离开后，李想身边的冲床空了两天，第三天，冲床的座位上坐了一个陌生人，和小广西一样的年轻。陌生人冲李想点头，打招呼。他的脸上挂着谦卑、讨好的笑。李想熟悉这种笑，他刚进厂时，也对身边的老工人这样笑来着。这笑的意思很明显，希望得到老工人的关照。李想于是也对陌生人点头微笑。陌生人朝他伸出了手，李想也伸出了手。李想突然看见了一把刀，带着寒光，从高处劈下，刀锋横过陌生人的胳膊，像剁一根脆萝卜。李想没有想到，一个月后，他真正看到了一把刀，一把西瓜摊上常见的刀。刀握在小广西的手中。手是左手。小广西的右手成了一根光秃秃的肉棒，很怪异地挥舞着。小广西是来厂里索赔的。那时，工人们都已下班，到了吃饭的时候，有人看了一眼便去打饭了，有人打了饭又赶回来看热闹。李想刚走出车间，就看见写字楼前围了一圈人，接着看见了小广西。他兴奋地想朝小广西跑去，可是他才跑了两步就愣在了那里。李想看见了一群穿迷彩服的治安员，治安员手中拿着一米来长的钢管，正呈扇形向小广西逼过去。小广西的腿分明在发抖，李想看得很真切，为小广西捏一把汗。小广西一步步往后退，可他的身后围着厂里的工人。迷彩服在步步逼近。小广西退一步，迷彩服就进一步。小广西手中的的西瓜刀在迷彩服手中的钢管面前显得那么幼稚可笑。谁都知道，小广西坚持不了多久就会举手投降了，他们在等着这一刻。迷彩服们也坚信这一点，他们挥动着手中的钢管，并没有急于进攻，他们只是吓唬小广西。那意思很明显，就想好好玩玩这不知天高地厚的家伙，就像猫戏弄老鼠一样。谁也没有料到小广西会作困兽之斗。小广西并不想这样收场，他的本意不是这样，他只是想拿着刀来吓唬一下老板，现在的情况看来不妙，很可能是赔偿没要到反遭一顿暴打。他回头望了一眼，目光落在小玲子身上，那是绝望的目光，可是大家都忽略了这一点。小广西后退一步，突然用那没有手掌的胳膊拐在了小玲子的脖子上，手中的刀挥动着……李想目睹了这一切。他看见小广西的嘴在很迅速地一张一合，却不知道小广西在说着什么。李想的心一下子揪了起来，李想的手揪着衣服的角，手心沁出了汗。李想并不为小玲子担心，他知道小广西不会伤害小玲子。他为小广西担心。他多想喊一声："小广西，你别犯傻了，快把人放了，把刀放下。"然而他喊不出来。李想就恨自己，为什么没有早点存够钱，没有早点去做手术。小广西劫持了人质，这一突变打乱了迷彩服们的阵脚，乱了一阵之后，警察就赶到了这里。迷彩服开始把围观的工人往后撵。小广西早已劫持小玲子退到了一间空着的办公室，现在和警察僵持着。他手中有刀，有小玲子。刀就架在小玲子的脖子上。警察手中有枪。李想第一次如此近距离地看到真枪。厂门口停了那么多的车，车顶上还在闪着蓝色和红色的光。李想曾经是多么喜欢这些五颜六色的光啊，这是城市之光。乡村是属于白天的，乡村的夜晚漆黑一片，而城市不分白天和黑夜，都是那么的繁华、灿烂。李想在给母亲的信里，写下了他对城市夜晚的感受和热爱，写下了城市的灯光。现在，警车顶上闪动的灯光让李想不寒而栗。他仿佛看见一颗子弹穿穿过小广西的头颅，像穿过一个西瓜，小广西的头颅从中间爆开，空中飞溅着红的瓜瓢，黑的瓜子，他甚至闻到了空气中弥漫着血腥味。有警察上了楼顶，还有警察进了对面的楼，他们手中的枪都指着一个方向，焦点就是小广西。只要他们的指头轻轻一动，一切将无法挽回。李想多想冲上去告诉警察，小广西是个好人，他不会伤害那个女工。可是警察把外面围得严严实实，他根本无法靠近。他想喊，喊不出声音，他找来了纸和笔，在纸上写：小广西是好人，你们不要开枪。可他的纸片无法递到警察手中。他急了，一急就乱了方寸，冲警察拼命比划，可是没有人去理会他。一个警察手里举着喇叭，在对着小广西喊些什么。这样的场面一直在持续。从中午到了下午。负责指挥的警察朝楼顶上的警察挥了挥手……李想不顾一切地冲了上去……这时，太阳落到了五金厂厂房后面，天空在最后辉煌一下之后，迅速黯淡了下去。太阳落下去了，第二天照常升起，如同李想的生活。李想的生活并没有因此而有什么太大的改变，他的上铺又睡了新的工友，不过李想不再想交朋友了，他怕自己受不了那种心脏被摘除的痛。他不再与人交流，不再拿起纸和笔。每天的工作重复而单调。他的脸上再也看不见笑容。每天坐在冲床前，他的思绪依然飞得很远。思绪是天马行空的，像一条射线，他是射线的起点，另一端，伸向了无限的未知。打工的日子平淡如水，这一年，有一件事，对于李想来说尚可一提，他参加了由镇里组织的外来青工技能比武，凭借炉火纯青的冲压技术，获得了全镇第一名。当记者采访他，问他打算怎么花这一万元奖金时，他写道："存起来"。记者问他存起来做什么用，他摇了摇头，没有回答。记者又问他有什么梦想，他在纸上认真地写道，"听鸟叫，听虫鸣。"写下这六个字的时候，李想突然泪流满面。一年后，李想的梦想终于实现了。他存够了植入人工耳蜗的钱，做完手术后的他，并没有回家去听鸟叫，听虫鸣。他得再存一些钱，未来的生活需要这些钱，生活远比听鸟叫虫鸣重要。他再次坐回到冲床前。车间里是震耳的噪音，噪音剧烈地冲击着他的耳膜，这是他所未料想到的。他在这个位置上坐了十几年，记忆中，这里是那么的安宁，像梦一样。而现在，他的耳朵里被各种各样的噪音塞满，他没有想到，冲床每冲击一下，会发出如此巨大的响声，他没有料到，电锯锯过铁片时，声音那样的尖利刺耳，他的胃一阵阵的痉挛，想吐又吐不出来，蹲在机位前一阵呕，终于呕出一摊绿幽幽的胆汁。李想咬着牙，重新坐到冲床前，努力调整好情绪，平静着心境。脚下轻轻一点电钮，冲床猛地抬了起来，差点把他的下巴削掉。他手握铁片，四顾茫然，怎么也不敢把铁片放进冲床的虎口里。这是李想所不能容忍的。好几分钟后，他鼓起了勇气，把铁片放进了冲床的铁掌上，脚尖轻轻点了一下那踩过千万次的脚踏开关。冲床巨大的铁掌结结实实地砸在了他的右手上。过了好一会，他才感觉到痛，他跳了起来，接着就蹲了下去，又跳了起来，身子像陀螺一样转着圈子，他的嘴不停地一张一合，像一条在岸上垂死挣扎的鱼。他脸上的肌肉在抽搐、扭曲，直到把身子扭成麻花状。

不断说话

真的无言并非沉默，而是不断说话。

——阿尔贝·加缪

　　那么，好吧，你听我说。这么多年来，我一直生活在南方。我是木命，南方雨水充沛，适宜树木生长。事实上，在南方，我从来未长成一棵树，而更像一株麦子，在城市的街边生长，谦卑而顽强。南方多河，我生活的木头镇就有一条河，河名忘川，是珠江的支流。这条河为什么叫了忘川这样一个充满虚幻感的名字？我没有考据过，也未曾打听。事实上，在木头镇安家多年，内心深处总觉得我是这小镇的过客，我从未关心小镇的过去、现在与未来，就像小镇不曾关心我的过去、现在与未来一样。这样说，并不意味着我不热爱这小镇，热爱和归宿感是两回事。我热爱南方，热爱这南方的小镇，热爱小镇的繁华，还有那流经小镇的河流。有了河，就有桥，小镇有许多桥。最著名的要数忘川大桥，一座银灰色的钢铁水泥结构大桥，铁路公路两用。从我工作的八楼窗口往下看，就能看到忘川大桥。对这座桥，我说不上喜欢或不喜欢，在我的词典里，它就是一堆没有生命的钢铁水泥。不停地有行人走过，有汽车涌过，有火车穿过。行人与汽车总是那么拥挤，火车穿过时，钢铁与钢铁发出快节奏的撞击声冰凉刺耳，让我想起达利的某些超现实主义油画。我爱达利，这个热爱享乐、声名与金钱的艺术家，他对世界的想象时常激发我工作的灵感。这是一个崇尚享乐、声名与金钱的时代，有关崇高的词汇已日渐稀薄。我是世俗中人，自然不能免俗。但标志着成功的金钱与声名，一直与我无缘。

说说这座桥，它将在后面的述说中，成为一个重要的道具。

据说有诗人为这座桥赋过诗，还用上了长虹卧波之类俗极的词。还有一个摄影师，数年如一日地在拍摄这座桥。这位摄影师是我的朋友，许多年前，作为小镇第一代打工者，他随着工程兵团来到小镇搞建设，转业后留在了小镇，并在政府某部门谋得一官半职，位不高，权不重。他喜欢和我这样的打工仔混在一起，是个不适合走仕途的人。这些年来，他一直在坚持拍摄忘川大桥，每周至少一次，风雨无阻。对此，我的摄影师朋友有他的见解，他说他要用相机记录时间的重量，他不知道自己会拍到什么，但他的直觉告诉他，这项工作有意义。我问他知不知道莫奈，那个伟大的印象派画家。他问我莫奈是哪里人。我告诉他，莫奈为鲁昂大教堂绘制了三十余幅油画，有时他在不同的角度同时支开几块画布，他奔走于几块画布之间，捕捉阳光走过大教堂时留下的痕迹。莫奈说他每天都会有一些头天未曾见到的新发现，于是赶紧将其补上，但同时也会失去一些东西。我对我的摄影师朋友说，你坚持拍摄忘川大桥，是在做一件和莫奈反复绘画鲁昂大教堂一样伟大的事情。他笑笑，说其实也是一种惯性，他拍了几年，积累了上万张照片，但一直未找到意义所在。直到有一天，他拿着一沓照片给我看，他眼里的光亮告诉我，他找到了想要的东西。从此，众声喧哗，上帝无言。

在很长的时间里，这座桥，在小镇大抵是被人忽略的。近半年来，情况发生了变化，因为不断有人爬上桥去寻死，忘川大桥一时间声名远播。时至今日，许多人大抵都淡忘了第一个爬上大桥的人，我的摄影师朋友不会忘却，我也不曾忘却。那天我坐在窗口，像现在一样，望着窗外发呆，其时正是春天，忘川大桥桥头高大的木棉盛开满树的红，像没有温度的火。我看到许多人往桥上涌，我看到车辆像一群甲虫，从桥的两头向中间挤，然后被警戒线挡在了桥上，于是甲虫们见缝就往前面钻，还有甲虫从四面八方汇集而来。我是先发现满桥的甲虫，然后再发现有人爬上了桥的。那次，爬桥人从桥上一跃而下。从我的角度看，他更像是一朵木棉花，轻盈地从钢架桥上飘零。后来我想，是他那件醒目的红衣给了我这深刻的印象。而我的摄影师朋友，用相机记录下了整个过程。红衣人从桥上跃下的一瞬间，被他定格在镜头上，美轮美奂。第二天，这座桥，连同那跳桥的人，一起出现在了报纸和电视上。我从报纸上得知他跳桥的原因，这原因如同那个有关彩虹的比喻一样司空见惯，比比皆是：

一个打工仔，被厂里的机器弄断了手。老板不肯赔钱，原因是他并不是开冲床的工人，只是一个做搬运的杂工，却跑进了冲床车间乱动机器。也许，他是想学会一门技术，比方说开冲床，这样他将能拿到比当杂工高一些的工资；也许，只是出于好奇，他还很年轻，正是好奇心很强的年龄。总之是，他不该摸那冲床。他失去了一只手，被老板踢出了厂。他可能也想过许多办法为自己讨还公道，然而未有结果。如果不是走投无路，他不会想到用放弃生命来示警。他爬上了钢架桥。现在，没有人知道，他在爬上桥之前，经历了怎样的心理，也没有人想要知道。蜂拥而至的记者们站在客观的立场报道了此事，他们采访了老板，让老板也有表达的机会。我还记得那老板的样子，他身体单瘦，背有些驼，脸上很疲惫。老板似乎很无奈，他说金融风暴来了，他这样的小企业，本来就风雨飘摇，他说那打工仔不是冲床工却要跑去开冲床，被弄断了手，他也很同情，虽哀其不幸，但更怒其不争。这个"其"，当然是指那断了手的打工仔。老板说他对打工仔的事不负责任。记者问老板，那该谁负责？老板说这个问题你不要问我。后来的结果怎样我们不得而知，报纸和电视未有跟进，第二天，媒体又找到了比跳桥有噱头的新闻。

我的摄影师朋友，大约是第一个见到红衣打工仔爬上桥的人。他说当时他和平时一样，在忘川大桥上寻找。当他看到有人在爬桥时，本能地举起了手中的相机，记录下了红衣打工仔从爬桥到跳下来的全过程。他拍下了一组美得残忍的照片，却让我感到一丝隔膜与冰冷。后来的很长一段时间，我们的交往淡了下来。这事过去后不久，在桥边的人行道上，出现了一个乞讨的女人，女人长时间跪着。她的面前摊开着一张报纸，报纸上报导了红衣打工仔的跳桥事件。她的面前还摊开着一张白纸，上面写着一些话，大意是，她是那跳桥孩子的母亲，来城里处理孩子的后事，也拿到了一些抚恤金，但钱被小偷偷了，她回不了家，希望好心的路人施舍一点回家的路费。报纸和白纸的四角压着几块石子，一些零星的钞票散落在纸上。我每天都从女人身边经过，也曾经往她的面前扔过硬币。女人在桥上待了很久，以至于我把她当成了桥身的某个固定结构，直到某一天她突然消失。也许她筹集齐了回家的路费吧，我想。后来我偶然在木头镇火车站广场见到了那女人，她依然在乞讨，但面前白纸上的求助换了一个说法。我无权谴责她利用人们的同情心骗人。当街跪下，是需要极大勇气的。也许，当跪下成为一种职业习惯时，她的内心已然麻木。但她的第一次跪下，一定经历了我们难以想象的挣扎，我一直想不明白，是什么给了她这样做的勇气。

那个乞讨女人离开忘川大桥后，我总觉得这桥上缺了点什么。在木棉花把一树的红变成绿时，我差不多已忘记那个跳桥人，以及那桥上缺损的部件——乞讨的女人。桥像一个受了冷落的孩子，时不时总要不甘寂寞地捣蛋一下，以期引起人们的注意。又有人爬上了忘川大桥。过程和前一次差不多，围观的人越来越多，上一层的桥面，汽车把桥堵得严严实实，只有下面一层的铁路上，时速二百五十公里的准高速动车有力划过，钢铁与钢铁发出坚硬的声音，动车组将广州、东莞和深圳串在一起，成为所谓一小时生活圈，成为所谓的"深莞穗三地同城"。自从金融风暴后，报纸上关于"深莞穗同城"，"广佛同城"的讨论就多了起来。这对我的生活多少有一些间接影响，至少它像划在我老板面前的一个饼，让我的老板看到了希望。金融风暴后，许多的企业都减少了广告投入，特别是房地产首先感受到了冬寒。地产广告的投入量锐减，导致我打工的公司业务量锐减。开始时，老板还在安抚我们，说：冬天来了，春天还会远吗？说：寒冬杀死的是抵抗力差的动物，大自然优胜劣汰，我们的竞争对手将在这次寒冬中死去一大片，我们只要坚持下来，就是胜利。说：现在我们要像虫子一样蛰伏，冬眠，但是冬眠不是休息，是一种主动的、积极的生存策略。老板说完这些话后不到两个月，就陆续辞退了一半的平面设计师。这也是她主动的、积极的生存策略之一种。作为一名文案，我在公司苟活了下来，但从此一个人要做三个人的工作。就算这样，我仍然对老板感恩戴德。最起码老板认为我应该对她感恩戴德……那天的结果似乎有所不同，爬上桥去的人，最后爬了下来。这样的结果，自然令许多人失望，值得欣慰的是，他的诉求似乎得到了解决。后来，隔一段时间，就会有人爬上忘川大桥，但再也没人从桥上跳下来过。每一次有人爬桥，总是会引来媒体的关注。在媒体关注的同时，人们也开始了对爬桥者的谴责，甚至有人建议要严惩"跳桥秀"。还有人算了一笔账，得出结论，每次有人跳桥，造成的社会直接经济损失高达六百五十三点八万元。我不懂经济，不知他如何得出这精确的数字。我只知道，爬桥寻死的人多了，我这看客也渐渐麻木，只隐隐期待有人从桥上跳下来，给我这平庸的生活来点刺激。

在木头镇，我的生活与这桥息息相关。这些年来，我记不清多少次从桥上经过了，桥的一边，是我工作的地方，另一边，是我的家。我每天早晨从桥南往桥北上班，晚上从桥北往桥南睡觉。自有人跳桥后，经过这桥时，我总爱抬头琢磨。我怀疑，这桥被什么力量施了魔法，不然为何总有人要爬上去？是什么让这么多的人以生命为赌注来发出自己的声音？也许这些人都和我一样，有着强烈的说话的欲望，但他们说出的话无人倾听，他们发出的声音淹没在众声喧哗里。我们都想说话，都热衷于说话，却越来越少人有倾听的耐心。我也是这样的人。走过忘川桥，当我停下脚步，触摸大桥冰凉或灼热的钢铁时，也曾有爬上去的冲动。好几次，我一抬头，总看见那凌空的钢架上坐着一个穿红衣的男孩，喧嚣的世界在那一瞬间退到了远方，我的世界变成了一幅黑白画面，也不纯是黑白，在无边的黑白中，那男孩的衣服是红色，不是暖色的红，是冷红。我一直疑心那是我的梦境或者幻觉，但接下来，那男孩冲我招手，他的声音缓缓爬进我的耳朵里：

别走呀，你听我说……

有时候，男孩不说话，望着远方发呆。风吹动着他的红衣，他的两条腿吊着，一前一后晃荡。他的一只胳膊上，缠着厚厚的白纱布。每当这时，我背上的汗毛就无声立起，有电流从发梢到脚心，瞬间掠过我的身体。我落荒而逃。我害怕我经受不了桥上那红衣男孩的诱惑，当真爬上去倾听他的诉说。我对公司的同事说起过这事。同事们冲我笑笑，说：好冷！他们不是真感觉到冷，他们以为我在说冷笑话。过了两天，我又对他们说我看到了那红衣男孩坐在桥上。我当时并未意识到，我这样的诉说，让我变得有点像祥林嫂。是的，祥林嫂为什么要反复地诉说他的阿毛？是什么让祥林嫂有那反复诉说的强烈愿望？我不清楚。我只知道一点，桥上那个勇敢跳下去的男孩，那个断了手的工仔，他一定也曾有过强烈的诉说愿望。他是否也和祥林嫂一样，未能觅到一个倾听者？想到这些，我的胃就会收缩。我害怕我也成为这样的人。一次一次，我说我想爬上那座桥，我说那桥上有一个红衣男孩。我的同事们都习惯了。于是他们说：是呀，真有一个红衣男孩，我们也看见过。

我说是真的有，我没骗你们。

他们笑着说：我们也说的是真的，没骗你。

我发现，我无法和他们沟通。我们不是一代人，我出门打工时，他们还在读小学，现在我们是同事，他们叫我老师，或者前辈。这让我感觉到光阴的无情。我的同辈们，在金融风暴来临后离去，被大浪淘沙，更年轻的一代坚持了下来。他们和我不一样，有工作的时候，他们玩命工作，但工作再累，他们也不会忘了半夜三更起床，打开电脑，在网络上"偷白菜"，"摸美女"。他们极力鼓动我加入他们的行列，我无动于衷，就像我对他们诉说那红衣男孩一样。我们关心的问题有着太大的差别。我知道这个世界，人人都需要多一些轻松与快乐，人们需要后现代式的消解，需要生活的轻。而我的生活是一块开花的石头，长满了时间的重。和他们，我变得无话可说，但我说话的欲望却与日俱增。对老板自然不能说这些，说了她会毫不犹豫地炒掉我。回到家里也不能说，我不能让家人为我操心。后来，我在桥下遇见了她，我莫明其妙地觉得，我和她之间会发生一些事情。我觉得，也许，她会是我最好的倾听者。

该说说她了。但真要说时，才发现我对她所知甚少。我想她可能和我相反，她在桥北居住，在桥南上班，于是我们经常会在早晨和傍晚，在桥上相遇。相遇的次数太多了，也许我们的目光不止一次有过交流，而且，她让我想起了一些久远的事，一些久远的人。我们就这样认识了。从未打过招呼，但已俨然是老熟人。有时，如果一连两三天，我未在桥上碰见她，心里便会有一些失落，担心。有时我又怀疑她是否是一个真实的存在，或许她只是我心有所思投射出的一个幻影。或许，她是我的——反物质。不止一次，在我们相视一望，然后擦肩而过时，我产生过要摸一下她的想法：用一根手指头，轻轻地触碰一下她，感受她是否真实存在。但我不敢，我害怕她真是我的反物质。据说宇宙中的万物，有正物质，必有其反物质，而当正物质和它的反物质相接触之后，会释放出惊人的能量。据说一个人的正物质与反物质相接触产生的能量，比扔在广岛的原子弹要大数万倍，足以毁掉我们的地球。

我耽于幻想。我幻想着和我的反物质相识，我们一起逛街，走遍小镇的每一寸土地，最重要的是我们说话，不断说话，把这一辈子的话都说完，把上辈子没能说的，下辈子可能说的话都说完。但我们必得保持应有的距离，我们不能有任何亲昵的行为，哪怕是牵一下手，后果都将是万劫不复。

我对她说：我在桥上看到了那红衣男孩。

她说：是的，我知道。

她不说她相信，而说她知道。我当时应该想到相信和知道这两个词的区别，但我当时忽略了这一点。

我说：别人都不相信我。

她说：我相信你。

这一次，她说的是相信，没有说知道。

她说她和我一样，每次经过忘川大桥时，总有想爬上去的冲动。她还说她不能站在楼顶，每次站在楼顶，她都有想跳下去的念头。自由落体，一定是世上最美的飞翔。我说我和她一样，我也不能站在楼顶。为此，我总是租住有防盗网的房子，其实不是为了防盗，是为了防止我哪天禁不住飞翔的诱惑从楼上跳下去。

又有人爬上了忘川大桥。这一次，爬上去的人，在桥上磨蹭了足足五个小时。我站在楼上看风景。我看见桥上挤满了被堵塞的车流和看热闹的人群，我看见警察到了现场，他们在桥面上拉起了两道警戒线，还铺上了充气垫。我的第一反应，居然是给我的摄影师朋友打电话。然而我的摄影师朋友接过电话就说他现在没空，说忘川大桥有人爬桥了，第十九个，说晚上再给我电话。我苦笑，继续看那爬桥的人。爬桥人穿一件白衣，开始是坐着的，还在桥上拉了一条长长的横幅，大约又是有什么事情无法通过正常渠道解决，那横幅上肯定写着他的诉求。我看不清横幅上的字。桥下聚集的人越来越多，我看到警察也来了，桥上的人似乎也兴奋了起来。他开始从钢架上站起来，摇摇晃晃地从一边走向另一边，于是，下面的警察就拖着充气垫跟着他移动。他的举动，让我们疲惫的眼睛获得了短暂的快感。我的同事们都挤到了窗口，随着爬桥人的摇晃而惊呼。但那爬桥人似乎是高空杂技演员出身，他伸开双臂平衡身体，他的身体看似左摇左晃，但他的下盘稳重扎实。他来回走动，只是短时间获得了我和我的同事们的好感，走了几个来回之后，就显得了无新意。甚至于，在桥下随着他的走动而移动充气垫的警察，也有了一种被他戏弄的感觉，我是这样想的，因为那些警察现在不再随着他的走动而移动充气垫了。爬桥人大约也觉察到了这一点，他停了下来，似乎在思考着怎样出新出奇……这是一个需要创意的时代，就像我所从事的工作。我在广告公司打工，公司的主打业务是房地产广告。现在我正在做一家逆市开盘的高尚住宅的广告创意。我一直觉得，做楼盘广告创意，是这世界上最不靠谱的工作。我们要为那些大同小异的楼盘的目标客户想象出他们所能想象到的未来的生活，还要为他们的目标客户想象出他们不敢想象或者想象不到的生活。想象出青山绿水早就了无新意，想象中的欧美风情亚平宁半岛风情同样是过时的创意。我们这些广告策划师，做的是绞尽脑汁无中生有的工作。干我们这行，一个策划师的职场寿命，不会高于五年。三年，你的想象力就被会榨干，你能想象到的都被想象过了。如果这三五年内你不能积累足够的资源自立门户，或是讨得老板喜欢升为总监之类，那你大约就只能改行。这话是我刚入行时，我的老师对我说的。而现在，我当了六年广告策划师，我的想象力早已枯竭，现在不过靠东抄西拼剽窃别人的创意混日子，我想象不出都市里的富人们梦想中要过的是什么样的生活。西班牙，普吉岛，香榭丽舍大街，甚至……白宫……我们这一行的众多策划师们，用思维创造了一轮又一轮时尚浪潮，引领着城市的中产阶级和资产阶级，把世界上奢华的、浪漫的地方走了一大圈，现在又开始向非洲那些穷得鸟不拉屎的地方进军了。把中产阶级和资产阶级引向一种臆想的、脱离本真的生活，我这样的无产者擅于此道。有时我很为自己的工作感到荒唐和可笑，怎么就会有人相信这种虚拟的生活，相信模型师和平面设计师用一双手做出来的骗局。而创造出这些假象的人，却生活在这小镇的贫民窟。也许，正是因为现实中对奢华的缺失，才让我们这些设计师们有了想入非非的空间？就像人没有翅膀，却总在内心深处萌动着飞翔的欲望。而这世界上的大多数人在沉默着，我的创意，与他们的生活无关。他们住在亲嘴楼里，他们生活在流水线上……他们，把自己搁在桥上，然后像一朵花那样飘零……是的，现在，在那钢铁的桥上，那白衣的跳桥者，又有了新的创意，他开始像猴子一样往更高处爬。他要不断出新出奇，但他的能力有限，如果他能做一个倒挂金钩，或是像评书中说的那样，一个燕子三抄水，从一边掠到另一边，也许会博得更多的喝彩，然而他没有那种能力。他往上爬了两米，又坐了下来。我的脑子里没有了创意。窗外的一切，又变成了一幅黑白画面，那白衣男人坐在桥上。我又看见了那穿红衣的男孩，他就坐在白衣男子对面。我喊我的同事们，我说你们看，桥上现在有两个人，一个穿白衣，一个穿红衣。同事们也看见了桥上的另外那个人，他们说，你真的是个色盲，那哪里是红衣，那人分明穿的黄衣。也许，我真的是色盲，我的世界经常是黑白的。但黑白世界中的那一抹冷红，是那么刺眼。我看见红衣人和白衣人，他们面对面坐着，似乎在谈判，或是在谈心。

我把注意力从桥上拉回到电脑屏幕。我绞尽脑汁，意欲想出一些词语。

老板过来了，老板的脸色很不好，有些发黄。

老板说，你的方案做好没有？

我说我还在寻找灵感。

老板说你的灵感这么难找么？你要找到什么时候？

我的同事悄悄在QQ上给我发来一句话：等你找到，生个娃都老死了。配着这句话的，还有《武林外传》中同福客栈的老板娘。

我说，老板，搞创意真不是这样枯想能想出来的。

老板说，是不是让我给你配几个美女你才有灵感？

我想说还真是这样的。过去我们公司为什么创意做得好？因为我们有一个团队，几个人坐在一起，喝着咖啡，胡吹乱侃。我们的创意，就是不断说话中不经意跳出来的，一点星火，我们抓住它，七嘴八舌，创意渐渐浮出水面。而现在，就我一个人苦思冥想，哪里能想得出来。但是我没敢说。我低着头，说我努力。老板永远不会知道，我需要交流，需要说话，不说话，我的脑子就是一团浆糊，我的思想就是一潭死水。老板说，明天如果再做不出方案来，我只好另请高明了。老板说你知道，现在金融风暴。金融风暴之前，老板对我们要好得多，风暴来了，设计人才开始过剩，老板同我们说话底气足了许多。这一天终于来了。我想，死猪不怕开水烫。我看着窗外，我看见那白衣的爬桥人终于爬下了桥。他很快就被警察带走了。然而，后爬上去的那人却坐在桥上没下来。

那人不是上去谈判的么，怎么自己倒不下来了？

我的同事这样问。

我说，我早说过，那人不是上去谈判的。后来上去的红衣男子，其实就是春天的时候那跳桥而亡的男孩。

是，那红衣男人是个鬼，好了吧。我的同事这样说。

现在，红衣男子（我的同事说是黄衣男了，难道我真的见了鬼？）坐在了桥上，下面似乎有人在劝他下来。这样坚持了没多久，又有人爬上了桥。真的见鬼了，今天似乎在小镇举办爬桥大赛。最后上去的选手身手矫健，三下两下就到了红衣男子（我的同事仍坚持说是黄衣男子）身后，真正有创意的事情发生了。我们看见后上的选手迅速朝红衣男子——好吧，亲爱的同事们，那就黄衣男子——推出了一掌，我们看见那黄衣男子从桥上坠落……漂亮的自由落体！后上的选手英雄一样，朝桥下的人挥手致意……

到晚上下班时，我还是没能找到灵感。我知道，明天，也许我要重新开始找工作了。我在办公室里坐到很晚，天黑了，同事们都已离去。小镇亮起一城灯火，璀璨夺目。窗外的忘川大桥也亮起了霓虹。灯火倒映在水面，半江瑟瑟半江红。小镇真美，美得奢华。我第一次发现，站在我工作的窗口看小镇，小镇如此多媚。我知道，也许这是我最后一次从这个角度欣赏小镇的娇媚了。我再次发现我的懦弱与不自信，我知道，失去这份工作之后，我将很难再在广告创意这一行里找到自己的位置。我的经历当然能让我找到新工作，但一个再也没有了创意的创意师，在新的公司里，一般都不会捱过试用期。我突然发现，这么多年来，我不停地胡思乱想，把自己的想象耗尽了，现在只余下一具空壳。我感到了寒意与恐惧。对明天，我失去了信心。离开办公室时，已经是晚上十点。我步行回家，经过忘川大桥。走到桥中间，我趴在桥栏上，望着桥下流动的灯火与七彩的波光。逝者如斯，不舍昼夜。我看到我的青春年华随着河水消逝……

我不想回家。

奇迹总是伴随我的胡思乱想而出现，就像此刻。我渴望她出现，她果然就出现了。远远地，我感觉到她在朝我走来，我也朝她走去。我们在桥上相遇。然后，我们都站住了。我望着她，她也望着我。对视着，就这样对视着，我感觉脚下的河停止了流逝，时光在那一瞬间转换到了另外的维度。

这么晚。她说。

这么晚。我说。

我们可能再一次擦肩而过。我们已经擦肩而过上千次。

能陪我说说话吗？她在擦肩而过的一瞬间，停下脚步。

她说的正是我想说的话。如果你忙，那就，算了。我知道，这样的要求，很，唐突。

我不忙。这要求很合理，一点儿也不唐突。

我，可能要失业了。她说。

我的心一跳。我想说的也是这话，但是我没有说。

我们开始了一小段时间的沉默。桥面上的车，比白天明显少了许多，行人也渐渐少了。

去喝杯咖啡，或者……我说。

就随便走走吧。她说。

找一个可以说话的地方。

找不到说话的地方，找不到说话的人，在这小镇。她这样说时，我抬头望了一下钢架桥。她也抬头望着悬在空中的钢架。

或者……我说。

我们相视一笑，她明白了我在想什么。说，很奇怪的想法。

当然，我们并没有真爬上去，三更半夜，一男一女，爬上钢架桥聊天，除非疯了。就算我们不疯，也会把桥上的行人吓疯。

只是想想。我说。

我们就靠在桥栏上，我面朝桥面，她面朝江水。

这么晚，你不回家，你爱人，她不会生气吧。她问。

我说：她才不会管我呢。我们俩，像陌生人一样生活着。

我不明白我为什么这样说。这样说容易给人造成误解，但却是事实。于是我开始解释，我说我们俩感情还是很好的，只是，我们没有时间交流。我老婆，在一家塑胶厂打工，每天我还在睡梦中，她就上班去了，我已进入梦乡她才回来。她总是在加班，没完没了地加班。她变成了一台加班机器，她喜欢加班，要是连续几天没有班加，她就会变得惶恐不安。没有班加的时候，我希望她多给我一些温情，她说，不是有了孩子么。似乎夫妻间做爱就是为了生孩子。她很认真地问过我，做那事真的那么有意思？她说她讨厌那事，她说男人在做爱的时候很龌龊。但这些，似乎都是遥远的记忆了。自从去年冬天，她加班越来越多。真的很奇怪，为什么金融风暴来了，她们工厂的生意一点不受影响。她说不是不受影响，是厂里大裁员，因此她们加班就多了。我多希望她的厂里少点活做，不用天天加班。有时我坚持着晚点睡，我要等她回来，我渴望着她的身体。她理解我的需求，但她实在太累，说来你也许不相信，她能在和我做爱时睡着。后来，我们之间，这样的事就越来越少。你看，我对你说这些，是不是有点不妥。你呢？说说你吧。本来是你想找人说话，倒变成我在喋喋不休了。

她望着江面，风吹动着她的长发。桥面的灯光，照着她的脸。她的脸色不大好，很忧郁的样子。

夏天还好一点。她说，我不能过冬，每到冬天，我就会失眠，会忧郁。

我渴望她说一说她的家庭，作为交换，我刚才说了我的家庭情况。然而她没有回应我的话题。

怎么说呢，她说，我的工作很简单，就是给领导写讲话稿。我每天从上班开始，就在写讲话稿，一直写到下班。我们有那么多的领导，从一把手到部门领导，大大小小十几个，每个领导每天都有会议，有会议就要讲话。而我的工作，就是为他们写讲话稿。这是一件看似简单，实际上很复杂的工作。比如同一个会议，书记该说什么，副书记该说什么，宣传科长怎么说，办公室主任怎么说，这都有分寸，有讲究，一点儿都不能弄错。我还要揣摩每个领导的意图、喜好，要让我写出来的话，经领导的口说出来后，外人听了，像是领导自己的意思，领导也觉得，那就是他的意思。我感觉到，我是一个演员，每天在演着不同的角色。在一个角色与另一个角色之间不停地转换。有时又觉得，我不是演员，而是编剧。这，时时让我觉出荒诞感，我觉得我活在虚拟之中，一切都是那么的不真实。我记得有一次开会，会议室里坐了十几个领导，他们在一起谈论学习某份文件的心得体会。而十几个人的讲话稿，全都出自我一人之手。

我说我能想象出这样的情景是多么的可笑。

每个人都一本正经地坐在那里读着手中的讲话稿，她说，他们在大谈学习心得与体会。自然，书记的心得体会是最深的，几个副手次之，但是几个副手的体会，却不能分出高低来，得在同一个理解层面，接下来，下面各部门领导的见解，自然不能比书记副书记深刻，他们的理解要片面得多。他们围在会议桌边谈心得体会时，我坐在后面，装模作样做会议记录，当他们一个个都在说着我写出来的话时，我感觉到，其实是我一个人在说话，又觉得我一句话也没有说。最为荒诞的是，他们这些领导，也都知道他们的发言稿出自我一人之手。但他们一个个正襟危坐，认认真真走过场，一本正经搞形式。这就是机关。

我说我给私人老板打工，老板不爱开会，但工作没有做好她会骂人。

她说这一点我比你好，我们老板不会骂我，但是我们老板会给我小鞋穿。我可能又要回到工厂，或者公司里去打工了。我在公司里打了十年工，相比之下，在政府机关打工，还是比在公司里好得多，我们很少加班，如果加班，也会按国家规定付给三倍的加班工资……我的工作出了纰漏。你知道的，我们的许多领导，都是洗脚上田的农民，肚子里没有几滴墨水。因此在写讲话稿时，我一直是很小心的，尽量不使用生僻的词，如果实在要用，我都会在这个词的后面注上拼音，同时用同音的汉字标出来。你知道，作为一个领导，他们的形象是很重要的，如果讲话时读了错字，会觉得很没面子。

他们丢了面子，首先想到的不会是怎么提高自身的修养，以免下次再犯这样的错误，他们首先就会迁怒于写稿的人，而且要迁怒也不会直说，直说显得他们没文化，他们会给人小鞋穿。

她说着当着我的面脱掉了鞋，让我看她的脚。她的脚小巧而精致。她说你看我的脚，是不是很小，原来我的脚是很大的，穿小鞋多了，就变小了。她这样说时，我感觉声音不是出自她的嘴里，而是来自桥上的某个地方。

我说你很幽默。

她说好在我平时细心，昨天，我又犯了这样的错误，我在为我们分管城建的副书记写讲话稿时，用上了"兢兢业业"这个词，我知道我们的领导习惯把"兢"字念成"克"字，于是在兢字的后面用汉语拼音和同音字"京"注了音。接下来我写了一个词，"点缀"，又用了一个词，叫"冉冉升起"。我没有想到，他连这两个字都不认识。他在读到点缀时，犹豫了好一会。下面听他讲话的人都看出来了，显然，他遇到了不认识的字。好在坐在他身边的另一位领导瞟了一眼他的讲话稿，轻声提醒了他这个字的正确读音，于是他咳嗽了一声，开始继续读，但是接下来的"冉冉升起"，副书记毫不犹豫地读成了"再再升起"，下面的笑声提醒他，他读错字了。我当时就感觉头皮发麻。真是防不胜防！

副书记说你了。我问。

副书记并没有对我说什么，但是他的脸色很难看……

我说难看怕什么，难看你装着没看见。我知道这话只是说说，像我们这样的人，从乡村走向城市，学会的生存第一课就是看人脸色。

桥上的行人越来越少了。我换了一个姿势，趴在桥栏上，我也盯着桥下的水，听着她的诉说。她的声音越来越遥远，像来自遥远的外星。我似乎在听，又似乎没听。我知道，她的这些话，是断不能在她打工的单位和同事们说的。回到家中呢？也许，她还没有成家。也许，她的先生和我的爱人一样，每天忙着加班加点，根本没有时间听她的这些诉说。

谢谢你，听我说了这么多。说出来了，心里好受多了。

我说，谢什么呢，感谢你对我的信任。时间不早了，你该回家了，再不回家，你先生该着急了。

我不清楚为什么要这样说，我这样说，包藏着怎样不可告人的心思？我是故意把话题往她的先生身上在引么？她看了一下时间，说，那，我先走了。

我说这么晚了，我送送你吧。

她说，不用。

她走了，走得很快，很坚定。看着她的背影消逝在桥的尽头，我有些怅然。我也该回家了。家里黑灯瞎火，妻子还没有回来。我洗了个凉水澡，一点睡意也没有。看看时间，快十二点。打开电视，看了一会丰胸广告。电视里的人都是话痨。看着丰胸广告，我开始想念起还在流水线上加班的妻子。我突然想去接她下班。我还从来没有去过她打工的工业区，也很少关心她在工厂里怎么生活。我很想她，我们有好多天都没有说过话了。我打了一辆摩的，去到妻子打工的工业区。找到了她打工那家塑胶厂。厂子里灯火通明。那是我曾经的生活。厂门口的门卫室里，坐着两个小保安，他们脸上的青春痘让我觉出了自己已老迈不堪。

我问保安，今晚几点钟下班？

一个保安没理我。

一个保安说，不清楚，反正不会早于两点。

我想再和保安聊点什么，关于金融风暴，关于打工，加班，劳动法，物权法，土地流转，资本论，剩余价值，腾笼换鸟，产业升级，贫富差距，中国威胁论……然而两个保安显然对我要谈论的话题不感兴趣。一个趴在桌上打瞌睡，一个站着，耳朵上戴了耳机，听 MP3。他听得很投入，一边听，身体一边抖动。我说老乡你听谁的歌？我想，既然他对我想谈的问题不感兴趣，那我就迁就他，谈他感兴趣的话题。我需要说话，不然这漫长的等待会让人发疯。听音乐的保安斜了我一眼，说，郁可唯。

郁可唯？

快乐女生你不看么？湖南卫视的。

我说看过一点点，看到一个女孩，一脸苍白，坐在那里弹着单调的吉他，声音怪怪的。

保安把耳机从耳朵上摘下来，他的眼里放着光：那是曾轶可，你觉得她唱得怎么样？

我说我也说不清，我不懂音乐。

保安却激动了，说，我真是不明白那个绵羊音怎么就进了全国十强。我从前还挺喜欢高晓松的，自从他力挺曾轶可之后，我对高胖子就失望了。上一周的排名赛你看没看，幸好包小柏又来了，他是那一晚唯一让人尊敬的评委。

在打瞌睡的保安这时突然跳了起来，说：你懂什么，不懂音乐就别在这里瞎说，我就力挺曾轶可，我觉得她的歌很有特色。一个五音不全的人，能唱歌唱到全国十强赛的舞台，这本身就是奇迹。不是吗？

也许，这个保安说得对。人们需要奇迹，于是诞生了各种各样的草根英雄。

两个小保安开始为自己的偶像争执起来。我的同事也看快乐女生。他们也和这小保安一样，分成了"贬曾"和"挺曾"两派。而坐收渔利的一定是电视台，被伤害的，一定是受争议的人。我的同事们说湖南卫视需要她的坚持，有了她的存在就有了争议，有了争议就有了收视率。我对这些不感兴趣。绵羊音高胖子包小柏快女不属于我的世界。我知道，我和这两个小保安之间，失去了对话的平台。许多年前，当我也和这两个小保安一样年轻时，我在工厂里打工，我做过不下二十种工，但那时的我，或者说我们，把打工生活弄得很苦很累，我们不懂得生活的轻，我们那一代人的眉宇间，总是写着家庭、责任、未来太多本不该是我们那个年龄承受的东西。我们那一代人，还很快学会了许多的坏，学会了利用手中可怜的权势欺负比自己更为弱小的同类。我们那一代的保安，会因为某个女工过了关门时间才回工厂而把那女工给睡了。这样的事情，现在的打工者不敢相信，现在的小年轻无法想象，晚点了进不了厂意味着什么。两个小保安还在争论，他们真好，为了自己的偶像。而我没有偶像。我突然为自己没有偶像而悲伤。现在，我看着他们，像隔了千山万水，隔了时间空间。两年前，当我听不懂周杰伦在唱些什么的时候，我就感觉到我已经落伍于这个时代了。后来周杰伦唱了一曲《青花瓷》，我也有些欣赏他的音乐了，我正在为我能听懂周杰伦而欣慰，庆幸自己还没那么落伍于这个时代的时候，他们却在谈论着绵羊音了。绵羊音是什么音？看着两个争得面红耳赤的小保安，我知趣地退到了厂门外的阴影里。

也许，我可以想一想我要做的策划案……快乐女生。快乐。你快乐吗？你快乐所以我快乐。我不快乐……有一星光在我的脑海里闪过。在快乐和楼盘之间划出一条连线。我想，改天我也要去看快乐女生。什么国有资产流失，什么基尼系数，什么位卑未敢忘忧国，什么先天下之忧而忧，后天下之乐而乐……我不要忧，我不要重，我要消解，我要快乐，娱乐至死。我突然想到了，北京有几个打工仔鼓捣了一个打工乐队，三年前曾经到木头镇的工业区搞过演出，那个带头的打工仔，在台上卖力地唱着"打工打工最光荣"，我当时很愤怒，恨不得在那小子脸上开一果酱铺子。台下，我的兄弟姐妹们，跟着他一起唱，"打工打工最光荣嘿打工打工最光荣……"。她们，我的姐姐妹妹们，她们那一瞬间真快乐吗？她们真的以为"打工打工最光荣"？现在，此时，这一刻，我原谅了那个唱"打工打工最光荣"的打工仔。我觉得，他那首歌是反讽的，是后现代的，只是许多人误读了。人们需要麻木。我看到了希望，脑子里开始有了一些广告方案的雏形。

陆续有骑着自行车的男人来到厂门口，他们大抵是来接自己爱人下班的。一些推摊车售卖炒粉麻辣烫的小贩，也陆续聚在了厂门口。炒田螺散发出辛辣的香，与另一家摊位上臭豆腐的臭混合在一起，弥漫在工业区的夜空。我终于听到了电铃声，伴随着电铃声的是一片欢呼，接着从工厂里涌出人流，潮水一样。是的，潮水，虽然很俗但很准确的比喻。当然，说她们像一群出围的鸭子更形象，虽说这个比喻我在感情上不能接受。我要在人流中找到我妻子。但那些涌出来的女工，她们穿着相同的工衣，有着相同的疲惫，我突然发现，我无法从她们中间认出我妻子，她们长着相同的面孔，像从流水线上流下来的标准化产品。她们的五官是模糊的，表情是模糊的。色彩再一次从我的视觉里消逝。我眼前的画面像记忆一样，变成了黑白灰的单色，只有色度的变化，没有色相的变化。工厂的记忆于我已经很遥远。我曾在工厂打工十年，我不在工厂打工已经十年，我对流水线已经陌生。但这些黑白灰的记忆，那些青春的刺痛，却与我记忆中的影像重叠了，我看见了一张和小保安一样青春年少的脸，那是多年前的我，我看见我和妻走在一起。许多年前，我们坐在同一条流水线上。我们在工厂里相识，在珠三角的工厂里。我们一起加班，一起逛街，工友拿我们开玩笑，要我们请吃"拖糖"。对，"拖糖"，想到这个词，我鼻子发酸。对于我来说，这个词，已经是久远的记忆。这个词，似乎只出现在南方工厂的打工人中间。这是她们创造的词汇，是她们对美好爱情与幸福生活的特别祝福，是北方乡土文化与港台都市文化结合的产物，是农业文明与工业文明交媾的见证。

你怎么来了？妻认出我来，走到我面前，扯了一把发呆的我。我看见了她，灰色的工衣，模糊的五官。我没有认出她来，但我想，她认出了我，那她就是我的妻了。

小芳、吴姐，我老公来接我了。五官模糊的妻这样对另外两个同样五官模糊的女工说。

这是你老公呀，你老公好帅哦。那两个女工嬉笑着说。

我像在梦游一样，机械地和小芳、吴姐打招呼，然后跟着五官模糊的，但我觉得应该就是我妻的人一起走在回家的路上。妻伸手牵住了我的手。你怎么来了？妻又问我。我说，不能来接你吗？妻说，能。我听得出，妻很高兴，很兴奋，很意外。我甚至看见她拿手背在揩眼泪。我说，知道吗，刚才在厂门口等你时，我突然看到了我们一起在金宝厂打工的情景。妻说，金宝厂？我说，是啊，不记得金宝厂了？妻说怎么不记得，怎能不记得？那是哪一年的事？九五年，那时你多好，每天晚上下班后，都会给我买炒粉，把炒粉送到我的宿舍。那时我们在一条流水线上，我在你的上手工位，我有些笨手笨脚，经常堆拉，你总是不声不响，做完了自己的，就帮我做。你总是不说话。但是我想和你说话。我想，这人真奇怪，每天都在帮我，却从不和我打招呼。你记得吗，有一次出粮了，我去镇上的邮局寄钱，正好你也在，我想和你打招呼，结果你却把目光从我的头顶上移开，像不认得我。可是回到工位上，你依然是帮我做事。后来我知道了，你是高中生。你可能不知道，那时拉上好几个姐妹在偷偷喜欢你。这事我一直没有对你说，我怕说了你的尾巴就翘到天上去了。我想，你这人真是高傲，眼睛长到了天上。好，你不理我，我也不理你。后来你做到了拉长，再后来做到了主管。我们这些拉妹都不叫你主管，都叫你大哥。你还记得吗？那时厂里有一个叫小余的女孩子，我们都叫她小鱼儿。小鱼儿喜欢你，她有一个老乡在追她，经常晚上到厂门口找她，每次保安上来传话时，你都会说，小鱼儿，你男朋友来了，我批准你不用加班了，你快下去吧。你知道她喜欢你，她那么漂亮。我知道，如果我和她竞争，我肯定不是她的对手。这让我很伤心，我甚至想过离开金宝厂。可是有一天，保安再一次上来对小鱼儿说她男朋友在厂门口找她，你又和平时一样对小鱼儿说小鱼儿你不用加班了你下去吧时，小鱼儿没有像平时一样，说她要加班，说她不下去，说她下了班之后再下去。小鱼儿下班了。她走到楼下，突然在窗外大声叫着你的名字，骂你是王八蛋，是混账，然后她就哭了。

听着妻的诉说，我的记忆中，渐渐浮现出小鱼儿的样子。小鱼儿的样子，与我在桥上遇见的她，又渐渐融合在了一起。那一瞬间，我以为我是在梦中。是的，妻说的没错，小鱼儿骂了我，哭了，弄得我不知所措。我跑出车间，她见了我，不理我，往宿舍的楼上走。我说小鱼儿你别走，你怎么啦，我有什么做得不好，你直接说。小鱼儿还是不理我，往楼上走，她走到了宿舍的楼顶。我跟了上去，小鱼儿站在楼顶，背对着我。我说小鱼儿，你……小鱼儿突然转过身，抱住了我。小鱼儿说大哥你是个木头人吗？你怎么这么狠心！我不是木头人，可我不能伤害她。这些，我从来没有对谁说起过。

后来她就离开了金宝厂，妻说，你可能到现在都不知道她为什么离开金宝厂。我真的没有想到，你会看上平庸的我。这些你都不记得了？后来我们俩好了，你走到哪里，我就跟到哪里。东莞，深圳，佛山，中山，广州……我们打工走过了多少地方，长安，厚街，虎门，一直走到木头镇。那时的你真的很好，很细心，很体贴人。可是这两年来，你变了，你还记得你有多久没有和我说过话了吗？回到家里，我就像个哑巴一样。我真的没有想到你会来接我。你知道吗，小吴、小芳，她们的老公，每天晚上都骑自行车来接她们下班。她们总是问我，你为什么不来接我，我说你很忙，要加班。从厂里到家，这么远，这么晚，我每天回家都是提心吊胆的。这条路上，经常有人打劫。我们厂就有好多人在这里被抢过，好在我身上从来没有带过钱，人老珠黄，也无色可以劫。你在听我说话吗？

一路上，我有一肚子的话想对妻说，可是她一直在说。她的话让我无言以对。

我想我们该做一次爱了。我们开始抚摸。妻说，我以为你忘记我是你老婆了？

我不知道妻为什么这样说，明明是她忘记了她是我妻子，明明是她说男人在做爱的时候很龌龊。

你怎么突然想到来接我了？你肯定有什么心事？你是不是做了对不起我的事？

相互的信任已经掺进了怀疑的水分。可是，我不值得怀疑吗？那桥上的女子总在我心里拂之不去。小鱼儿，她是小鱼儿吗？我的情绪一下子跌入了谷底。我不想再说什么。

第二天，报纸上最抓人眼球的报道，就是昨天发生在忘川大桥的爬桥事件。媒体为我们大致勾画出了昨天爬桥事件的轮廓。此次爬桥事件可谓一波三折，亮点迭出：

一包工头甲因工程发包商欠他的债爬上了桥，街道某工作人员乙上桥劝说包工头，包工头被劝下，工作人员乙却在劝说过程中触动了伤心事，留在桥上不肯下来，某见义勇为的路人丙见交通堵塞达五小时之久，忍无可忍，爬上桥将乙推下了桥，致乙摔伤，两腿骨折，可能瘫痪。

我的同事们，在热情洋溢地讨论着昨天的跳桥事件。焦点聚集在那个把人推下桥的丙身上，而最初的爬桥者甲已被忽略。不单是我的同事，接下来数天，无论是网络还是电视上，争论的焦点都在丙的身上。我的摄影师朋友给我短信，让我晚上看某电视台的一档谈话节目，他说他将作为嘉宾出镜谈论忘川大桥接连发生的跳桥事件。悲剧很快演变成了娱乐事件，这个时代有着一种巨大的力量，能把一切沉重的事物轻松转化为无厘头式的娱乐。每个人都成为了事件的参与者，他们很快乐。跳桥的人为他们制造了快乐。你快乐吗？我很快乐。快乐老家。是的，我想，如果老板来问我，我就要提出我的快乐老家的广告概念了。然而，老板只是来公司转了一圈就匆匆离去，她没有问我广告策划案的事。我也快乐，天不绝我。我用一天的时间，把快乐老家的广告策划案做出来。我大叫了一声，对我的同事们说，我把策划案做出来了。然而我的同事们只是漠然地看着我，没有一个人表示祝贺，也没有人提出先睹为快。他们也有他们的压力，我的策划案的出笼，并不能减轻他们的压力，反而增加了他们的压力，他们有理由漠视。但是我想把我的快乐与人分享。我想到了她，到现在，我还不知道她的名字，我就叫她小鱼儿吧。我知道，她一定会分享我的快乐。下班后，我在桥上徘徊，但是我没有遇见她。一连几天，我都没能再遇见她。她就像一道流星，瞬间划过我的天空，那么短暂，那么耀眼。我想，她将成为我生命途中最美好的珍藏。噢，小鱼儿！每晚十点到十一点，我依然在桥上徘徊复徘徊。我有些为她担心，不知道在她身上发生了什么。我能想到的，全都是坏事。自从上次去接妻下班后，我开始每晚去接她下班。但是我们再也找不到第一次接她下班时的感觉。妻也不再一路和我说那么多的话。我说你怎么不说话了。妻说我不想说了，想听你说，很久没听你说过话了。你是没有话对我说了吗？我再次想到了她，小鱼儿，那在桥上相遇的女子。

妻说，你有心事，你瞒不了我的。

我说哪有什么心事，工作压力太大。

是的，我的工作压力太大。这不是借口。快乐老家的策划案被老板否了。老板根本没有看我的方案，她只看到了快乐二字，就把方案书扔到了桌子上。快乐的老板失去了快乐。老板有些歇斯底里，她从来不这样。同事们都冲我偷偷吐舌头。失去了快乐的老板，在几天不露面之后，来到公司，把我们每个员工都骂了个狗血淋头，然后就把自己关在了办公室里。我们这些员工都提心吊胆，知道老板心情不好，都埋头装模作样工作，但我的脑子里什么都没有。我望着窗外，窗外的天空灰蒙蒙的。

今天没有人跳桥。

我觉得今天应该有人跳桥。

然而从早晨到天黑，没有出现我感觉中的应该。晚上回家时，经过忘川桥，我不想回家。我趴在桥栏上。天空渐渐黑了下来，桥上的灯亮了，城市的灯亮了。我抬头望着悬在头顶的钢铁桥架。是的，我想爬上去。不为寻死，也许只为试一试这桥是否像传说中那样轻易就能爬上去。

远远过来一人，那人穿了一件治安员的服装。他从我的身边走过时，直直地盯着我打量了好几眼。我避开他的目光，望着桥下的河水。他走了。我想再试一试，看能不能爬上这桥。那人又折回来了。这次他在我的面前停了下来。我们开始了这样的对话：

你想干什么？

我不想干什么。

不想干什么你在这里干什么。

不干什么。

不干什么？我看你是想爬桥！

我没有想爬桥。

我看你就是想爬桥。

我在报纸上听说了，自从这桥隔三岔五有人爬上寻死之后，让管辖本地的领导觉得脸上无光，于是在桥上增设了两名守桥人，专门看护这大桥，以阻止那些试图爬桥的人。我想，他一定是那两名守桥人之一。现在，我就叫他守桥人吧。

守桥人大约觉得我是个想爬桥的人。

我警告你，别想在我的眼皮子底下爬上桥去。守桥人说。

我说我不爬桥，我干嘛要爬桥呢，我就算爬桥也要在大白天爬不是，晚上爬，哪里能引起必要的关注呢。

守桥人说，嗯，你这话在理。那你真不是想爬桥的？

我说我真不想爬桥。

守桥人说，真不想爬桥那你在这里干什么？

我说我等人，你看，我等的人来了。是的，我等的人来了。你看，那不是？

我远远地看见了她。我对守桥人说我等的人就是她，我的朋友。

我和她打招呼。她看着我，像看着一个陌生人。我说你好，好多天都没有见到你了。

我说这些天，我每天晚上都在桥上等你。我害怕你出了什么事。我还想说，我有太多的话要对她说。但是她没有理会我，像见了鬼一样匆匆离去。

守桥人对我更不放心了。守桥人说，你真的认得她？

我说我真的认得她。

守桥人说你真的在等她？

我说我真的在等她。

守桥人说那我问你，她叫什么名字。

我说你真的可笑，你又不认得她，我胡乱说一个名字，你也不知我说的是真是假。

守桥人说那你胡乱说一个？

我说她姓余，我叫她小鱼儿。

守桥人笑了，说，你骗人。我问你，你到底想干什么？

我说不干什么，我在这桥上看一会风景总是可以的吧。

守桥人说，对不起，请你离开。

我说为什么？难道这桥上不能呆吗？法律规定了这桥上不能呆吗？

守桥人冷笑一声，你是什么人，也敢谈法律?!

我决定留在桥上。不是要爬桥，现在离我妻子下班还有好几个小时，我无处可去，我想在桥上多待一会儿。之前我待在桥上是想等她，现在她像陌生人一样不认我，她离去了，我本欲离开的，可是守桥人的话让我有些受不了，现在不查暂住证了，我不再怕这些治安员，在过去，像我这样的打工仔，见了治安，早就吓得两腿发软了，哪里还敢这样和他们罗嗦。但此一时，彼一时也。现在，只要我不干非法的勾当，谁也无权干涉我待在这桥上。我故意和守桥人玩起了"躲猫猫"。我往桥南走，走到离守桥人十多米时停了下来，双手攀着桥栏，作势要往上爬。一直警惕地盯着我的守桥人，远远地大喝一声，朝我跑来。我松开双手，把手抱在胸前，望着一江忘川水，心里的得意像一群鸽子，在急速拍打翅膀，欢腾起一片稀里哗啦。我的脚甚至有些得意地抖动着，如果够胆，我甚至想吹吹口哨。

你小子找死。守桥人气喘吁吁跑到我面前。

我对他的愤慨充耳不闻。我开始往桥的北面走，走到离他二十来米，又开始作势往桥上爬。守桥人再次朝我跑了过来。他终于明白了我在戏弄他。

我再作势要爬时，他不跑了，手背在背后，踱着方步，一步三摇地走到我面前，冷笑一声，爬呀，往桥上爬呀，怎么不爬了，不爬是龟儿。

我终于找到了一件有趣的事可以打发寂寞。我觉得这守桥人其实蛮可爱。自从前几天，那路人把爬桥人一掌推下桥后，守桥就成了这个守桥人的责任。我知道，如果有人爬上了桥，守桥人也许饭碗不保。我说谁说我要爬桥了，我根本不想爬桥，我只是想在这里待一会儿，可你身为守桥人，却想逼我爬桥寻死，我要去你上司那里告你。守桥人说，我逼你爬桥寻死了吗？我说你刚才不是还在命令我往桥上爬吗？你刚才不是还在说不爬是龟儿吗？好，是你让我爬上去的，那我就爬，反正活着也没有什么意思了。说着我又攀住了桥栏。守桥人大约以为我是不敢真爬的，冷笑着，站在那里不动。他不动，我就没了台阶可下，只好硬着头皮往桥上爬。当初设计这桥的人，大约是为了桥梁外形的美观，用许多的钢架，在桥的上空架起了一道彩虹。设计师也许从美学力学地质学方方面面都考虑到了，他哪里会想到，多年后的今天，他的得意之作，会因为太容易攀爬而被人诟病。我没费什么力就爬到了半米之高。我的腿有些发软，抬头往上望，听见一个声音在说：

爬上来吧，你听我说……

我看见那穿着红衣断了手腕的打工仔站在桥上冲着我笑。我正不知所措，腰就被人抱住了。守桥人把我从桥上扯下来。我心里的石头才算落了地。我说你把我弄下来干吗。守桥人一只手掐着我的脖子，而他脖子上的青筋却肿得凸了起来。

你他妈的疯了，你真往上爬。你知道吗，现在政府出了政策，凡爬桥者，处以治安拘留七天。老子一个电话，就把你关进号子，有你小子受的。守桥人冲我吼。

我说你打呀，你要敢把我拘留，我就告你逼我爬桥。

守桥人指着我的鼻子，说你他妈的以为我不敢？老子现在就打电话。

我知道他是真愤怒了。我知道人的忍耐是有限度的。我不敢再玩下去了。玩下去的后果是可以想见的。我对守桥人挥手说了一声晚安。我要去接我妻子下班了。

见到妻子，我对她说了晚上发生在桥上的事。妻吓得不轻，说你玩什么，玩躲猫猫？你找死啊。

　　我有点喜欢上了守桥人。每天早晨上班，那小子就已守在桥头；每天晚上下班，他还守在桥上，有点风雨无阻的意思。每次经过忘川桥，我会故意同他打招呼。他板着脸，不理会我。现在，他知道我不会爬桥寻死了，也不再警惕我。我故意站在离他不远的地方，做出要爬桥的样子。他干脆背过脸去，装着没看见。时间就这样一天天过去了，我还在广告公司上班。老板终于同意了我的方案，因为我没有拿出新的方案，她只好把我的方案交给了客户。客户的满意，让她重新审视了我的方案，她还对她那天的态度表示了歉意。老板把我叫到她的办公室，示意我关上办公室的门。我站在她的办公桌的对面，她指着办公桌对面的椅子说，坐。我就坐下。她说，这次的方案做得还不错，客户同意了你的创意，现在要把这创意落到细处，把每一个环节都做好。她说，前一段时间，我心情不好，对你发脾气了，对不起。我看着她，我发觉这一段时间来，我那年轻漂亮的老板，好像一下子老了十岁。其实老板比我还要小两岁，今年三十刚出头，她平时保养得很好，总是给人一种容光焕发的样子，然而这一次，我发现她脸上的皮肤似乎失去了往日的光泽。她大约发现了我一直在盯着她的脸看，我们的目光还撞上了一次，我赶紧收回了多少有点放肆的目光。我说您是老板，老板对打工仔发脾气是正常的，有什么对得起对不起呢？我说老板您太客气了。老板说，什么老板不老板的，你在我的公司里打工，我是你的老板，你一离开公司，我们就是平等的了。又说，有时想一想，真还不如你们打工的好。我知道我们老板，从一个打工妹做到今天不容易。我也听说过，在她的背后，有着一些不为人知的背景。这个背景，使得她年过三十，事业有成，却一直未成家，也未恋爱。我突然从老板的眼里看到了疲惫与失落，这两样东西，是我所熟悉的。家里，出了点事。老板说。又说，希望，有一天你离开公司了，想起我这曾经的老板时，不会骂我，不会恨我。我说老板您说什么话，只要您不炒我鱿鱼，我是不会离开公司的。

　　我以为老板会对我说说她家里出的事。我想老板和我一样，也是一个需要倾诉的人，她既然开了头，一定会接着往下说的。也许她还会说出一些她的隐私来，我乐于享受别人的隐私。于是我带着鼓励的语调对老板说，您家里的事，现在过去了吗？我只差要对要老板说，老板您有什么心事对我讲，我这人一惯守口如瓶，你对我说的话，我会让它烂在肚子里的。然而老板并没有对我倾诉的意思，她说，好啦，你知道，我是心情不好才冲你发脾气的。老板的意思，是希望我不要把不好的情绪带到工作中去。

我的情绪没有好起来，也并不那么坏，只是生活依然是那么无聊。我每天经过忘川桥，总是渴望着平淡如水的生活中发生一些什么。发生一些什么呢？我也不清楚，只是有一些隐约的期待。她再没有出现过，我已能平静接受这一现实，我变得不再失望，因为我对再次遇见她已不怀期望。但我还是爱怀念，我不止站在上次与她聊天的地方，恍惚还能看见她的样子，她说她的工作，她的上司，说她每天写下的发言稿，说她写了领导认不出的字让领导出了丑的忧郁样子。我突然意识到，也许，她失去了那份不错的工作，如她所说，重新回到了公司或是工厂里打工；也许，她离开了木头镇，去了其他的地方。我又想，她若是离开木头镇，为什么不对我说？又想，她为什么要对我说？小鱼儿，她真的是小鱼儿吗？我试图望清她的来路，但我一无所获。

你还想不想爬桥？我听见有人问我话。转过头，我看见守桥人。他在这桥上守了快一个月，南方强烈的紫外线，把他的脸晒成了酱油色。他的眼睛里，明显少了守桥之初的得意与敏锐，现在，他的脸上堆满了疲惫。

你问我，为什么不爬桥了？

是啊，他的眼里有一星光闪过。说，为什么不爬桥了？

我说我从来没想过要爬桥。

我记得你当时是想爬桥来着。他说。摸出一盒烟，问我要不要来一支。我说谢谢，我不会。他自己点上了一支，说，不吸烟好，我也是近来才学会吸烟的。你知道，这工作，真他妈的太枯燥了，得抽点烟提神。他点上了烟，也学着我的样子，趴在桥栏上，望着远方，默默地抽烟，几大口就把一支烟抽完了，他把烟蒂扔向了桥下。我和他，都趴在那里，静静地看着那烟蒂飘落，没入忘川。

我说，是很无聊，这工作。

你做什么工作。他问。

我说，广告策划。

好工作，你是大学生？

我说，大学生有什么用，现在大学生多如牛毛，找不到工作的大学生也多如牛毛。去年房地产火爆的时候，我们公司要招几个平面设计师，收到最少一千份的简历，我们从中挑三十人面试，说起来都是美院毕业的，让画一幅速写都画不好，最后挑了三个基本功相对好一点的，但做起事来根本不是那么回事，一个月的试用期没过，就知难而退自己走人了。

你是哪里人？他问。

湖北。

湖北哪里？

荆州。

我知道荆州，没有去过。我是四川的。他说。我看你像有心事，每天晚上都要在桥上呆个把小时。

我说，你看出来了？

他说，这有什么看不出来的呢，我守这桥，今天满一个月。这一个月来，我看你天天晚上都待在这桥上，你真的是在等人吗？

也许吧。我有太多的话想说，但我觉得，这守桥人，不会是我理想中的听众。我说，一个月？这么快。

有了这次交谈，我觉得，我和守桥人差不多是朋友了。每天晚上，我下班时，他都会同我打招呼。然后问我抽不抽烟，学着抽一支也成。于是我接过他递来的烟，也抽一支。我们趴在桥栏上说话。他的话很多，他对我说他的姐姐，他说他有个姐姐，其实不是姐姐，是他的嫂子，只不过，嫂子对他比亲弟弟还有好，他就把她当亲姐姐了，他说他平时都喊她叫姐姐。他说他的这份工作，是他姐姐帮他找到的。他说他是当过兵的，当兵是他的梦想，他当兵的部队就驻扎在木头镇的某座山里。他说本来他的梦想，是先当上兵，然后争取转士官。可是他在部队里养了两年猪。后来他不想转士官了，退伍后，就在木头镇的俊阖厂当保安。我说俊阖厂我知道，去年底倒闭了，据说是金融风暴后珠三角倒闭的第一家工厂，随后而来的，就是席卷珠三角的工厂倒闭狂潮。他说，俊阖厂倒闭之后，我就失业了，我姐姐就劝我去学点技术，比如重新去读书，读职业学校，学线切割，模具制作，或者学数控，都是不错的。我知道学这些技术得很多钱。我姐姐说钱不是问题，我的学费她给出。但我还是不想去学，一来是我没有心思在学校待着，二来，我不想看我哥的脸色。我哥这人不好，有几个小钱，就不知道自己是谁了，他要帮了谁芝麻绿豆大一点小忙，都会记一辈子，时时不忘拿出来说一说，提醒你不要忘了报他的恩。同时他又是个健忘的人，你对他好了九十九次，有一次对他不好，他就会忘了你前面九十九次的好。我姐说不用管你哥，我用我自己的钱。我姐的钱和我哥的钱是分开的。但我还是不想用我姐的钱，我知道，终有一天，她将不再是我嫂子，不是我姐姐。我又找了一份保安的工作。你知道，当保安，也就是混时间。一个月前，我姐给我争取了这份工作，守桥。我姐说，好好干，她会帮我想办法转成正式工。

你姐是干什么的，好像很有本事。我问。

他笑了，他说他姐姐是在街道办工作的。他说起他姐姐时，眼里的光彩是那样动人。

其实，你见过我姐姐的。他突然冲我神秘一笑。

我，见过你姐姐？怎么可能。

你还记得吗，我们第一次见面，我以为你要爬桥，你骗我说你在等人。结果你胡乱指了一个人说你在等她，那个人，就是我姐姐。

我眼前的世界，再一次变成了黑白的世界。守桥人的声音很遥远而又陌生。这世界真的是很小。我一直不相信小说和电视剧中的那些巧合，但生活中，巧合却无处不在。我的心里再次扑腾过一群鸽子。我知道，在我和她之间，上天自有安排，隐隐之中，命运为我和她的再次相遇留下了草蛇灰线。

那两个曾经为自己的偶像争得面红耳赤的小保安不见了，我已经有一段时间没见他们。现在坐在保安室的是个老头。老头很热情，问我找谁。我问那俩小保安去哪里了，老头说开除了。老头说得很平淡，就这么千八百人的厂，还用得着专门请两个保安么，我一个人就足够了。老头问我，你和保安是什么关系。我说不是什么关系，我是来接我妻子下班的。老头就问谁是我妻子，我说你才来多久说了你也不认得。老头说看你的样子，像个干部，你在哪个厂里做。我说我不在厂里做，我也不是干部，我要是干部，还会让我老婆在你们厂没完没了地加班么，你们这厂，真他妈一黑厂。老头的脸一下子黑了，比被紫外线晒成酱油色的守桥人还要黑。老头不快地说，我们厂怎么是黑厂了。我说天天这样加班要死人的你知道吗，这还不是黑厂。我想到了曾经在一本书中看到的一句话：资本的生命冲动是增殖价值。那本书中，对资本如何通过延长劳动时间，从而获取更多的剩余劳动力进行了深刻的分析。我又有点走神了。最近我总是这样爱走神。

加这点班就死人了？人又不是豆腐做的。工人加班又不是不给加班费。老头的话把我拉回了现实。老头问我，你老家是农村的么？我说是。老头说，那你肯定没有种过田。我说我怎么没有种过田，耕田耙田我样样会，清明泡种谷雨下秧，有什么不会。老头说，种过田那你还说在工厂里会做死人？工厂里加班有种田苦么？有搞双抢苦么？年轻人呐，真是身在福中不知福。没有工厂，你们哪里有工做。

我说你这老头真是奇了怪了，你的意思，是这工厂的老板养活了我们这些打工仔？

老头说，可不是？

我说可是你别忘了，没有这些打工仔打工妹提供廉价劳动力，也没有这些老板的今天。你说说看，老板们赚取的哪一个铜板里没有工人的血汗。

老头说，又没有谁逼他们来打工，周瑜打黄盖，一个愿打一个愿挨。

老头的话让我很生气，看他年龄，也像是从旧社会过来的人，怎么说起话来这样一副奴相。话不投机，我不想和他多说，走到厂对面，等妻下班。时间过得慢极。终于，下班的铃声响了。我说怎么搞的，加到二点钟了。妻说，你要不耐烦等就不用来接我了，这么多年都没来接过我。我说我什么时候不耐烦了。妻说你看你，一见我就鼻子不是鼻子眼不是眼的。我说不是不耐烦接你，是你们这门卫老头，真真气死我了，没见过这样维护老板利益的人。妻说，你说他呀，你知道他是谁么？我说是谁？妻说，是我们老板他爸，原来一直在四川农村生活的，听说是老伴去世了，在家里待得恓惶，就来城里和他儿子一起生活。来了又闲不住，烦死人了，一天到晚嘴碎得很，见到什么看不惯的事都爱说，我们工位上要是不小心掉下去一个零件，他看见了可以数落你半天。又说厂里根本用不着请人看门，说两个小保安每天上班都在玩，让老板把保安炒了，他当起了门卫。

我说难怪这么维护老板的利益，敢情这厂是他们家的。如果这老头的儿子不是这家工厂的老板，而是厂里的一个打工仔，他肯定不会说这样的话了。

妻说，我们都烦死他了。又说，往后你不用来接我了，接了这一段时间，我很知足了。

我说你这说的什么话。

妻说，你上班也很辛苦。用不着两个人都弄得这么苦，老夫老妻，又不是谈恋爱的时候。

我说，你不是羡慕工友有老公来接么。

妻叹了一口气，说，人不都是虚荣的么，她们有人接，我没人接，会觉得失落些。可真让你天天来接我，我又不忍心，觉得自己太过分了。你还记得吗，那个吴姐？

哪个吴姐？

就那天你来接我，我对你说起过的，我的工友，我们每天下班都一起走的那个。

我说我记起来了，怎么啦？

真的没有想到，吴姐的老公，在外面有了外遇。真是人心隔肚皮。她老公每天晚上都会骑了自行车来接吴姐，两个人恩恩爱爱，我还一直羡慕她们两口子感情好呢，哪里能想得到呢。

是吗？吴姐她老公干吗的？当老板吗？

老板，当老板搞外遇还说得过去，她老公一个补鞋的，也搞起了外遇。

我说你这话就不对了，难道只有老板才能搞外遇，补鞋的就不能搞外遇了？

妻挖了我一眼，说，你说这话，是不是也想搞？又说，我真想不通，吴姐的老公，要钱没钱，要长相没长相，怎么会有女人喜欢他。听说喜欢他的那女孩子才十九岁，来她老公那里补鞋认得的，两人怎么就好上了。

我说，不说吴姐了，清官难断家务事，管那么多闲事干吗。

妻说，也不是想管，也管不着，不就是发两句感慨么。你说咱们从家里出来打工，怎么不学人城里人的好，专学了城里人的这些坏毛病。还有那个小芳，你也是见过的。我说小芳怎么了。妻说，小芳的老公对她多好啊，可是她和我们主管……不说了，反正不知道现在的人都怎么了，疯了一样，让人越来越搞不懂了。

妻说，好在你不是那样的人。

你是那样的人吗？妻在肯定之后，又来了一句反问。

我不知道自己是不是那样的人，我不知道自己是什么样的人。有时觉得自己是圣人，身在江湖，却心忧天下；有时又觉得自己是魔鬼，内心深处有着太多的破坏欲，我甚至渴望这世界来一场急风暴雨，摧枯拉朽，但另一方面，又渴望安宁，厌倦动荡。其实我们最不了解的人往往就是自己。我也搞不懂，我为什么会对那个只说过一次话的女子有了牵挂。她是一个谜，是我心灵异化的一个投影。然而守桥人却说她是他姐姐，那么，她又是真实存在了。

我想，下次见到那守桥人，我要问一问他，关于他的姐姐，我渴望了解更多的信息。

你的姐姐？现在，好吗？

然而，我一直没有问出这句话。我每天和守桥人聊一会儿天，抽完一支烟，然后我待在桥上发呆，然后离去。我再也没有见到她。她在我脑海里的样子，已变成了一团雾，已经和小鱼儿一样面目模糊，已经和我的妻子一样面目模糊。时间就这样过去了。我的生活一成不变，像钟表一样机械而准确。秋天就这样过去了。我想到她似乎说过她不喜欢冬天，冬天会让人忧郁，让人失眠。

我想再也不能这样下去了，我要再次和守桥人谈谈他的姐姐。可是我们见面时，守桥人却对我说，也许，下个月他就要离开这里了。我说为什么，是你姐姐想办法给你转正了吗？那，我要先祝贺你了。我故意把话题往他姐姐身上引。守桥人苦涩地一笑，说，不是的。我说那是为什么呢？守桥人说，已经八十三天没有人爬桥了，要是再过七天还没有人爬桥，可能就用不着我们守桥了。我突然觉得守桥人的职业是一个悖论。他守桥，是为了阻止有人爬桥寻死，应该说是希望没有人爬桥才好，但真没有人爬桥了，守桥人的意义就得不到体现，他就有可能失去这份工作。

我只好安慰他，说，不要急，这不是还有七天吗？七天内，谁知道会发生什么呢。上帝创造这个世界，不也就只用了七天吗。

那天我们没能再谈到他的姐姐，但我们谈了发生在忘川大桥上的一次次爬桥寻死的事件。谈到了那个从桥上跳下的红衣打工仔。我对守桥人说，我经常看到那个打工仔坐在桥梁上，风吹动着他的衣襟，他望着远方，远方也许是故乡的方向。他的两条腿悬在空中，一前一后地晃荡着。守桥人说，你别吓唬我。我说我真没有吓唬你，我为什么要吓唬你呢。有时他还会和我说话，他说爬上来吧，你听我说。他要对我说什么呢？他也和我一样，有着不断说话的欲望吗？

你从来没有看到过吗？那个红衣打工仔。我问守桥人。

守桥人说从来没有。他说他开始守桥时，最害怕有人爬上桥，要是有人爬上去了，那就是他工作的失误，是他没能及时阻止别人爬桥。可是随着时间的推移，现在他却渴望有人爬桥了，要是再没有人爬桥，就算上面不取消他的这个岗位，他也觉得这工作太枯燥乏味。他说他也想不通，为什么有那么多的人会选择这座桥来爬。他说从那个红衣打工仔跳下来之后，短短几个月时间，这座桥上已发生了十九起爬桥寻死事件了，平均每半个月不到就要发生一件。我说这是个复杂的问题。我说，也许，是这座桥有奇怪的魔力吧。我说，每次我走到这里，就是那个红衣打工仔跳下去的地方，我就会有爬上桥去的冲动，你没有吗？守桥人说他没有，说他从来没有这样的感觉。我说，你姐姐说过，她也有这种感觉。

我姐姐？守桥人说，我姐姐对谁说，对你说的，你们真的认识？

我说我们真认识，我为什么要骗你。

守桥人说，那，那天你和我姐姐打招呼，她为什么不认你。

我说，也许，你姐姐不想让你知道，我和她认识吧。

守桥人突然愤怒了，我不知道他的愤怒从何而来。

你怎么和我姐姐认识的，你们是什么关系。

我说你别这么紧张，我每天上班和下班都走这座桥，你姐也走这座桥，我们经常在这座桥上相遇，相遇的次数多了，虽没说过话，却也算得上是认识了。我说我们其实只说过一次话。我说，好久没有见过你姐姐了，她，现在为什么不走这座桥上下班了？守桥人没有回答我的问话。他掏出烟，自己往嘴里塞了一支，看了我一眼，把烟盒朝我伸了过来。我抽出了一支。他给我点上烟，自己也点着了。我们趴在桥栏上，望着远方，什么话也没有说。抽完了一支烟，他又续上一支，我们就这样，把他那一包烟都抽完了，我的舌头抽麻木了，我的嘴抽起了泡，我感觉头晕乎乎的。守桥人说他要下班了。你还不走？他问我。我说我的头很晕，有些恶心。守桥人说，你不常抽烟的，一连抽了这么多支，你是抽醉了。我说抽烟能抽醉吗，只听说过喝酒喝醉的。守桥人说，你没听说过的事多了，你以为你什么都知道吗？

我默然无语。是的，我以为我什么都知道，其实，我什么都不知道。我以为我能看懂一些东西，其实我连自己都看不懂。

走啦。你没事吧。守桥人说。

我感觉脚下的大桥在震动，一列动车从我的脚下穿过。我说你走吧，不要为工作的事发愁，也许，七天之内，有人会爬上这座桥的。

七天之内，真的会有人爬上桥去吗？看着守桥人远去的背影，我这样问自己。鬼才知道。我这样回答。我想到了我的摄影师朋友。我有好长时间没有见到我的摄影师朋友了，我曾对守桥人说起过我的这个朋友，我说我可以介绍你们认识。守桥人说，你是说吴大哥吗，我们认识，他经常到这桥上来拍照的。我只有苦笑了，我想到每次有人跳桥，我要电话通知他时，他总是已经在现场了，我总是比他慢一拍。我又想了另外一个问题，守桥人渴望有人再跳一次桥，这样他才能保住自己的工作，不知我的摄影师朋友，是否也和守桥人一样，渴望多一些人跳桥，这样他的记录才会更具有轰动性。

我渴望得到答案，我不想回家，妻也不让我再接他。我给了摄影师朋友一个电话，我问他在哪里，他说他在工作室。他的工作室就在桥南不远的地方。摄影师朋友问我什么风把我吹来了，我说东南西北风发财在广东。摄影师朋友说你的脸很红，走路也打飘，你是喝多了酒吗？我说不是的，我抽烟抽醉了。朋友说，你遇到了什么不开心的事了吗？我说没有，我是有一个问题想来问你。什么问题，朋友问我。我说了守桥人遇到的悖论，我问我的摄影师朋友，这个问题对于他来说，是否也是一个悖论。朋友想了一会儿，说，摄影师只是生活的记录者，不是编剧，不会去预设生活，改编生活，假设生活。我的摄影师朋友说到编剧时，我又想到了她，她曾说过她像一个编剧，她的领导们，每天在认真背诵着她写下的台词。我的摄影师朋友继续在说，他说他追求的是真实，有人跳桥，是真实；如果没人跳了，那也是真实。他说摄影的力量，是靠真实来传达的。他说他也和守桥人交流过，他也在关注守桥人。其实守桥人只想到了一层，如果再隔一段时间没有人跳桥，也许他会丢了工作，但他忘记了，如果再有人跳桥，他是阻止还是不阻止，他要是成功阻止了，还是没有人跳桥，还是无法证明他工作的价值，如果他不阻止，还是有人爬桥跳桥，那么说明派专人守桥，是在做无用功，也许他还是要失去工作。我的摄影师朋友说着，让我帮他挑照片，他拿出了一堆照片，全都是关于跳桥的，他说他做了跟踪，每一个跳桥人为什么要跳桥，他都有记录。朋友说，你帮我挑挑，把那些刺痛了你的照片挑出来。

我漫不经心地挑着照片，我说挑这些照片做什么。我的朋友说他要办一个展览，题目就叫《桥》，他说他的想法，这展览就办在桥上，他要在桥栏的两边，展出一百幅跳桥的照片。我说这个想法很有创意，你的展出一定会轰动，你一定会出大名。我的摄影师朋友漫不经心地看了我一眼，我从他的眼光里看到了一丝不屑和嘲讽。他说他这样做不是为了出名，而是为了让每一个从这桥上经过的人，看到这些照片之后会多想一想，多问几个为什么。我的摄影师朋友大谈了一阵他的创意之后，突然长叹一声，道，为了这事，我已经使出了浑身解数，能找的人都找遍了，但没有一个部门同意我在桥上做这个摄影展。办展难，难于上青天！

这七天比平常的七天要快。每天晚上，我都会和守桥人在桥上相遇，但是现在，我们之间好像突然无话可说了。我们趴在桥栏上，抽一支他递给我的烟，再抽一支我递给他的烟，我也学会了抽烟，自从那天烟醉之后，我总觉得嘴里能淡出鸟来，而抽上一支烟，能短时缓解这种乏味感。我们抽着烟，在心里数着日子。七天，六天，五天，四天，我们在倒计时。

忘川大桥是平静的，没有人爬桥，没有人寻死。

我是不是很坏？倒计时的第三天，守桥人在吸完了一支烟后，突然问我。

我说，小孩子才用好和坏这样简单的词汇来归纳人。

七天过去了，守桥人的命运并没有发生变化，他还守在桥上。那天我经过忘川桥时，他一脸兴奋，被太阳晒得发亮的脸上，一双眼睛显得格外亮，远远的，我就看到一嘴白牙在闪耀。他告诉我，他最担心的事没有发生，他说上面说了，暂时不撤掉守桥的岗哨。也许，他还要在桥上坚持一个月，或是两个月，或是更长久的时间。我对他的幸运表达了我的祝福。我对他说，我可能再不会天天晚上在这桥上发呆了，我打工的公司没有了，被查封了。我们老板，原来是某位领导的相好，这位领导直接掌握着房地产商的利益。这位领导被双规了。拔出萝扑带出泥，我们老板的公司，最终也被扯了出来。

守桥人说，你失业了？

我说，失业了。

守桥人说，拿到工资没有？

我说还拿什么工资，老板都不知跑哪里去了。

守桥人说，那怎么办？

我笑，凉拌。我说，要不，我爬上桥去为自己讨工资？

守桥人一愣。

我说，这样，你也不用担心撤掉守桥的岗位了。

守桥人说，还是别爬的好，爬了又不跳，是要被拘留的。

我笑了，拍拍他的肩，说你真可爱，你以为我真会去爬桥啊，要跳桥，那也是我们老板去跳桥。

守桥人掏出手机看了时间，说时间到了，他要下班了。我说再陪我一会儿嘛，守桥人说，不了，回去晚了，姐姐会担心的。

姐姐。守桥人的姐姐。我的胸口，突然有些隐隐地痛。我以为我忘记了她，却原来我一直无法忘记。那个像梦一样出现在我生命中的幻影，我至今不清楚，她是否真真实实地存在过。我徘徊在忘川大桥上，渴望着生命中出现奇迹，渴望着她和平常一样，从桥南走向桥北，我们在桥的中间相遇。我有许多的话要同她说，我要对她讲我打工的故事，讲二十年前，一个天真的少年如何离开故乡，渐渐变成现在这个样子，讲我在工厂里曾经遇见过一个叫小鱼儿的女孩，那个女孩，和她长得一模一样。那是少年的情怀，是生命中一些不再的过往。然而，这一切，只是我的一厢情愿，她没有出现。我在桥上徘徊复徘徊，那穿红衣的打工仔，不知何时又坐在了桥梁上，两条腿悬空着，一前一后地晃荡。我眼前的世界再次变成了无边的黑与白，只有那打工仔的红衣，像一朵木棉花，燃烧着冰凉的火。

爬上来吧，我告诉你真相。

他用声音在诱惑我。

我为什么要上去，我为什么要知道真相，什么是真相？我说我才不上来。

红衣打工仔说，我知道，你会上来的，你很孤独，你很焦虑，你需要倾诉，而我，是你最好的听众。红衣打工仔说着朝我伸出了手，我迟疑了一下，缓缓地朝他伸出了手。红衣打工仔说，这就对了。然而他并没有握住我的手，他只是朝我招了招手，我觉得他的手上有一股强大的引力，我感觉到了轻，感觉到自己像纸糊的一样飘了起来，我轻盈地落在忘川桥的钢梁上。

你终于是上来了。她说。

我就知道，你迟早会爬上来的。她又说。

我突然发现，站在我面前的，根本不是红衣打工仔，而是她。我的恐惧让这世界一下子退到了远方。

怎么，你害怕了。你不是一直在找我么，原来，你也是个叶公。

我说，我没害怕，只是，太突然了。这样一说，我果然不觉得害怕了。

她在大桥的横梁上坐下，我也坐下，我们并排坐在一起。我有许多的问题要问她，我有几辈子的话要对她说，可是她只是冲我笑，说，什么都不要说，你看远方，她说，她的经验，当一个人为眼前的生活所困，看不清方向，看不清事物的本质时，最好的办法就是站在一个高的地方，看着远方。于是，我看远方。远方，是顺着忘川大桥延伸的铁轨。她说，你看到了什么。我说我看到了铁轨。她说，铁轨的尽头呢？我说，那是我来的方向。我看见，从铁轨的尽头，慢慢走来一个少年，少年背着简单的行李，少年的眼睛是那样的清澈透亮，像未曾出山的泉水，少年的眼里闪动的是期望和梦想。我知道那少年是我，是我的过去。我看见我的过去从远方朝我走来，我看见我的变化，二十年的时光，得到了许多，也失去了许多。少年走得很慢，仿佛一个世纪那样久长，少年和我擦肩而过，他似乎飞了起来，然后落到了铁轨的另一方。我转过身，目送着少年远去，他的背渐渐佝偻了下来，他变得苍老不堪，他渐渐消逝在了铁轨的尽头。我不知道，在我的身下，何时聚集了许多的人，熟悉的，陌生的，我看见了守桥人，守桥人和警察们一起维护秩序。我看见了我的摄影师朋友，他手中的镜头像黑洞洞的炮口，冲着我不停闪光。我看见了我的妻，她在哭喊着什么，一位警察手执大喇叭，大声问我有什么话要说。我转头看身边的她，她不知何时已悄然消逝。在她坐过的地方，忘川桥的钢铁横梁上，一朵莲花悄然开放。

　　我对警察说，那么，好吧，你听我说。这么多年来，我一直生活在南方……

九连环

吴一冰进峻阖厂已经七年，还是个课长，这让他多少觉得自己被大材小用了。当初和他一起进厂的，许多人都比他混得好，有的当了经理，有的当了老板，最不济也开店给自己打工，可他还是个课长。当然，能当课长也不错，算得上是准白领，关键是吴一冰觉得，以他的资历、能力，至少是可以当主管，甚至经理的。眼看就三十六岁了，吴一冰便常有种时不我待的紧迫。一冰少时，父母常用五行称命法给他称过一命，命重三两七钱，不好不坏、中不溜，那四句判词，他记得真切：此命算来空清高，立雪程门雪已消。待到年将三十六，蓝衫脱去著紫袍。据说是预言，三十六岁这年，他要转运。今年就是三十六，想起少时称的这重三两七钱的命，想，这些年来，自己是否过得太安逸、太不思进取？便想换个环境试试。这天，吴一冰在厂里碰见了林小玉。林小玉当年和吴一冰是同事，两人还有那么一些意思，只是吴一冰是有妻室的，况且彼时总经理郑九环对林小玉亦颇为上心，吴一冰不敢妄动，两人的感情恰到好处、眉来眼去、心照不宣。一晃，林小玉出厂三年了，当年的打工妹，如今已是一家塑胶厂的老板，身家百万，员工几十，念及此，吴一冰便感慨不已，当真是沉舟侧畔千帆过，病树前头万木春。

　　林小玉是来峻阖厂送货的，若是平时送货，自然用不着老板亲为，只是峻阖厂已有四月未给她结货款，林小玉倒不怕峻阖厂赖她的这一二百万。说起峻阖，在业内，可是大名鼎鼎，号称全地球最大，说每十个美国孩子，便有一个拥有峻阖厂生产的玩具。峻阖厂亦是本镇经济支柱，且不说他纳税几何，只这厂里上万员工，便生生带活一条街，直接创造就业机会就是万余，间接创造的就业机会，就不好估算了。郑九环自诩活人多矣，此言亦非自夸。林小玉能攀上这样的大厂，成为长期供货商，做梦都笑醒。店大难免欺客，供货容易结算难，一二百万，于峻阖这样的企业，自然不过九牛一毛，对林小玉的小厂而言，那可是全部家当、身家性命所在。林小玉亲自送货，醉翁之意，不言自明。吴一冰在仓库门口遇见林小玉，两人寒暄几句，林小玉问吴一冰，还那样花心，沉醉在温柔乡里？吴一冰说，哪里哪里，我是曾经沧海难为水的。林小玉说，你呀，什么都好，就是……后面的话没说，那潜台词，吴一冰却是知道的。吴一冰这辈子，果然是什么都好，就是见了女人腿软，走不动。偏偏他打工的这玩具厂，又是著名的女儿国，上万员工，女工占了九成九，男女比例失调，让那些歪瓜裂枣的男技工都骑了白马充起王子，何况他吴一冰一表人才、又挟课长之威。想，人是环境的产物，当初，自己可不是这样的。当初！当初是什么时候？似乎是上辈子的事，又似乎发生在昨天。当初出门时，连理发都不找女性，说"男子头，女子腰，只敢看，不敢捞"，为理个发，找遍半个镇子，终于在路边找到一担剃头挑子。那时，他保守得紧，哪像现在，整个一花脚龟。更多的时候，他把自己往好里想，说自己是贾宝玉转世，纳兰性德再生，觉得这满世界的男人皆污秽不堪，唯女子是清爽的。也是，那些跟他好过的打工妹，哪怕后来被他一脚踢了，依然把他珍藏在心底，爱得不行。连林小玉这样心比天高的，明知他花心，却恨他不起来。林小玉见吴一冰发愣，说，看看，说到痛处了吧。说话间，仓管收罢货，盖章签字。林小玉对吴一冰说，我得去郑总办公室坐坐，不陪你闲聊。吴一冰说，我在厂门口等你。林小玉一笑，去找郑九环，吴一冰就有些呆。想，当初要是和老婆离了，和林小玉好，现在不知是何光景？这女人，既有女能人的精干，又不乏小女子的温柔，乖乖隆隆，韭菜炒大葱……一味地胡思乱想，由林小玉又想到了小伍。

小伍是吴一冰新得手的女工，差点就是90后，天真单纯，透明得像张白纸。小伍来南方没多久，尚是在山泉水，峻阊厂是她打工第一站。看到小伍，吴一冰便不自觉地想起多年前的自己。小伍对这世界充满好奇，却无一点戒备，每月工资，自然是月光光，工业区走鬼佬摆卖的那些廉价首饰，在她眼里亦美得不行，耳朵上、手腕上、手机上、脚脖子上，能戴的地方，滴滴溜溜戴得都是。吴一冰说，都是些水货，戴在身上没品位。小伍倒说吴一冰老了，跟不上形势，说她这打扮，是典型的非主流美女。小伍当质检，是吴一冰的部下，两人来往多了，平时哥哥妹妹叫得亲热。开始，小伍只把吴一冰当成大哥，哪知吴一冰心里怀着怎样的龌龊？不知不觉，居然有些离不开吴一冰了，觉得他有魅力，厂里那些十几、二十岁的男孩没法比，觉得吴一冰成熟、细心。下了班，一块儿去溜冰、泡网吧、照大头贴……一点一点，不知不觉，就坠进了吴一冰精心布置的情网。有时，看着小伍那天真的模样，吴一冰会在心里骂自己不是东西，自己都嫌自己龌龊。

胡思乱想着，在车间里到处转了一会，想到林小玉只怕和老板谈得差不多了，便到厂门口候着，果然，五分钟不到，林小玉出来了。看脸色就知没能结到货款。厂里已三个月未发工资，好多供货商的货款都没有结，可怜那些供货商，货款压在峻阊，却不敢讨要，怕把财神爷给得罪。林小玉亦是如此。吴一冰说，没结到？林小玉摇头、苦笑。那一刹那，吴一冰发觉，林小玉老了，虽然还是那样美，脸上却有了疲态，不像小伍，脸上散发着玉样的光辉，那是心灵自由的人才会有的光彩。

你上班就这样到处晃？林小玉顽笑道。吴一冰说，平时哪敢，这不是专门在等你。林小玉说，嘴还是那么甜。吴一冰说，不是嘴甜，实话实说，我真是在等你，你现在当了老板，想见一面都难，可我时不时会想起你在峻阊打工的时光。这句话，在在透着不一样的情分，当真是忽如一夜春风来，千树万树梨花开，林小玉疲惫寂寥已结冰的心，亦有消融之意了。林小玉真是孤独的，人人只看得到她从打工妹几年时间做成老板，又有谁知道她的难处与孤独？偏偏吴一冰又说了句，看你累的样子，我就心疼，得注意休息，一个人，自己不关心自己，谁来关心。林小玉瓷了，怅然若失，似想起什么，却没有说，从包里掏出个银色的金属物，原是几个套在一起的金属环，说，你看看这个。吴一冰接过，左右看不出所以然。林小玉说，这个叫九连环，是咱老祖宗设计的益智玩具，你们郑总说，什么时候把这个解开，什么时候给我结算。吴一冰说，这是什么说法？又说，这个能解开么？拉扯了几下，说，原来《红楼梦》里写过的解九连环，就是这个东西？林小玉说，不同你闲聊，我得回去，厂里一堆事，还得想办法解这劳什子。吴一冰说，我也帮你琢磨琢磨。林小玉眼睛一亮，说，那真是太好了，有时间，到我那里坐坐。目送林小玉远去，吴一冰想，也许，可以跳厂到林小玉那里去，过去，至少也能当个总经理助理吧，说不好……想到此，脸上浮起一丝笑，遂想到小伍说的，晚上下班后，得陪她去溜冰。

这工业区的厂并不多，差不多是以峻阁厂为龙头，还有一家鞋厂，也有好几千人，其余的小厂，差不多是围着峻阁厂而生的。一个工业区，有二万来工人，人多了，傍着工业区，就成了一条街，主要做外来工的生意，每到下班时，或星期天，本来偏僻的小街，热闹喧嚣，可想而知。网吧、小旅店、服装店、餐馆、卖菜的、卖水果的、卖饰品的……形成生态链，唇齿相依。有个溜冰场，生意出奇好。峻阁的员工，多是十几、二十岁的男仔、女仔，青春而活力，仿佛有使不完的劲，上班并不觉累，还要把余下的精力在溜冰场上消耗再消耗。小伍的爱好甚多，爱什么都是一阵风，前阵子爱上网，天天泡在网吧里，让吴一冰陪他，两人就在网吧并排坐了聊QQ。吴一冰说，多此一举，两人明明坐在一起，直接说话不得了，还花钱在电脑上打字聊天？还要通过摄像头看对方！但小伍说这样有意思。吴一冰觉得这样一点意思都没有，觉得他和小伍，终究不是一代人，可是为了讨好小伍，他还是勉强装嫩，陪着小伍在网吧聊天。好在小伍做什么兴趣都不持久，着迷上网一段时间，便觉乏味，又迷收集各种饰品，都是那三、五元一件的，工业区的精品店都扫荡过数遍了，就坐车到镇中心的步行街去扫货，每次自然是吴一冰付钱。小伍从来没有觉得不好意思，仿佛吴一冰就是她的跟班，就该给她付钱。好在小伍从来不会要那些贵重之物，超过十块都不要。过一段时间，小伍迷上去镇中心广场跳集体舞。这段时间，小伍又迷上了溜冰，每天下班，吴一冰就得陪小伍溜冰。去溜冰的，以十几、二十岁的小年轻居多，吴一冰这样的中年人就格外打眼，像个怪物，何况他的手中，还牵了个小靓女，这自然让很多的男子心生不平，滑过他身边时，故意碰撞一下叫他一声大叔之类，吴一冰颇为得意。

这天临下班时，流水线上有事，吴一冰要留下处理，便给小伍发短信，让小伍在溜冰场门口等他，说半小时就到。小伍吃过饭便先去了，在工业区门口遇见妈妈何四妹。何四妹在工业区走鬼卖水果，从不远处的水果市场批发，用车驮了到工业区卖，生意还行，只是工业区管理处的人爱发神经，隔三岔五来次突袭，水果被打翻或是没收一次，好多天都白干，不然的话，卖水果比打工还要强。何四妹看见女儿，说，你又去哪里？小伍说，去溜冰。何四妹并不反对女儿溜冰，可是前不久，她听老乡说，看见小伍和个中年男人一起，担心女儿上当受骗，不免有些忧心。便说，溜冰场乱七八糟，你还是少去的好。小伍说，妈，你放心好啦，人家又不是小孩子。何四妹摇摇头，女大不由娘，想管也管不了啦。

小伍到溜冰场，先买票进去了。其他女孩子，都有男孩陪溜。小伍溜了几圈，有些无趣，便溜到了场边，靠着栏杆等吴一冰。却听见有人打口哨，一开始，小伍并没注意，后来发觉，这口哨似乎是冲她而打，回眸一看，离她不远，站了个男仔，个子不高，黄发蓬乱堆在头上，衣服仿佛偷穿了哪个大汉的，大两号，松松垮垮。见小伍看他，男仔就冲小伍招手。小伍嫣然一笑，女孩子的虚荣心，得到极大满足。小伍的笑，对那男仔，无益是极大的鼓舞，正要过来和小伍搭讪，吴一冰却来了，一头汗，显然是跑来的。连声说，对不起对不起，让你久等了，你怎么不先溜？小伍嘟着嘴说，溜了两圈，一个人溜没劲。吴一冰去租了冰鞋穿了，牵着小伍的手，两人行云流水地溜起来。小伍的手在吴一冰的手中，眼却在寻找刚才冲她打口哨的男仔。但见那男仔和她擦肩而过。吴一冰的溜冰技术谈不上技术，原来也不会溜，只是陪着小伍才学会了，自由滑倒是没有问题，但不敢玩花样。而这会儿，那个口哨男，小伍心里这样叫他，口哨男很快就成了众人的焦点，先是冲浪，一会儿站起，一会儿蹲着，一会儿又跳起来，在空中翻个跟头，惹得众人高声喝彩。口哨男做了一连串动作后，一个加速滑，从吴一冰和小伍身边冲过，回头冲小伍又打一声口哨。小伍知道，口哨男这一连串表演性质的花哨卖弄，是献给她的。对吴一冰说，你带着我去冲浪。吴一冰把头摇得像拨浪鼓，这是你们小孩子玩的，我哪里敢去？小伍说，你看那男仔，滑得多好！吴一冰说，那是个烂仔，一天到晚不务正业，可不就滑得好了。小伍说，你这是偏见，人家打扮得新潮点，你就说人家是烂仔。吴一冰说，他真是烂仔，在工业区收保护费的，叫六指。小伍不禁又回头看了那口哨男一眼。

　　第二天，小伍又要溜冰。吴一冰说，天天溜，有什么意思呢？小伍说，你不去？那我一个人去。吴一冰说，好啦好啦，我陪你去，溜冰场里乱七八糟的，你一个人去，我哪里放心？陪着小伍去溜，不想，这天才溜了两圈，吴一冰就觉出了不对劲，有两个男仔，总是夹着他和小伍滑，一次一次把他们逼到边上。吴一冰看出来者不善，明显带着挑衅，就对小伍说，小伍，咱不溜了。小伍说这才溜了多久啊？小伍在寻找着口哨男。小伍觉得很奇怪，昨天和口哨男也没有说话，可她的心里，却有些惦记着他了，这一池子溜冰的男女，没有一个能像口哨男样溜出花样。然而口哨男却没有出现，倒是那两个男仔，一看就没安好心，不停地左右夹击冲撞她和吴一冰，吴一冰一让再让。两个男仔，绕着小伍打围，嘴里不干不净的。吴一冰是斯文人，遇到这样的事，是不屑与他们斗狠逞凶的。拉过小伍，断定地说，咱们走。小伍也觉着不对劲，害怕，跟着吴一冰准备离开。不想那两个男仔不依不饶，挡住他们的去路说，别走啊靓妹，陪哥哥玩玩，你跟这位大叔溜冰有什么劲。吴一冰感觉男人的自尊心受到了羞辱，捏紧拳头，涨红脸，愤怒地盯着两个男仔。男仔之一说，哟呵，丢你老母，想打架！另一个伸手就摸小伍的脸，冲吴一冰说，有种把拳头打过来呀。吴一冰见情势不对，走又不成，打又不敢打，羞得无地自容。小伍这时却看见口哨男从她面前滑过，就喊了一声，喂。口哨男一回头。小伍像看见了救星，虽说还牵着吴一冰的手，心却怦怦直跳，希望口哨男此时能英雄救美。果然，口哨男滑了过来，绕着四人滑了一圈。两个男仔对口哨男说，看什么看，找死呀。口哨男盯着两人看了一会儿，转身滑开。小伍失落了，失望了。口哨男也和吴一冰样，是个懦夫。她的眼里便有了泪水。两个男仔笑道，靓妹，陪哥们滑两圈就让你走。小伍气得发抖，正要骂，就见口哨男快速地滑了过来，朝着两个男仔去冲，一切只在电光石火间，刚才还气焰嚣张的男仔，被撞出了几米远，在地上打着转。口哨男稳住脚，冲小伍再打一声口哨，转身又溜进人群中。惊魂未定的吴一冰说，小伍，咱们走。两人匆匆还了鞋出了溜冰场。吴一冰牵小伍的手，小伍把他的手甩开。吴一冰说，小伍，你想吃什么，我带你去必胜客吃比萨。小伍说，不想吃。吴一冰说，咱们去看电影。小伍说，没劲。吴一冰说，那，我们去网吧。小伍说，算了，我回家了。

小伍对吴一冰失望了。吴一冰也知道小伍对他的失望。次日，吴一冰问小伍要不要去溜冰。小伍冷笑一声，神情颇为不屑。小伍却独自去了溜冰的地方，她希望遇见口哨男。果然，就遇上了，一切水到渠成，口哨男见了小伍，和小伍打招呼。小伍走过去，说，谢谢你昨天帮我。口哨男说，这有什么。小伍便自我介绍，说我叫小伍，在峻阊厂打工，你在哪里打工？口哨男说，我？不打工。小伍说，你做生意么。口哨男说，跑业务的。小伍说，还没问你叫什么呢。口哨男说，朋友们都叫我六指。小伍一惊，说，你真的叫六指？六指说，怎么？小伍说，没什么。六指伸出左手，说，生下来时，这只手有六个指头，我奶奶拿剪刀把多余的那个剪掉了，没剪好，还留了这么一点点。小伍说，你溜冰溜得真好。六指说，想学吗，我带你。小伍说，我不敢。六指说，下来溜嘛。小伍说，今天不想溜。六指溜进人群中，小伍就在场外，伏在栏杆上，看六指溜，看六指做出一连串眼花缭乱的动作。六指溜了一会儿，出来，问小伍想不想去喝点什么。小伍说，随便。六指就带着小伍，去糖水店喝糖水。糖水店大抵是南方工业区的一道独特景观，提供诸如马蹄爽绿豆沙番薯粥之类的甜品。也是打工一族男女恋爱时喜欢去的地方，就像那些白领小资们的爱情多在咖啡厅里滋长一样，糖水店也滋长着普通打工仔打工妹的爱情。六指问小伍，昨天那男的是你男朋友？小伍说，不是，我们主管。六指说，我想也不是，他那么老，我还以为是你爸呢。小伍的脸就唰地红了。

爱情有时就这样奇怪，小伍堕入爱河了才发觉，之前她对吴一冰的感情，算不上爱情。只是在异乡，她需要温暖，需要关怀，而吴一冰给了她这一切，时间长久了，觉得那就是爱情。现在遇见了六指，她有了那种心动的感觉，觉得六指和吴一冰太不一样了。六指比她大两岁，偏激，有活力，甚至有些幼稚，也爱冲动，说话不时冒出"丢你老母"之类的脏话，可是小伍感觉，和六指在一起，她很轻松，很自在，她知道，她是恋爱了，真的恋爱了。小伍和吴一冰分了手。这在吴一冰的艳史中还是头一次，从来都是他厌倦了某个女孩，从没有哪个女孩跟他处了后，主动提出分手的。吴一冰并不难受，峻阖无处不芳草。他只是有些失落，他知道，一切都是因为上次在溜冰场，小伍被人欺侮，他没能像个男人一样，为了小伍去战斗。吴一冰和小伍好说好散，吴一冰现在有更重要的事情做，他要去找林小玉，要为离开峻阖厂铺一条后路。

小伍以为吴一冰会痛苦，会和她吵，和她闹，会纠缠着她不放。没想到，吴一冰很平静，还送了她一件礼物。小伍后来去精品店问过，值四百多块钱。这让小伍觉得，自己欠了吴一冰的。不过现在，小伍有了爱情，六指把她带到他的租屋，租屋离小伍家租住的房子只隔一栋楼，是同一个房东。小伍睡在六指的怀里，感觉很幸福。她对六指说，六指，我亲爱的六指，我得找个时间，把你介绍给我的爸爸、妈妈。小伍的感觉是准确的，六指真心爱她，而吴一冰，却只是爱慕着她的青春与肉体，因此她从吴一冰那里，找不到爱的冲动，而六指，给了她这一切。小伍不知道，吴一冰给她编织的，是一个中年男人的温柔之网，而六指，为她挖下的，却是个痛苦之坑，当然，这是后话。现在，六指说，你爸爸妈妈是干吗的。小伍抚摸着六指手上那块没有剪尽的凸起，说，我爸是大鹏打工子弟学校的校车司机，妈妈在工业区卖水果。六指若有所思。小伍沉醉在爱情中，说，我爸爸、妈妈肯定会喜欢你。六指说，哦，是嘛。小伍说，这个星期天，你去我家，怎么样？六指在发呆。小伍说，喂，你发什么呆呢，我跟你说话呢。六指说，哦。小伍说，星期天去我家吃饭，我妈做的菜很好吃的。六指说，……星期天，我，要去东莞见客户。

六指有心事。六指骗了小伍。他根本不是业务员，正如吴一冰所言，他是一烂仔。他的职业，就是在这工业区敲诈勒索那些打工仔打工妹、小商小贩，收点保护费，或者在工业区后面的山林里，见有打工仔、打工妹搂搂抱抱谈恋爱，便冒充治安仔，堵住人勒索钱财。六指关注小伍和吴一冰已有一段时间，他并没想到能从吴一冰手中抢走小伍，和吴一冰相比，他无任何优势可言，只是出于对吴一冰的妒忌，才策划制造了一出英雄救美，他知道，像小伍这样的女孩子，是不会喜欢上他这小混混的，他只是觉得心里不平衡，觉得这世界太他妈操蛋，觉得好事都让吴一冰那样的人占尽，觉得这世界太不公平。因此，他想羞辱吴一冰，让他难堪，让他下不了台，如果可能的话，顺便拿他练练手，舒筋活血，揍他个鼻青脸肿，看他妈的还敢得瑟。天地良心，六指做梦都没想到，搂草打兔子，居然有了意外收获，想都不敢想的事，就这样发生了。这时六指才相信，这世界，真的有奇迹发生。现在，这奇迹就发生在他身上。六指出来打工也有几年了，东混西混，一直不得意。他对这世界有太多不满，太多恨，觉得老天爷不公平，一样好处没赏他，他只好去偷，去蒙，去抢，去敲诈。可是现在，老天开了眼，他有了小伍，多好一个姑娘，他看世界的眼光就变了，他觉得，老天爷还是公平的，没给他有钱的家庭，没给他读书的脑袋，没让他发财，却把做梦也不敢想的女人送给了他。六指很珍惜小伍，太珍惜了，他甚至觉得这一切有些不真实，害怕失去小伍，害怕小伍知道他的真实身份，知道他不是业务员，只是一烂仔。听小伍说要带他去见父母，六指开始还蛮高兴，可听小伍说，她妈妈就是在工业区卖水果的阿姨时，六指肠子都悔青了，早知那阿姨可能成为他未来的岳母，打死他也不会做那混账事。不就是几个水果么，用得着吃了不给钱？

六指找了个借口，没敢去小伍家。现在，他决心要改邪归正，做个好人。他开始找工作，找了好几家工厂，没有一家厂招工。六指有时也想，去他妈的，老子天生不是做好人的命，破罐子破摔得了。可是一看到小伍，他就自惭形秽，又有了做好人的心。六指每天以工业区为中以，四处找工，短短一个星期，他走遍了周边的几个工业区，还是没有找到一份合适的工。六指多少有些焦虑。星期天，六指在家睡觉，小伍没打招呼就跑来了。小伍说，六仔，我昨天对我爸妈说了，说我谈朋友了，今天带你去见他们。六指一听，吓得拿被单把自己裹起来，说他很累，很累很累，不想去。小伍先是揪六指的耳朵，六指捂着耳朵，小伍又哈六指的胳肢窝。六指死活不肯去。小伍就生气了，小伍一生气，就坐在六指的床边上，吧嗒吧嗒落泪。这是六指第一次见小伍落泪，这也是六指长这么大，第一次有女孩为他落泪，六指的心就乱了，想，一个大男人，让自己心爱的女人哭，那算什么东西。六指坐起来，搂着小伍的肩，说，别哭了，生气了？小伍说，你不爱我。六指说，我要不爱你，天打五雷轰，被人一闷棍夯死。小伍破涕为笑，说，谁让你发这么毒的誓了，再说，哪有发誓被人闷棍夯死的。六指便捉了小伍，两人亲热一回。小伍说，我妈煲了排骨莲藕汤，我妈煲的汤可好喝了。六指心里直打鼓，低声求菩萨保佑，保佑小伍的妈妈认不出他来。小伍说，你干吗呢，神神叨叨，咕叨些什么。六指干笑，掩饰内心慌张，说，我在求菩萨保佑，希望你妈不讨厌我。小伍说，我妈这人可好了。说着催六指快去。六指说，第一次去你家，得买点东西。拉着小伍，要去买水果。小伍说，你傻呀，我妈做水果生意，家里还少水果吃？六指说，那是那是。去超市给小伍的父亲卖了一瓶酒，一条烟，又买了两盒营养品。小伍幸福得在六指脸上亲了一口，说，你真好。

　　走到小伍家门口，六指说，算了，你把东西拎进去，我还是不去了。小伍说，你发神经呀，都到这里了。两人拉拉扯扯呢，门却开了，从门里探出一颗皱巴巴的脑袋，是小伍的父亲老伍。小伍就喊了一声，爸。老伍上下打量六指。六指很恭敬地弯了腰，说叔叔好。老伍说，这孩子，来了就来了，还拿东西。把小伍和六指让进屋，却不见小伍的妈。六指心慌慌。小伍说，我妈在厨房忙呢。六指感觉有尿意，如坐针毡。老伍接过六指买的东西，看了一下，酒是金六福，烟是好日子，这未来女婿，虽说长得不怎样，倒懂礼数，心里倒有几份欢喜。问六指，做什么工作。小伍抢着说，做业务的。老伍说，跑业务好啊，好多老板都是从跑业务起家的。问六指，跑什么业务。六指说……塑料原料。

　　这个镇的工业支柱是塑胶，有全国最大的塑胶市场，塑料厂也很多。他这样一说，老伍便没有再问他的工作，问，老家是哪里的。六指说，湖南。老伍说，湖南、湖北，倒不远。他们俩说话时，小伍便去厨房帮妈妈做菜。小伍的妈妈，叫何四妹的，问小伍，来了？小伍说。来了，你不想出去看看？何四妹笑，一会儿做完饭不就看到了。小伍说，你可真沉得住气。何四妹道，相信我女儿的眼光嘛。何四妹听小伍大致介绍过的，未来的女婿，今年二十有二，跑业务，根本不是别人嚼舌头说的结了婚的中年男人，何四妹的心就宽了许多，心里虽说巴不得快点见到毛脚女婿，却还是保持着应有的矜持。老伍问过六指一些必要的问题后，也无话可说了，不说话又有些尴尬，就打开电视看。电视机是从二手家具店买回的，是报废电视机组装的"名牌"彩电，效果不好，昏突突的，红红绿绿的色彩极其古怪，老伍随便调了个台，是丰胸内衣的电视直销，老伍觉得有些不好意思，换了个台，却是卖壮阳药的，老伍赶快调过，调到凤凰卫视，见一外国男子在演讲，原来是奥巴马在竞选总统。老伍便问六指，看这个？六指说，我随便。六指不关心美国佬选谁当总统，也不关心美国次贷危机引发的金融风暴。老伍却对这些国际大事感兴趣，电视画面由奥巴马转到了一个小镇，记者在小镇采访。小镇上许多别墅，如今空空荡荡，门前长满蘘草，好容易找到一个受访者，在描述次贷危机之前小镇的繁华。老伍问六指，什么叫次贷。老伍经常看报、看电视，天天听说次贷，却怎么也弄不懂这次贷是什么东西，为什么会把全世界都拉下水。六指被老伍问得面红耳赤，他平时不读书、不看报，也不看电视，上网只打网游，对这些八竿子打不着的国际大事，一点也不关心。现在老伍问他，只好低下头，说不知道。

老伍和中国许多的农民一样，喜欢谈论国家大事、世界形势，本指望和六指就国际大事交换一下看法，但六指显然谈不来，这让老伍略有些失望，觉得现在的孩子，是一代不如一代了。就谈美国选情，老伍说他喜欢奥巴马，因为奥巴马看上去没那么爱打仗。他不喜欢小布什，说小布什是个战争狂人，应该把他送上海牙军事法庭。六指哼哼哈哈，附和着。厨房里，何四妹笑眯眯地对小伍说，你爸又在谈世界大事？小伍笑着点头，做了个鬼脸。何四妹说，这下好了，往后就让你爸烦他去。又指着头说，你爸这里有毛病，每天看电视要和他吵架，人家想看韩剧，他要看凤凰台，你说他一个校车司机，关心那么多国家大事干吗，有那功夫，多操操咱们一家人的心。

饭菜很快就好。何四妹和六指，不可避免地见面了。六指把头低得不能再低，好似要把头夹进裤裆，把声音低得不能再低，仿若蚊蚋嗡嗡，何四妹还是一眼就认出了六指。认出了，何四妹倒没当场发作，脸沉了下来。这小子，化成灰她都认得。这工业区里，何四妹最恨两种人，一种是工业区综治办的那些死治安仔，隔三岔五，就要来突袭她们，跑得慢了，几天生意都白做；第二种人，就是六指他们这些烂仔，拿他们的水果从来都不给钱，隔三岔五还要收点保护费。小伍看出妈妈不喜欢六指，心里有些不高兴，不停给六指夹菜。六指惭愧得要死，后悔得要命，早知如此，何必当初。慌急火忙吃完饭，借口有事就跑了。小伍说，我送你。何四妹说，小伍，你回来，我有话对你说。言语甚是严厉。小伍不理妈妈，送六指到楼下。说，对不起，我妈今天不知怎么了，你别在意。六指的额上、身上，都是汗，说，不怪你妈，是我不好。又说，要是你妈不同意，你还会要我吗？小伍说，你真傻，说哪里话，是我找男朋友，又不是我妈找男朋友，再说了，我妈也没说不同意。六指就握住小伍的手，有种要失去小伍的感觉。抬头看见工业区治安队长黄二豪，心想他妈的真是屋漏偏逢连阴雨。转身拿背对着他，黄二豪先看见六指了，骂，丢雷个嗨，六指，你躲什么躲。六指知道躲不过，冲黄二豪讨好地笑，说黄队长，我哪里有躲你。黄二豪看了一眼小伍，对六指说，我警告你，这段时间给我老实点，别搞搞震。六指不停冲黄二豪挤眼，说，我哪里有搞搞震，房租不是按时交了么。黄二豪疑惑地再看了六指和小伍一眼，没说什么。黄二豪一走，小伍又去拉六指的手。六指说，你回吧。

　　小伍目送六指回到他那栋租屋才转回家，一开门，就见爸妈黑着脸坐在那里。小伍嘟着嘴，不高兴，说你们是怎么啦。何四妹一串连珠炮，怎么啦，你这个傻女，真让人操不完心，给我挑这么一活宝回来，你晓得他是干吗的。小伍说，干吗的，跑业务的。何四妹说，放他娘的狗屁，跑什么业务，他是个烂仔。小伍说，你瞎说，你怎么知道他是烂仔？何四妹说，我瞎说？他拿我水果不给钱，在工业区收保护费，不是烂仔是好人？小伍说，妈，你肯定看错了。何四妹说，烧成灰我都认得，把我眼珠子抠出来我都认得，看错了，我会看错？我对你说，赶快和他断了。

小伍想到吴一冰也说过，六指是烂仔，心便寒了半截，可想到和六指在一起的温存，想到六指对她的好，想到六指面对混混调戏他时的勇敢，想到六指滑冰时的潇洒，便顶撞了一句，我就是喜欢他，不管他是好人是烂仔，就算他是杀人犯我也跟他。小伍的父亲老伍，性子不坏，用家乡话说，是个阿弥陀佛，老好人，此时只是倒了酒，不停地喝。听了小伍的话，也是气，却没说什么。何四妹气得不行，一把夺过老伍手中的酒杯，骂，你就知道喝喝喝，也不管管她。老伍的脸红了，慢慢悠悠挤出一句，你不能和他好。小伍嘟着嘴，不，我偏要和他好。老伍说，你要听话。何四妹说，你要和他好，我打断你的腿。小伍说，打断腿了也要和他好。何四妹气得说不出话，指着小伍，心一阵绞痛，捂着胸，脸变得煞白。老伍慌忙把何四妹扶到床上躺下，又倒一杯热水，喂何四妹喝。小伍见妈妈这样，吓得站在床前不知所措。老伍说，你看你，把你妈的病气犯了，怎么这么不让人省心呢。小伍委屈得泪花在眼眶里直打转，一边是自己的妈，一边是自己喜欢的男人。小伍喊，妈。妈妈不理。小伍去摸妈妈的手，被甩过一边。小伍突然转过身，冲出家门。老伍喊，你干吗去。小伍说，你管不着。小伍怒气冲冲跑到六指的家，用脚踢门。六指开门，小伍冲进去便骂，你这个骗子，你给我说实话，你是不是烂仔，是不是在工业区收保护费，是不是经常拿我妈的水果吃不给钱。六指低着头不说话。小伍说，你怎么啦，你说呀，你说，你不是这样的。六指说，我不能再骗你，是的，我不是业务员，我是在工业区收保护费，我还拿你妈的水果吃不给钱。小伍就拿拳砸六指，六指任她砸。小伍砸了两拳，哭了。六指说，这都是过去的事了，自从认得你，我就改邪归正了，真的，这一段时间，我天天在找工作。小伍，我是真心爱你的。小伍抹干泪，说，真的改邪归正了？六指说，真改了。小伍说，你发誓。六指突然转身，去床头摸出一把尺许长的砍刀。小伍说，你要干吗。六指伸出左手，将一根小指搁在桌上，说，我要不改邪归正，就和这根手指一样。说罢手起刀落，把小指剁了，血喷得老远。把小伍吓得不行尖叫，慌忙要送六指去医院，六指咬着牙，说，这下你信我了吧。小伍说，我信我信。，可你也用不着这样，刀砍在你手上，痛在我心里。找卫生纸包了六指的手指，又拉着六指去了工业区的卫生站。

小伍相信，六指是真爱她的，为了她，六指能下决心改邪归正，为了她，六指能剁了一根手指。从来没有一个男人这样对过小伍，小伍觉得自己没看错，觉得很幸福。她回到家，把六指改邪归正的事对母亲说了，还说六指剁手指的事。何四妹说，他敢剁自己，就敢剁别人，这样打打杀杀的人，我们可不想惹。小伍说，哪个人会不犯错呢，难道我们都不给他个改正的机会？何四妹说，你还小，什么都不懂，男怕入错行，女怕嫁错郎，你长得这么好看，还愁嫁不到好人？小伍说，我自己挑的人，将来跟他受苦受穷我心甘情愿。何四妹说，那好，妈和六指，你自己挑，你挑了六指，就没有我这个妈。小伍终于是挑了六指，次日，就和六指同居了，不再回家。

　　何四妹的心都碎了。倒是老伍，劝何四妹，说，女大不由娘，她喜欢六指，就让她喜欢吧，你越是不让他们好，她越是要好的。何四妹说，小伍不懂我的心，我做妈的会害她么。老伍说，都是这样的，当初你和我好，你妈也是反对，你不也是要死要活，还喝药自杀相威胁，有其母必有其女。何四妹说，正是因为我走错了路，要死要活嫁了你这没用的，我才不想让小伍走我的老路，当初要是听我妈的，现在吃香喝辣，当上老板娘了，还用得着风里来雨里去，天天躲瘟神样躲着综治办的那些太爷，还要受六指这烂仔欺，你说小伍找什么人不好，要找这么个东西。老伍知道何四妹心里有气，拿他出气，只是低着头，长叹一声，说，我知道，嫁给我是委屈你了，我没这能力，没能让你过上好日子。何四妹发泄一通，心里略略平静了些，说，跟了你，穷是穷，可你这人不犯混，你看那个六指，浑人一个，听说他把自己手指剁了，我起一身鸡皮，咱们小伍摊上这么个东西，真对小伍好倒还罢了，我是怕小伍跟了他受气。老伍听了，也只能长吁短叹。

　　何四妹决定找女儿好好谈谈，可是女儿离家后，再没回来。何四妹就在峻阆厂门口卖水果，希望女儿从厂里出来时好逮住女儿。峻阆厂的人实在太多，到了下班时，潮水样往外涌，偏偏下班时，生意正好，一连在厂门口候了几天，也没见到小伍。这天依然是在门口候着，想着女儿的事，心里揪着，反应就慢了，明明看见其他小贩们在跑，心却在女儿身上，好半天才反应过来，再想跑时已迟。还好，过来的治安仔是眼镜仔刘三。何四妹的心里，倒是略安了些。工业区的几个治安仔，以这眼镜仔刘三最好对付，要是遇上其他几个，上来二话不说，一脚踢翻车子先。这刘三是个书呆子，听说原来在工业区综治办做文书。书呆子刘三喜欢和她们这些走鬼的讲大道理，罗里八嗦，抓住你了，要数落一大通。有时数落一通就放了，抓住你的次数多了，也会冷下脸来发一次狠。

跑什么跑，还跑还跑？刘三一把拖住何四妹的架子车车把。说。怎么又是你。

何四妹见逃不掉，便赔笑脸，说，下次不敢了。

刘三说，下次下次，说过一百遍下次。你就不能在工业区外面待着，一定要进到工业区里来？何四妹说，我是来找我女儿的，我这就走。刘三冷笑一声，走可以，把车子、水果留下。何四妹哪里肯，推了车就往工业区外走，刘三死死抓住，说，你松手，松不松手，不松手我不客气了。何四妹见来软的不行，便说，你这四眼仔，不要逼人太甚，何必这样呢，都是打工的，都是为了混碗饭吃。刘三说，混碗饭吃也有混碗饭吃的规矩，工业区不让进来摆卖，你们干吗偏要进来？何四妹说，我们不进来，你们干吗去。何四妹这随口一句话，倒道出了某种生存的真理。说者无心，听者有意。刘三愣了一下，说，你们这些人哪，知道本地人为什么瞧不起我们农民工么，是我们不争气的。何四妹说，争热气。争气没饭吃。刘三还在想着怎么说服何四妹，就听见副队长在喊他。何四妹说，你们队长来了，还不松手。刘三松开手，何四妹推车就逃，那副队长行伍出身，身手敏捷，几步蹿过来，一把薅住何四妹车上的水果篓子，一拖一带，篓里的水果滚了一地，队副不解恨，过来还踢篓子一脚。何四妹爬起来，推起车，一溜烟地跑。队副追过去，把何四妹的车拉住，对刘三说，刘三，丢你个老母，像个娘们，给老子把车推到综治办去。刘三说，队长，算了，她的水果都撒了，得饶人处且饶人。队副盯着刘三，说，你小子脑子进水了，这些走鬼佬，胆子这么大，就是你这样的人惯的。刘三不敢有违队副意思，去推车。何四妹哪里肯让他把车推走，一把抱住车把，死不松手。队副站着不动，把这难题交给刘三，队副对刘三说，今天要练练你。刘三用力推车，把何四妹连人带车拉了几步远。刘三于心不忍,停下来看着队副。队副说,丢!你要这点事都搞不掂,那就不用上班了。刘三对何四妹说,你看,也不是我要这样做的,我也不想这样做,可是我不这样做,就会被炒掉,对不起了。刘三说着,胳膊肘将往下掉的眼镜往鼻梁上顶了顶,用力去推架子车,连人带车,在地上拖出一条灰迹。

也该刘三倒霉,这天六指心里烦,也没心情出去找工,在工业区晃荡呢。若在平时,六指才不管这闲事,但今天这事于他而言不是闲事,地下被拖的是他未来的岳母,六指觉得,和岳母修复关系的机会来了。六指过去,冲刘三就是一拳,正打在刘上鼻梁上,把眼镜也打掉了。刘三还没明白过来,鼻梁上又挨了一拳,脸上开了果浆铺。六指指着刘三流血的鼻子骂,你他妈有没有人性,这阿姨可以做你妈了,你这样拖她。扶起何四妹。何四妹见是六指,也没有说声谢。被突如其来的一顿王八拳打得脸上开花的刘三,此时尚未醒过神来,队副却被激怒了,开玩笑,敢殴打执法人员,他妈的不想活了。当即拿起腰中对讲机,叫兄弟们快点过来。何四妹推了车拼命地跑。队副也不管她。六指想走,队副却把他挡住,说,想走?打了我们的人还想走。六指说,他妈的不走就不走。站在那里。何四妹见来了好几个综治办的人,也为六指着急,想好汉不吃眼前亏,还不快跑?可六指现在要充硬汉,不跑,站在那里一动不动。综治办的几个人,如狼似虎,把六指围了起来。六指是聪明人,不用他们捉,自己跟着去了综治办。

队长黄二豪见捉来的是六指,指着他的鼻尖骂,丢雷老母,警告过你,这段时间别给老子惹是生非搞搞震。六指说,黄队长,如果有人打你老母,你怎么办。黄队长说,敢,老子剥了他。六指说,就是嘛,那我打这死眼镜仔就没得错。黄队长说,刘三打你老母了?六指说,他把我岳母在地上拖了十几米远。黄二豪指着六指,说,老老实实,给我站墙边上。六指听话地站过去。靠紧一点,再靠紧一点。黄二豪说。六指老老实实站好。黄二豪就叫过刘三,骂,你小子是不是脑子进水,现在天天讲和谐社会、文明执法,你把人家一女人在地上拖?刘三望着队副,队副望着屋顶。刘三只好背黑锅。

天黑的时候，黄二豪在六指的屁股上踢一脚，骂，滚。六指抱头鼠窜。黄二豪又对刘三说，收拾这个种烂仔，要恩威并用，你学着点。刘三觉得自己是老鼠跑进风箱里，两头受气。也觉得自己今天的行为有点过头，居然黑了心把一个可以做自己母亲的女人在地上拖那么远，刘三感到不安。次日，他不敢再去工业区，怕见到何四妹。第三天，他还是不敢出门。第四天，刘三想，见了何四妹，得给她赔个不是。然而这天却没见到何四妹。刘三心里空落落的。第五天，何四妹还是没出来卖水果。刘三问了另外一个走鬼佬，走鬼佬说，何四妹呀，几天没有出来，听说是病了。刘三心事重重，觉得何四妹的病与自己有关。刘三平时也看不惯同事们的做派，没想到，自己也做出了这样的事。刘三心事重重。黄二豪看出刘三有些蔫，问刘三是怎么了。刘三说，一个星期没出摊了。黄二豪说，什么一个星期没出摊？刘三说，那卖水果的阿姨，一个星期没出摊了，都是我不好，我不该把她拖那么远的。黄二豪横刘三一眼，说，丢，你有毛病啊，拖就拖了。刘三说，我不该，我不该的。过了两天，刘三像祥林嫂样，拉住每个队员都要唠叨一通，说，不该的，不该这样的。和我妈一样的年纪，和我妈一样。黄二豪觉得有些不对劲，说，喂，刘三，你别吓我。刘三说，和我妈一样年纪。黄二豪觉得事情有些严重，刘三这孩子，心眼不坏，高中毕业没考上大学，据说平时成绩很好，就是怕考，心理素质不好，一考就砸，大考大砸，小考小砸。出来打工后，进了综治办，开始当文书，后来人手不够，再说综治办也没有太多材料要写，黄二豪就让他巡街。刘三一直在自考，考的是中山大学中文系，已考过了九门。对刘三，黄二豪是高看一眼的。可眼下，这孩子，怕是中了魔。黄二豪便说，什么该不该的，觉得心里有愧，就去人家里看看。刘三说，我不知她住哪。黄二豪说，丢，她就租我的屋住。黄二豪是本地人，自工业区的人越来越多后，盖了两栋楼出租，每月租金过万。刘三问明白了何四妹的家，想去看何四妹，还买了水果，却不敢去。黄二豪说，我算是服了你。带着刘三去找何四妹。

　　何四妹果真病了。刘三内疚地说，对不起，都是我不好。黄二豪说，刘三这孩子，心事重，自打前不久把您拖在地上后，心里落下了阴影，听说您病了，这不，他都变得神一出鬼一出了。说着指了指头，说，这里，这里有问题。何四妹本来是恨死眼镜仔的，听黄二豪一说，倒也恨不起来。安慰道，我的病与你没关系。又问，你们把六指怎么办了。黄二豪说，怎么办？教训一通，放了。阿四妹说，没打他吧。黄二豪说，看你说的，好像我们综治办的人是土匪。何四妹说，没想到，你们还会来看我。黄二豪心说，哪里是来看你，我是在给刘三这小子治病。对刘三说，听见了没，人家得病与你无关，你就别自作多情了。刘三说，你们不用安慰我，我知道，你得病都是因为我。黄二豪苦笑，摇头，说，没办法了。何四妹说，真的不怪你，我这病是气的，但不是被你气的，是我女儿气的。刘三说，我不该，我真的不该，长这么大，我是第一次，真的是第一次。黄二豪说，好啦好啦，男子汉肚里能撑船，这点事都放不下。

刘三走后，何四妹心里很是感慨。人在病中，是最易生出感慨的，也最易把人生是怎么回事给看通透。何四妹这病，也让她看开了许多，心气下去了，就觉得什么儿女、财富，都不那么重要了，一天到晚，就想看见老伍。老伍去上班了，她的心里就没个捞摸，老伍回来，心里才落定。刘三走后，何四妹突然想见女儿小伍了。觉得六指浑是浑点，也还不错，为了自己，可以和治安仔对着干。想，儿孙自有儿孙福，女儿喜欢，总不能一直这样拗着。晚上，老伍回来，何四妹说她想吃点东西。老伍喜出望外，说，想吃什么。何四妹说，想吃雪糕。老伍便跑下楼，给何四妹买来雪糕。何四妹看了一眼，又不太想吃了，见老伍眼神殷殷，不忍让他失望，勉强吃了两口。何四妹说想出去走走。老伍疑惑地看着她，说，你，行吗？何四妹说行的，让老伍扶她一把。夫妻俩出了租屋，在外面走一会儿，何四妹出了一身虚汗。老伍怕四妹出了汗，再被风吹又伤风，便劝何四妹回屋。何四妹却说她突然很想进工厂打工。何四妹出门打工十五年了，刚出门时，女儿小伍还没有上学呢。何四妹对老伍说她突然很想把过去打过工的地方都走一遍，那些厂，那些姐妹们，再也见不着了。何四妹这样一说，老伍心里就酸酸的，觉得何四妹这是在说断路话。老伍家乡有这样的说法，说人快死了，就会无意间说些断路话，还要把一生走过的脚印都收回来。老伍这样一想，愈发悲伤，不停拿手背揩眼。何四妹不肯回家，老伍就陪她，在工业区里走一走，停一停，两人说了许多话，说过去打工时走过的每一个镇，每一间厂，说那些给他们留下了深刻印象的工友。晚风微凉，老伍见何四妹有些倦意，扶她回了租屋，烧水给何四妹擦汗。何四妹说，老伍，去把女儿找回来吧，就说我同意她和六指好。老伍说，好。下楼给小伍打电话，小伍问是谁，老伍说，你老子。小伍不说话。老伍说，小伍，你和六指回来吧，你妈病了，怕是，怕是……说到这里，声音哽咽。小伍说，妈怎么了。老伍说，你妈同意你和六指好了，你回来吧，把六指也叫回来。

　　老伍回到家没一会儿，小伍和六指就来了。小伍一进来，就扑到何四妹的身上，喊一声妈你怎么啦，你别吓我，你千万别死。泪落如雨，看得老伍只揩眼。何四妹抚着小伍的头发，说，傻女，妈又不是大病，哪里就会死。小伍说，妈，六指改邪归正了，他现在天天在找工作。六指就喊阿姨。何四妹说，那天，治安抓你去，打你没？六指说，罚我靠墙站了半天。小伍转身就揪住了六指的耳朵，说，你又干坏事了？六指说，哎哟，你轻点，轻点，我没干坏事，真的没有。小伍松了手，说，你敢干坏事，看我怎么收拾你。六指把那天的事说了，小伍朝六指点点头，说，这才差不多。看着女儿能治住六指，何四妹心里的石头算是落了地。何四妹说，今天那个眼镜治安仔，提着水果来看我了。小伍说，来看你。何四妹说，也是个可怜的孩子，其实那么多治安仔，就数他人最好，平时我们这些小摊小贩，看见其他治安仔像见了鬼，看见他是不怕的，还专门欺负他，那天也不能全怪他，是他们领导逼他的。老伍说，你这人就是心软。何四妹有些忧心，说，听说那孩子，落下了心病，也不知有事没事。小伍说，妈，您哪里有那么多操不完的心，你这病，就是操心给操的。老伍说，还不是因为你们淘气。病来如山倒，病去如抽丝，何四妹感觉是好了些的，只是没有劲。何四妹说，一分钱的劲都没有。老伍笑，哪里有劲论钱的。见妈妈病了，小伍天天下班后就回家，仿佛一下子懂事了许多。也不再见六指，说，你什么时候找到工作，咱们什么时候见面。

　　六指早出晚归找工，每天电话和小伍联系，汇报找工进展。然而工作不那么好找，眼看手中没有钱了。六指知道，下月是小伍生日，六指想给小伍送个生日礼物，他知道小伍喜欢首饰，可通身没一件值钱的，这天六指去首饰店看金银玉器。售货员问，自己戴还是送人。六指说，给女朋友。就看那金项链、金耳环。售货员说，女孩子不适合戴黄金的，男戴观音女戴佛，你给她送个玉佛坠还好。六指就看那些晶莹的玉，价钱贵得惊人。一个小小的，也要一千八。出了商场，就琢磨着去哪里弄钱，就算现在进厂，也没那么快拿到工资。当然，要是再去打劫，也是容易的，只是答应了小伍要改邪归正，说话得算数。若是小伍知道自己是用打劫的钱给她买礼物，也不会高兴。左思又想，还是去借钱。而能借钱给他的人，实在没有，那些道上混的朋友，听说他改邪归正，都不怎么睬他了。思来想去，只有去找姐夫。

　　六指是很不想去找姐夫的，姐夫这人小气，对六指的姐姐也不是太好。有一次还打了姐，六指听说后，拿一把刀，威胁姐夫，说，没有下次了，下次再敢动我姐一根毫毛，我灭你全家，老子说得出，做得出。后来，姐夫果然老实许多，可六指和姐夫的关系，就一直那么不冷不热了。六指不喜欢姐夫，还有一层，当初自己初出门打工，投奔姐夫，那时姐夫在厂里当技工，介绍一个人进去应是没有问题，可是姐夫却不肯介绍。六指想，要是当初姐夫介绍自己进厂打工，也不会当烂仔了。姐夫和姐姐，还有他们的一双儿女，都在这里生活。两个月前，姐夫从厂里出来，在工业区旁盘下了一家快餐店，生意不坏。姐对六指说人手不够，让六指别东晃西晃不务正业，来店里帮手。六指说，切，饿死也不给你们打工。

　　看见好久没露面的小舅子，姐夫柒小兵的眉头就皱起，知道这小子是夜猫子进宅，无事不来。六指问，我姐呢。柒小兵说，在后面择菜。六指手插在牛仔裤屁股后面的口袋里，晃到姐夫快餐店后面，见姐和两个孩子在摘菜。摸了俩孩子的头，说，叫舅舅。两个孩子都叫了。六指的姐说，这段时间都没看到你，在干吗呢，我告诉你，这段时间严打，你小心点。六指说，姐，看你，当着孩子的面说啥呢，我早就改邪归正了，这些天，天天在外找工呢，你看我的脸，是不是晒黑了？姐站了起来，直着腰，拿拳擂背，说，太阳打西边出来了？六指说，真的姐，我真的改邪归正了。姐说，鬼才信你。六指说，真的，我，谈了个女朋友。她人很好，又漂亮又温柔。姐的眼里跳动着两团火苗，说，真的呀?! 有个人管住你，你这野马才会收心，什么时候带来让姐看看。六指说，可是，可是这段时间，她不肯见我，说什么时候找到工作，什么时候再见面。姐笑道，一个猴子服一根鞭杆，一头犟牛服一个把式，终于有人治得了你了。六指呵呵直乐，说，可是，过几天，就是小伍生日，我看好了一个玉佛坠，想送给她。姐看了眼正在前面忙着的柒小兵，小声说，多少钱? 六指说，两千块。姐说，这么多。摇了摇头，说，钱都在你姐夫手上，三两百，我还拿得出。

六指便到前面，陪了笑说，生意好吗。姐夫见六指对他笑，知道没好事。也不吱声。到吃晚饭时，六指开口说要借钱，借三千。柒小兵说，你真敢开口。姐说，六指改邪归正了，谈了个女朋友，现在有人管，不会再乱来的。柒小兵说，我是真没钱，你不是不知，盘下这个店就花了六万，出厂时，厂里还欠我四个月工资。去要了好几次，林老板说她也没办法，峻阖厂欠了她一百八十万货款，什么时候峻阖厂给她货款，她就给我工资。六指说，不借就不借，扯那么多干鸟。柒小兵说，不是我扯。进房间去，翻出一张欠条，果然是永和塑料厂的欠条，写着欠柒小兵工资九千二百元。柒小兵说，要不这样，你拿着这欠条去永和厂问林老板要钱，要到了，我借给你三千。六指说，要到了，借我五千。柒小兵说，借四千二。六指说，成交，干这个咱最内行了，你要不到的账，我分分钟搞掂。姐说，你可不许胡来。六指说，我知道。

六指知道这账不好要，若好要，姐夫不会这么大方，同意要到就借四千二给他。次日，六指去要账时，腰里别了把刀。这把刀，不久前曾经剁下过自己的一根手指。永和塑料厂在另外的工业区，步行半小时路程。六指走到时，永和厂刚刚上班。六指直往厂里走，保安挡住他，说，请问您找谁? 六指说，找谁我还要向你汇报? 保安赔着笑，说不是这个意思，您不要为难我，这是我们厂里的规矩。六指说，我找我姐。保安说，你姐，你姐干吗的? 六指说，干吗的，你问得真好笑，你给谁打工? 保安说，给老板打工，怎么啦。六指说，你们老板就是我姐。保安有些疑惑，他不知道老板有这样一个弟，又不敢问他要身份证登记。六指拍拍保安的肩，说，你办事认真，这是好的，我姐在办公室吧。保安说，一清早就来了。六指不再同保安罗嗦，直接找去写字楼。

六指敲门时，林小玉刚从各车间转了一圈回来，这段时间，因资金紧张，林小玉疲惫不堪。供应她料母的供应商，不仅不再赊货给她，还三天两头跑来要债，她又不敢逼峻阎厂的老板，她这小厂，全指着峻阎厂活命，峻阎厂若不给她单，厂子是一个月也撑不下去的。为了完成峻阎的订单，她只有到处借贷，把能借的朋友都借遍了。林小玉回到办公室，拿过那该死的九连环，看着发呆。她实在没有耐心解这九连环，也知道郑九环让她解这九连环，是随口一说。但大老板随口一个顽笑，她也得认真，她得为第二次去要账找个理由。她知道，以郑九环的性格，她真要解开了这九连环，郑九环也许哈哈一笑，大笔一挥，就给她结算了。但她的心静不下来，倒是吴一冰有心，这段时间，得空便来陪她说话，还帮她从网络上找到解九连环的办法，整个解环过程，共三百四十一步，一步都不能错。林小玉哪有耐心去记下这么多步骤，解下两个环、三个环，就被弄得心烦意乱，将那一串环砸在桌子上，骂郑九环不是东西，也骂中国发明这玩具的古人吃饱了撑的，想出这么复杂的东西来。生气归生气，气过后，还是照吴一冰下载的解环步骤，一步一步解。林小玉便想，用不了多久，就可以解开这环了，到那时，看你郑九环还有什么话说。

正在解环呢，听见敲门，喊一声进来。进来的是六指。林小玉不认得，问，有什么事？六指说，你就是林老板吧。林小玉警惕道，你找谁。六指摸了一下背后的刀，在屋里转个圈，说，办公室搞得蛮不错嘛。林小玉看六指来者不善，沉下脸说，这位先生，有什么事你请讲。六指说，那咱们就不绕圈子了，我是来要债的。说着拿出那张欠条。林小玉还以为是哪个供应商找来了要债公司，看了欠条，倒放心了，笑道，柴小兵啊，他自己怎么不来？六指说，你别问那么多，欠债还钱，快点把钱给我。林小玉说，阎王少了小鬼的钱？几千块，这么紧张！六指说，那你就快点给呀。林小玉说，你和柴小兵是什么关系，想要钱，你让柴小兵自己来。六指说，柴小兵是我姐夫，怎么啦。林小玉说，我怎么相信你。六指说，你什么意思，是不想给还是怎么的。林小玉现在悬着的心算是放下了，坐在大班桌后面，拿过桌上的九连环，想了想，说，你要能把这个东西解开，我马上给你钱。说着扔给六指。

六指抓过，看了一眼，说，他妈的这么多环环套在一起，怎么解得开。林小玉说，解不开？解不开那就没办法了。六指从背后摸出刀，要把那环剁开。六指这一招厉害，剁环是假，让林小玉看到他带了刀是真。果然，林小玉看到六指拿出了刀，脸色变了，说，你什么意思。六指挥着手中的刀，说，什么意思，今天你要不给我钱，老子的刀要见红。六指哪里知道，这林小玉最是个吃软不吃硬的角色，这几年做生意，也算是江湖上摸爬滚打过来的，也见过一些狠角色，冷笑一声，说，收起你手中的东西，不收起来我就报警了。六指说，你敢报警我就敢剁了你。林小玉说，我就站在这里，有种你剁我试试。六指平时吓唬那些打工仔、打工妹，别人见了刀都吓得直打哆嗦，没见过林小玉这样的。林小玉不怕，他倒怕了。放下一句狠话，草草收场。

六指拿刀来逼债的事，给林小玉敲了警钟，今天来的若真是个狠角色，就在办公室里动刀也未可知。刚才看似镇定，却是吓出一身冷汗。六指刚走，林小玉就打电话把保安叫来，狠狠训斥一通。想到现在唯一的办法，就是再去找郑九环，可是找到郑九环容易，让他付货款却不易。想来想去，实在没有办法，也许，只有向他低头了。想到此处，林小玉便觉得心像被针扎了样，难受。几年前，她进了郑九环的厂，开始是在办公室当文员，郑九环看上了她，香港人办事倒实在，不遮遮掩掩，直接对她说，他喜欢她，想包她，让她开个价。林小玉回绝了。为这事，郑九环就把她下放到仓库当仓管。当了一段时间仓管之后，郑九环又找到林小玉，拿出一串钥匙，说他刚在镇上买了一套房，如果林小玉愿意，就是她的了，每个月再给林小玉三千。林小玉不亢不卑，说谢谢郑总厚爱，我是个打工妹，没这福气。郑九环说，好，有志气。于是，林小玉就被调到了流水线，给拉长做助理。又过一个月，郑九环再次找到林小玉，问，怎么样，还习惯。林小玉说，习惯。郑九环说，我再加二千，一个月五千，如果你给我生个儿子，我再给你一百万，怎么样，你考虑考虑。林小玉说，不用考虑了。于是，林小玉就成了流水线上的普通 QC（质量控制、质量管理）……一年时间下来，郑九环不停地为包下林小玉增加价码，林小玉也从办公室文员，一直做到最普通的打工妹。林小玉越是不为所动，郑九环就越是上心，不想林小玉倒是因祸得福，熟悉了工厂所有的工艺流程。郑九环对林小玉说，你和别的打工妹不一样。于是，林小玉成了峻阖厂的跟单文员，后来又做到部门主管，总经理助理。不过郑九环没有再提附加条件。做了一年助理，郑九环问林小玉，想不想当老板。林小玉说，想。郑九环说，那好，你想做什么？林小玉说，想开塑胶制品厂。郑九环说，我每年给你二百万的订单。林小玉说，什么条件。郑九环正色道，别把我想得那么坏。这些，都是前尘往事，一晃，林小玉开厂当老板三年了，工厂也因拿到峻阖的订单，做得顺风顺水。第一年，拿二百万的订单，第二年，拿四百万，第三年，她成了峻阖最大的塑胶品供应商。今年峻阖厂的订单开始减少，一开始，林小玉并没有在乎，想到不能总靠着峻阖，郑九环不是说过么，扶上马，送一程。正好逼着她及时扩展业务。可现在看来，情况似乎没那么乐观。想到郑九环，想到那个莫明其妙地解开九连环就结算的承诺，林小玉摸不透郑九环葫芦里卖的是什么药。也许……林小玉想。当初郑九环许诺给她那么多，她都不为所动，可是现在不一样了，如果郑九环还需要，如果，还有可能，林小玉想……林小玉决定，再约约郑九环。拿起电话正要打给郑九环，手机却响了，是吴一冰，说就在厂门外，想进来坐坐，可保安不让进。林小玉停顿了一下，给保安打了电话，没有再约郑九环。

吴一冰这段时间，常和林小玉见面。两人倒没谈论风月，多是吴一冰充当林小玉的幕僚，为林小玉出谋划策。吴一冰见面就问林小玉，九连环解了没。林小玉说，没那耐心。吴一冰说，我觉得郑九环是托词，杀人偿命，欠债还钱，哪里有要债还要解九连环的道理，没这么无厘头的搞法。林小玉说，朋友嘛，我当时进去时，他正在解这九连环，见我要债，就随口这么一说了。林小玉想，就像从前一样，郑九环是一手胡萝卜一手大棒，在逼她就范呢。从前面对郑九环的诱惑，她能守住自己，还能巧妙利用这一点，为自己谋一个清白而风光的未来，然，此一时，彼一时也，现在看来，她是逃不过这胡萝卜与大棒了。这些想法，她自然不会对吴一冰讲。不想吴一冰的一番话，却如一盆冷水，当头浇在林小玉身上。

吴一冰说，伟太鞋厂的事，你听说了么？林小玉说，伟太厂出了什么事，我这段时间忙得焦头烂额，哪有工夫管别人的闲事。吴一冰说，可不是闲事，这里透出了一个要命的信息。林小玉说，那你说说，怎么回事。吴一冰说，在咱们工业区，第一大的厂是峻阖，有上万员工，第二大的厂就是伟太。林小玉说，那又怎么样。吴一冰说，就在前天，伟太厂发生了大罢工，工人要求伟太厂补发这些年的加班费。我当时觉得，工人是在瞎胡闹，你猜怎么着，工人获胜了。所有工人，都得到了补偿，有的人进厂时间久，一次性就补了二万。林小玉倒抽一口冷气，说，我的天，那得多少钱。吴一冰伸出两根手指，说，听说伟太厂补了这个数。林小玉说，二千万?! 也是，没有这么多钱拿不下来。吴一冰说，现在这事都传开了，伟太厂的工人像过节一样。大多数工人，做梦也没有想到会有这样的结果。林小玉说，政府就不管么? 吴一冰说，怎么不管，政府出面了。林小玉说，政府出面了，怎么还会这样。吴一冰说，政府的态度，是依法办事。林小玉半天没有说话。在她打工的记忆中，只要劳资纠纷，政府的天平，多是倾向资方的，招商引资，保护投资环境，这是重中之重。吴一冰说，此一时，彼一时，伟太厂属于劳动密集型的企业，污染又严重，现在要被淘汰了。林小玉明白了其中奥妙。但不知道伟太厂的事，与她有什么干系。吴一冰说，现在，峻阖厂的工人都跃跃欲试，想效仿伟太厂搞罢工。林小玉说，郑九环就没有一点防备。吴一冰说，怎么没有，其实普通工人，不过是一盘散沙，哪里懂得组织罢工，就算罢工，也提不出合理合法的诉求，伟太厂就是有那么几个刺头挑了头的，他们知道一旦罢工，不管成败，自己都要被炒的。林小玉说，有那么傻的人? 吴一冰说，听说，那些带头的，向每个拿到补偿的工人收五十块的提成，他们才是最大的赢家呢。又说，伟太的事，提醒了郑九环，现在他是要先下手为强，已经开始裁员了，听说列了个名单，先把那些可能挑头的裁掉。林小玉说，这样说来，现在峻阖厂的形势不好。吴一冰说，美国金融危机，对我们厂影响很大，往年天天加班到十二点，今年这两个月，没有加过班。又说，你的货款得抓紧时间要。林小玉说，可是……看着桌上那九连环。吴一冰说，你傻呀，你还真把这九连环当回事么。再说，峻阖厂罢工，只在这个星期，你得在罢工前要到货款。林小玉说，你也是组织者么? 吴一冰说，是郑九环逼的。林小玉感觉浑身虚脱了样，提不起一点气力，疲惫地说，谢谢你，一冰。吴一冰说，你看你，说这些见外的话，我失业了，还想淘你的光，到你这里来混碗饭吃呢。林小玉说，你要能来，我求之不得，只怕你嫌我这庙小。心里有话却没有说，若是要不到峻阂厂的钱，自己这厂分分钟就会倒闭。吴一冰走后，林小玉闭目在大班椅上坐了好久，拨郑九环的电话。好半天，没人接，林小玉正要挂，电话通了。林小玉说，郑总，是我。郑九环似乎情绪低落，说，小玉呀，什么事？林小玉说，郑总，你给我的九连环，我解开了，你可要说话算数哟。郑九环说，……九连环？哦，唔。林小玉说，和你开玩笑啦，今天是我生日，我想，请郑总赏光，一起吃饭。郑九环说，……你生日？林小玉说，我只请了你，一定要给我面子。花园酒店，我等你。郑九环说，那，好吧。

　　林小玉约好郑九环后，就打电话到酒店订了房，订了餐位。然后回家，精心打扮了一番，看着镜中的自己，做生意这才三年，似乎经历了十载，什么时候，脸上已失去昔日的光彩。三年来，为了创业，她把全部身心都投在上面，从工人做到老板，当真是不容易的，尤其是女性，在这男权社会里，每一步，都要面临诱惑与无奈，林小玉突然怀疑，这些年来的努力，到底值，还是不值。难道女强人都要做成老姑娘么，难道女强人的情感，就真的是一片沙漠。林小玉的脑海里，浮过了一些男人的影子，……郑九环、吴一冰……当这些幻象消逝时，林小玉深吸了一口气，去了酒店。无论如何，无论付出什么代价，得把货款要到。林小玉想。然而，林小玉在酒店的西餐厅里等了两个小时，郑九环并没有到，甚至连个电话也没给他，若要顾及女性的自尊，林小玉是断不会给郑九环打去电话催问的，然而现在，她必须把郑九环约出来。林小玉给郑九环打去电话，电话通了，却没人接。这样的等待，漫长而尴尬，一位艳装女子，明显在等候谁，而约会的人，却久等未至，古人诗句写，有约不来过夜半，闲敲棋子落灯花，而此时，没有池塘春草，没有蛙鼓如织，有的是餐桌上，心形玻璃灯里的渐渐燃尽的红烛，和一颗受挫的、骄傲的心，一杯白水，已添了三次，不停拨打郑九环的手机，也无人接听。办公室的电话，亦无人接听。林小玉知道，郑九环不会来了，这个结果，让林小玉觉得自己甚是可笑，却自作自受。这时，那一百八十万的货款倒成了其次，一种被遗弃、被嘲弄的感受，像阴郁的长春藤，慢慢爬上心头，把她缠绕得喘不过气来。林小玉拨通了吴一冰的电话，二十分钟后，手捧鲜花的吴一冰，出现在林小玉面前。吴一冰说，生日快乐。林小玉说，你知道的，今天不是我生日，我本来约的也不是你，我约了郑九环。林小玉这样说时，眼圈竟红了。和吴一冰在餐厅里坐到了零点，郑九环依然没来。吴一冰说，回去吧，他不会来了。林小玉说，我在酒店订了房。吴一冰送林小玉到电梯口，林小玉说，送我上去。吴一冰送林小玉上去，进了客房。吴一冰说，你早点休息，我走了。林小玉说，一冰，你别走，留下来陪我。

郑九环无情，我也无义，得去找郑九环要债了。林小玉甚至想到那天来要债的六指，想，必要的时候……脑子里一闪而过，一些不好的念头。郑九环于她，有再造之恩，没有郑九环，就没有她的今天，当真是成也萧何，罢也萧何么。郑九环，你可以造就我，但你不能毁掉我。次日，林小玉去峻阖厂，却没找到郑九环，问郑九环的助理，助理说，郑老板昨晚连夜赶回香港，参加董事会召开的紧急会议。听郑九环的助理这样说，林小玉觉得自己错怪了郑九环，有些为昨晚的行为后悔，也为自己那些不好的念头感到不安。林小玉离开峻阖回自己的厂，车刚到厂门口，看见两个供应商站在那里，林小玉的车就从厂门口开了过去，没敢进厂。现在，她看见那些供应商就怕，这些供应商对她其实不坏，能让她欠下十几、二十万的货款，这里面，自然有峻阖的因素，供应商知道她做峻阖的单，才敢将货赊给她，但也有个人交情在。这让林小玉很难面对他们。林小玉给保安打去电话，让保安在供应商走后给她电话。林小玉把车泊在离厂不到二百米的地方，在车里闭目养神，也许是这段时间太累，也许，昨晚和吴一冰太过疯狂，林小玉在车里居然睡着了。保安给她电话，才把她叫醒。保安说供应商走了。林小玉看表，已经到了吃午餐的时间，却没有想吃的胃口，开车回厂，不想车刚进厂，那两个供应商不知从哪里冒了出来。因林小玉欠了他们钱，他们也不敢得罪，一味赔笑脸，叫苦，说他们都是小本经营，十几万的货款，再不给，他们都经营不下去了。林小玉知道他们说的是实情，还是那句话，只要峻阖厂一结账，马上付款，峻阖那么大的厂，还少了我这一二百万么。供应商说，能不能先付一点点，让我们也好周转。林小玉说，不瞒你们，我现在已有好久没发工资了，几十号员工，都在眼巴巴等着峻阖的那笔货款发工资呢。这不，我刚从峻阖回来。供应商说，峻阖的老板怎么说？林小玉说，郑老板回香港开会去了，一回来，就能付钱的，真的对不起，不过你们放心，我们打交道这么久，我是什么样的人你们应该清楚，你们还怕我不给钱么，真有那么一天，你们开车来，到我厂里拉我的注塑机。供应商说，林老板讲笑了，讲笑了。倒也吃了定心丸，赔着笑脸告辞。看着两人离去的背影，林小玉心里酸酸的，她太理解他们的心境了，就像她去找郑九环一样，明明欠债还钱，天经地义，却弄得扭扭捏捏，生怕得罪了财神爷。生意场，也是个生物链啊，大鱼吃小鱼，小鱼吃虾米，虾米吃什么，就看它的造化了。

林小玉给吴一冰电话，让吴一冰留心，看见郑九环回来了，赶快给她电话。吴一冰却透出了另外一个消息，说是据可靠消息，郑九环去参加董事会会议，很有可能丢掉总经理的职位，要是换了新的总经理，也不知会是怎么样的搞法。现在厂子里的工人已紧急联合起来，要提前罢工，趁郑九环还在香港开会的时候罢工，这样，无论是郑九环，还是接替他的总经理，都不敢马虎应对的。林小玉说，你这消息可靠么？吴一冰说，也是听那些香港来的职员说的，无风不起浪，看来假不了。这消息让林小玉吃惊不小，若是郑九环给换掉，新来个总经理，要债倒不是主要问题了，能不能继续拿到峻阖厂的订单，还能拿多少订单，这可是关系到她这小厂的生死与未来。林小玉紧张、不安，在办公室里焦躁徘徊，一会儿坐下，一会儿走到窗口，蓦地看到一个熟悉的身影，仔细看，正是那天闯进来拿刀威胁自己的六指，六指这次不是一个人，和他一起在厂门口晃荡的，还有两个。林小玉的掌心，就沁出汗来，实在不行，那几千块钱给了他就是，就怕他们没那么容易打发，于是有些后悔那天没把钱给他。这一天，也不敢离开工厂，晚上就在办公室里休息，次日清晨，吴一冰打来电话，说有人昨晚看见郑九环回来了，还说，他们今天不上班，现在已经开始罢工。

林小玉再也顾不上害怕六指，开车就奔峻阖厂去。果然，峻阖厂闹哄哄的，工人过节一样，说说笑笑，聚集在厂里厂外，把工业区挤得水泄不通。林小玉打吴一冰的手机，想来是太吵，吴一冰没有听见，没接。林小玉问几位女工，郑老板有没有出来。女工说没看见。林小玉说，你们罢工，搞得像过节一样开心，就不怕么。女工说，有什么好怕的，人家伟太鞋厂罢工，补了好多钱。正说着，听见警笛响，警察来了，警察来了也没有干什么，只是维护秩序，隔了一会，又有劳动局的工作人员也来了。林小玉焦急地等着消息。过了不到十分钟，那些警察就从人群中开出一条道来，不一会，又有救护车也来了。林小玉的心，就揪起来了。她隐约感觉到了什么。果然，很快她的感觉被证实，郑九环在办公室里服药自杀了。林小玉的脑子嗡的一声，一片空白，无数声音嗡嗡嗡嗡，泪水唰地就下来了，不知是为郑九环，还是为自己那近二百万的货款，为自己苦心经营的厂的未来。然而，更致命的打击接踵而来。这天，峻阖厂宣布倒闭。后来，听说，郑九环是昨晚就回来了的，有文员看见，他回来后，一直坐在办公室里，坐到很晚。后来警方公布的结论是，郑九环在凌晨五点左右已经死亡，那时，离工人罢工，还有两个小时。郑九环死的时候，手里握着一个九连环。为什么他的手里会握着一个九连环，他在死之前，坐在办公室里干什么，他生前为什么喜欢解九连环，这一切，都成了未解之谜，当然，关于这些，现在没有人关心。峻阖这么大的企业倒闭，一时间，成了媒体注目的焦点，悲观的情绪在四处蔓延。刚刚还沉浸在罢工狂喜中的近万名打工者，一下子，坠进了寒冷的冰窖，她们悲愤、惶恐、不知所措。而对于林小玉和许多像林小玉一样的小老板而言，无疑是灭顶之灾。坚强如林小玉者，亦不免痛哭，亦只有痛哭，除了哭，他们真不知还能干什么。

政府的行动很快，先是封了峻阖厂，又组成紧急事故处理小组，镇里的一把手任组长，万余名工人的利益，自然是放在了第一位。如林小玉这样和峻阖有生意往来的小老板，现在暂时顾不上了。全国、甚至全世界的目光都在盯着峻阖，各路媒体记者蜂拥而至，此时处理稍有不慎，都将是国际性的影响。峻阖宣布倒闭的第三天，政府就做出决定，由政府垫付所有员工工资。拿到工资后，随之而来的，是工人撤退大潮。几天时间，原本热闹喧嚣的工业区，变得冷冷清清。依附着工业区而生的出租屋群落，网吧，小旅店，服装店，餐馆，卖菜的，卖水果的，卖饰品的，都失去了依托。生意冷清，人们已然感受到了早到的冬寒，有些店开始清货，挂出转让的牌子，也有些还在观望，希望峻阖厂倒了，能有新的厂进来。柒小兵的快餐店，在峻阖倒闭清算那几天，生意达到了前所未有的高潮，工厂倒闭了，出来吃饭的人自然就多，然而这只是短暂的回光返照，很快，拿到工资的工人纷纷离开，柒小兵的生意，由前几天的一天卖出二百份快餐，到一天卖不出十份。两口子坐在店门口，望着冷清的街道，心里惶惶然，不知如何是好。接下这个店，花光了两人出门打工多年的积蓄，本来指望能依靠这小店，一家人从此摆脱给人打工的命运，也曾梦想，做上几年，能鸟枪换炮，将快餐店变成酒楼，这下可好，几万块砸进去，声响都没有听到。六指的姐姐一开始是不同意开快餐店的，生意冷清时，天天唠叨柒小兵，后来生意渐渐好了，每天晚上数着那钞票，她的唠叨也无声无息了，这下可好，每天无事可做，正好唠叨柒小兵打发时光。柒小兵听得心烦意乱，耳朵起茧。挂了转让的牌子，可眼下这形势，傻瓜才会接手。转不出去，一个月三千块的店租，却是得照付。老婆是横竖看柒小兵不顺眼，说，没事杵在门口干啥，你不会去找林老板要工资。柒小兵说，你以为我不想去要，峻阖倒闭的那天，我就看见林老板了，峻阖欠了她一百八十万，她现在跳楼的心都有。六指的姐说，怎么，你这是怜香惜玉了？越是这样，你越得抓紧时间去要债，快点去，现在就去。

柒小兵去找林小玉。林小玉的眼泡肿得像桃子，嗓子沙哑，话都说不出。让柒小兵有事和吴一冰谈。吴一冰结了峻阖厂的工资后，就跟了林小玉当助手。这段时间，棘手的事一桩接一桩，林小玉伤心郑九环的死，也为自己多年心血将付诸东流而上火，幸好此时有吴一冰为她分忧解难，不然她真没有了坚持下去的勇气，怕是也和郑九环一样，以死求得解脱了。吴一冰听柒小兵说明来意，好言道，工资自然是要给的，欠了你这么久，真的不好意思，你把欠条拿来。柒小兵这才想起，欠条在六指的手上。说，不好意思，欠条在我妻弟手上，我打电话让他送来。说着掏出手机要打六指电话。吴一冰伸手止住柒小兵，说，不急不急，你现在拿来，我也没钱给你。柒小兵一听就跳了起来，说，你们当老板的，万把块钱不当回事，对我来说，可是一大笔钱。吴一冰说，不是这意思，你少安毋躁，听我把话说完。你也知道，峻阖倒了，我们厂主要是做峻阖的单，现在压了二百万的货款。柒小兵说，我可不管这些，我只问你们要钱。吴一冰说，没说不给你钱，你听我把话说完，别这么急。柒小兵说，不急，能不急么。吴一冰说，现在政府把工人的工资都垫付了，接下来，马上要拍卖峻阖的固定资产，接下来，就会解决我们的欠款。柒小兵说，你扯什么，等到政府拍卖峻阖，黄花菜都凉了。再说了，峻阖能拍几个钱，厂房又不是他们自己的。吴一冰说，你这人，真是急性子，你听我把话说完，现在政府也了解我们的难处，答应贷给我们一笔款，十天，最多十天款就到账。吴一冰说着掐指一算，说，放了元旦假，一上班你就来，还是这个办公室，记得来的时候带上欠条。柒小兵见吴一冰说得这样肯定，也不好再逼，只说，你说话要算数。

柒小兵想，得找六指把欠条拿回来，不然六指把债要到了，那可是肉入虎口，吐不出来的。去租屋找六指，敲了好一阵门，六指才起来，从猫眼里往外瞄，看清是姐夫柒小兵，这才开了门。柒小兵说，怎么这么半天才开门？看见睡在床上的小伍。柒小兵说，不好意思。小伍见来客了，将被子拉过盖好。六指说，小伍病了，刚从医院检查回来。柒小兵说，什么病？没大碍吧。小伍的脸就红了，六指低下头，不说话。柒小兵说，你把那张欠条给我。六指说，欠条，什么欠条。柒小兵说，就是我的工资欠条，我刚才去厂里了，老板说让我元旦过后，拿欠条去结工资。六指说，……哦。在身上上下摸，说，放哪儿了呢，又去床头柜里找，没有找到。说，不会吧，也许，弄丢了。柒小兵一听就火了，说，你，你怎么能这样，真弄丢了，你得赔我钱。六指说，看把你急得，我慢慢找，找到了给你送去。染小兵气得摔门而去。

原来小伍是说了，六指找不到工作，两人不见面的。但她哪里真做得到，坚持了几天，就想六指了。两人又住在了一起。小伍说，这是你姐夫？六指说，可不，守财奴。小伍说，你把他什么欠条弄丢了？六指便从床垫下面摸出一张纸来，递给小伍，说，就是这个。小伍看了，说，你刚才怎么不给他。六指说，本来是让我帮他去要债的，要到了答应给我四千二。我想要到这笔债后，你生日给你送一个玉佛坠，我都看好了，一千八。小伍说，你呀，你有这个心，我就满足了，讨债哪里那么好讨，你还是把欠条还给你姐夫，让他自己去讨。六指说，我都去要过好几次了，还给他我不是白跑了，再说我姐夫有钱，峻阉厂倒了，你现在没有工作，我手上一分钱都没有，真的对不起你。小伍说，政府不是刚给我们垫了工资么，三个月，五千多块呢，也够我们用一段时间的。六指说，那是你的钱。小伍说，什么你的我的，你还分这么清楚。六指说，男子汉，哪能用女人的钱，你别管，我自有来钱的办法。小伍说，六指，你可千万别再干坏事，为了我，你一定不能。六指抱着小伍，说，小伍，长这么大，你是第一个对我这么好的人，我会对你负责的。小伍掏出钱包，说，你把这张卡拿着，密码是我生日。六指突然大声吼道，我说了不会要你的钱，我有办法。

六指其实一点办法也没有，除了再去勒索别人，他能有什么办法呢。可是现在，连勒索都难了，工业区冷清得可以捕到鸟，那些小商贩们，现在把钱看得比命还重。再说了，六指答应小伍，绝不再去干那些混账事。六指想，最好在姐夫的前面把那九千二百块要到，姐夫的钱嘛，要到了，有钱再还。六指拿了欠条，去林小玉的厂里找林小玉。保安不让进，六指就在门外面候着，候到天擦黑，却见从厂里出来一辆小货车，开车的居然是当初和小伍好过的吴一冰，吴一冰的身边坐了个戴墨镜的女人，分明是林小玉。他们俩怎么搞到一起了？六指多了个心眼，叫了一辆面的，说，跟着那辆车。面的师傅看了六指一眼，没有说什么。吴一冰和林小玉开着货车，出厂后上了国道，一路往邻镇而去。两个镇相隔也不远，半小时的路程就到。车拐下国道，东拐西拐，到了一片偏僻的出租屋，停了下来。六指让面的司机远远停车。司机疑心六指要干坏事，说他要急着回去。六指便付了车费，下车远远尾随着吴一冰和林小玉。只见吴一冰打了个电话，一会儿，过来一胖子，拿钥匙开了出租屋底层的一间卷闸门。三人进屋，过三、四分钟，出来，重新关上门，又从旁边的小门上了楼，六指尾随着也上了，看见他们开了三楼的一间房门，六指上四楼，从上往下监视着。三人进房，也就三分钟左右就出来了。胖子说，这个价很便宜的，你要想租，现在就把钥匙给你。吴一冰问林小玉，你看怎么样。林小玉说，就这里吧。三人说着就走了，胖子带着吴一冰和林小玉，去一楼的一间小店签完租房合同，上货车走了。六指没有走，在出租屋门口徘徊了好一阵，想，吴一冰和林小玉，跑这么远来干吗呢，看样子是想租房，三楼的租来住，一楼那么大一间租来干吗？六指多了个心眼，装着要租房，去小店找刚才那胖子。胖子问六指，老板有什么事。六指说，租房。胖子听说六指想租房，说，老板想租什么样的房，三房两房都有。六指说，我想租间底层的铺面。胖子说，这样啊，不巧得很，刚刚把最后一间空铺面租出去了。六指说，这里这么偏，也不好做生意，我租了是当仓库用。胖子说，这里的铺面不都是当仓库用么，刚才租下的两个老板，也说是租了当仓库的。

　　回家的路上，六指一直在琢磨这事，慢慢就琢磨出一些道道。回家后没回租屋，却去了姐夫柴小兵那里。柴小兵说，你这么好，真给我送欠条来？六指说，欠条，什么欠条。一脸坏笑，想故意看姐夫什么反应，果然，柴小兵当即跳了起来，说，你……六指说，逗你玩的，我要你那欠条干吗，你那欠条也就一张纸，一毛钱都不值。柴小兵说，一张纸也是我的，你少给我来这套。六指的姐说，六指你别在这里烦人了，我就说不要开店，打工多好，挣一个是一个，小生意有小风险，大生意有大风险。你哥不听我的，说什么打工打得太久，要给自己打工，这下可好，这么多年挣的钱，都打水漂了。柴小兵突然发了狠，吼道，你嚷什么嚷，烦死了，不就是几万块钱吗，人家峻阖厂，几个亿的资产不也打了水漂？我哪里算得准他妈的发生金融风暴，我哪里知道峻阖这样的厂，说倒就倒了，你也就是个事后诸葛亮。见姐夫吼姐，还当着自己的面，六指有些不高兴了，知道柴小兵这是指桑骂槐，生自己的气，冷笑一声，转身要走。柴小兵便追过来，说，你别走，我的欠条呢。六指说，你们俩不是吵架吗？还有时间管欠条。真是一点出息都没有，几万块钱的投资，把就你急成这个样子？你来，我有话对你说。

　　六指把柴小兵引到一边，把他跟踪林小玉和吴一冰的事一一细说了，柴小兵说，这又怎么啦，没有什么嘛。六指说，你就是个猪脑子。柴小兵被妻弟这样骂也不是第一次，听多了，也习惯了，倒也不恼，说，你是人脑子，那你说这里有什么问题？六指说，什么问题，用屁股都能想得到，你还问我？你说林老板，在咱们镇上开厂，跑那么远租个仓库，还租一套住房想干吗？还是那么偏僻的地方。柴小兵说，也是啊，不知他们玩什么鬼花样。六指说，林老板的厂主要做峻阆的单，峻阆厂倒了，欠林老板那么多钱，林老板的厂倒闭是分分钟的事。柒小兵说，这个我也知道，要不我也不会这么着急。六指说，你要是林老板，遇到这样的情况，会怎么办。柒小兵说，……难道？她会？不会的，林老板不是这样的人。六指说，我们俩打赌，林老板百分之百是想走佬，她要不走佬，你砍我的头。柒小兵说，我砍你的头有鬼用。六指说，砍下来当球踢呀。柒小兵说，她是真的要走佬？六指说，她这是在为走佬做准备呢。柒小兵说，他妈的，还说让我元旦节后去厂里结工资，我说怎么那么好。六指说，做你的春秋大梦，工资，切！柒小兵听六指这样一分析，觉得六指的想法有道理，说，那你赶紧把欠条给我。六指说，废纸一张，要了有什用，你现在去要，人家一句话，元旦节后再来，就把你打发了。告别柒小兵，六指拐到镇上，买了一份小伍爱吃的肯德基套餐，又去商场，看那想送给小伍的玉坠，心里沉沉的，觉得对不起小伍。回到家时，小伍不在，打小伍电话，小伍说，我在妈这边，你过来一块儿吃饭吧。六指就直接去了，何四妹的病好了，这时正和小伍给苹果贴商标。六指说了声阿姨好，把买来的洋快餐递给小伍，说，趁热吃。小伍见是肯德基，兴奋地说，哇，好久没有吃过了。拿了一块鸡翅往何四妹的嘴里塞，何四妹说，我不吃。小伍说，你吃一块嘛，好好吃的。何四妹便接过了。见六指如此体贴，也放心了。

六指坐下来，帮何四妹给苹果贴商标。才贴了两个，小伍就说，你乱贴什么。六指问，怎么贴。何四妹笑道，贴在烂了的地方，遮一下丑，不然没事贴这个干吗。六指说，水果生意不好做吧。何四妹说，你看这工业区，哪里还有人？过去进两筐货，一天就卖完，现在进两筐货，卖到烂。说罢不免叹息，说现在生意不好做，小伍又没工作，实在不行，就早点回老家得了，免得到过年时又不好坐车。何四妹说着站起来，说，你帮我贴完这些，我去做饭，一会儿你叔要下班了。六指就给烂果子贴商标，见小伍吃得香，说，我要有钱了，天天请你吃西餐。小伍说，吃法国大餐。笑问小伍看电视了么？说昨天我在外面玩，有记者采访过我，看看今天电视上会不会播。六指说，采访你？干吗？小伍说，问峻阆厂倒闭了，对我们的生活有什么影响。小伍把台定在了本地频道，在卖壮阳药广告，一群专家坐在那里，装模作样回答所谓患者的提问，小伍就看着六指笑，六指压低声音说，你看我干什么？小伍附在六指的耳边说，有钱了，我就给你买这药吃。六指抢过遥控器，调了台，却是关于美国金融风暴的。六指关了电视。标签也贴完了。等老伍回家，一家人吃完饭，坐了一会，何四妹长吁短叹，老伍就骂资本主义和美国佬的娘。六指告辞，小伍说，下次别给我买肯德基了，好几十块钱呢，现在我们俩都没工作，钱得省着点花。六指说，我今天又去看那个玉坠了。又说，我会有钱的。

做惯坏事的人，对别人要做的坏事，总是格外敏感，看见林小玉和吴一冰在邻镇租房，六指首先想到的就是他们想走佬。柒小兵还抱有幻想，再去要钱，果然如六指所料，一句话就把他打发回来了。这些天，六指白天黑夜在林小玉的厂门口转悠。果然就发现，林小玉在偷偷把厂里值钱的设备运往邻镇的仓库。元月一号晚上，搬了好几趟。发财的机会来了，六指想。心里把一切都计划好了，只求林老板快点走佬，若被工人发现，他就空欢喜一场了。一切都如六指所愿，元旦过后上班第一天，柒小兵拿了欠条去结工资，远远看见厂门口围了一群人，心里一惊。果然，老板跑了。丢下激动的工人和闻讯赶来愤怒的债主们。柒小兵给六指打电话，六指说，怎么样，我没说错吧，我就说你那张欠条是纸，你还不信。柒小兵还在那里骂娘，六指说，你别傻了，咱发财的机会来了。柒小兵说，发财，发什么财？六指说，你就是个猪脑壳。

柒小兵听了六指所谓的发财计划，半天无语。六指说，怎么样，干不干？柒小兵说，咱这样做，是犯法的。六指说，犯什么法，她敢报警不成，现在警察到处在抓她，她躲还来不及呢。柒小兵说，她要是不给呢。六指说，不给？你开玩笑，不给咱们就报警。他们不会不给的。柒小兵说，这事，我得想想，我是怕万一。六指说，万什么一，万无一失。柒小兵说，我和你姐商量一下。六指骂，你他妈发神经呀，对谁都不能说，这事就天知地知，你知我知，你和我姐商量，那不是害我姐吗。柒小兵说，怎么害你姐了。六指说，万一出事了，我姐不知道就没罪，知道了，那就要受牵连。柒小兵说，你不是说万无一失吗？六指说，你干不干，你不干我一个人干。告诉你，机不可失，失不再来。柒小兵说，你说怎么干吧。六指说，你同意了，那咱们就干。柴小兵一咬牙，说，干就干，是她林小玉不仁，那就别怪我不义。再说了，我也只想要回本来属于我自己的。柴小兵和六指去镇上的银行开了户，开户用的是六指的身份证，设密码时，柴小兵多了个心眼，说，咱们一人设三位数。六指说，行。开完户，又去买了几个信封，一些信纸。柴小兵说，现在咱们去哪里。六指说，去林老板的厂里看看。两人绕到林小玉的厂，工人和债主还围在门口，有电视台的记者，在采访那些痛哭流涕的工人和愤怒的债主，政府的工作人员、警察，在安抚大家的情绪。六指说，你看看这些人，再想想咱们要做的事，你就不会觉得咱们是在犯罪了。柴小兵说，我还是觉得有些不妥，六指说，早知你这么胆小，我就一个人干，干吗要拉上你，还不是看在你是我姐夫的面子上，有财大家发。

柴小兵深感不安，其实此时的林小玉和吴一冰，更加惶恐不安。自从峻阊厂倒闭，林小玉几乎崩溃，她的梦想，原来是如此虚幻，如此不堪一击。那一刻，林小玉当真也想学郑九环，一死了之。从峻阊厂回来后，林小玉就把自己关在办公室里，呆呆地看着郑九环给他的那个儿连环发呆，她似乎明白了，郑九环为什么要让她解这玩具，似乎又什么都没有明白。林小玉在办公室里坐了整整一晚，她清楚自己现在的处境，但她想不出一条应对之策，直到吴一冰出现在她面前，她才发觉，自己还有个可以依靠的人。见了吴一冰，林小玉再也控制不住泪水，扑在吴一冰的怀里。林小玉的泪水，让吴一冰觉得自己无法置身事外。吴一冰说，哭吧哭吧，哭出来就好了。待林小玉不哭了，吴一冰也想出了办法。吴一冰说，三十六计，走为上策。林小玉说，你让我走佬？吴一冰说，难道还有比这更好的办法？林小玉说，……我，不知道。吴一冰说，不走就等着破产，等着债主把你撕碎，留得青山在，不怕没柴烧。林小玉说，你让我想想。吴一冰说，当断不断，反受其乱。你要快点做决定，再拖上几天，你想走都走不成了。林小玉在办公室里，又坐了一天。吴一冰也陪了她一天。这一天，林小玉一句话也没说，吴一冰也没有说。晚上，林小玉终于开口，问，一冰，咱们怎么走。吴一冰说，我早想好了，先在外面租好房子、仓库，把厂里值钱的设备偷偷运走，把你账户上的钱也取出来，存在新的户头里。等事情过了，再把设备变卖，咱们换个地方东山再起，真有一天发财了，再还那些债主的钱，一样堂堂正正做人。林小玉说，运走设备，工人不会发觉么。吴一冰说，工人，都傻乎乎地，哪会想到这些，再说了，我会安排好的。林小玉说，幸亏有你。

吴一冰的计划可谓周全，然而他千算万算，却没算到六指会跟踪他们。当吴一冰从门缝里看到那封勒索信的时候，他就知道一切都完了。见吴一冰面色如土，林小玉说，一冰，你怎么了。吴一冰犹豫片刻，把那勒索信递给林小玉。林小玉看后，像被打中七寸的蛇，软在床上，虚汗湿透衣衫。四万块。好在对方勒索的钱并不多。勒索信上让林小玉二十四小时内把四万块钱存入指定账户，否则报警。吴一冰实在想不出来，有谁这么快就知道他们躲在这里，还将信直接塞进了门缝。好在，他们要的钱不多。吴一冰安慰林小玉。林小玉说，咱们怎么办？吴一冰说，也只能走一步算一步了，我们在明处，他们在暗处，再说了，现在咱们被人家捏在手心，还能怎么办，只能按他们说的办。林小玉说，要是他们收了钱还不罢休呢？吴一冰说，但愿他们不会那样贪得无厌。林小玉说，万一他们是那样呢。吴一冰也是欲哭无泪，嘴上说，现在，只能走一步看一步了。心里却在想，吴一冰呀吴一冰，你这辈子，真是毁在女人手上。想，现在抽身事外还来得及，可看见林小玉六神无主的样子，吴一冰想，若此时自己一走了之，那就真不是人了，也只有祈祷上天保佑，希望勒索者见好就收，别没完没了。

柒小兵是见好就收了。四万块钱，轻轻松松就到了手。六指给他分了两万。柒小兵说，不能这样分，这四万块里，有九千二百块，本来是我的工资。六指冷笑，你的意思，先拿出九千二，余下的咱们俩再二一添作五？柒小兵不敢惹六指，说，你说怎么分就怎么分。六指说，做什么美梦呢，没有我，你一分钱都要不到，你这人，就知道跟自家人精打细算。柒小兵说，我也就是说说嘛。六指说，本来这事是我策划的，我拿三万，给你一万，看在我姐的面子上，咱们一家分两万。柒小兵说，行。六指把钱点了一遍，说，太少了点，要是咱们当时写六万，你说会不会给。柒小兵说，人心不足蛇吞象，见好就收吧，她也没有多少活钱的。又说，你可不能再敲诈了。六指说，我知道，你放心吧。柒小兵说，我就是不放心。六指说，你这胆小鬼，一辈子干不了大事。

　　拿到二万块，六指做的第一件事，便是去商场，花三千五，帮小伍买那个更大的玉佛坠，又给小伍买了一套品牌服装，花了一千来块，又给何四妹买了许多的营养品，给老伍买了两条好烟，兴冲冲地回到租屋。小伍看着六指拎着一大包东西，拿眼上下刮六指。六指说，你这样看我干吗？把东西一件件外来拿，说，这个是给你爸的，这个是给你妈的，这件衣服，你穿上试试。小伍说，我不穿。六指说，还有这个，你看看。小伍说，玉？！接过玉佛坠，说，多少钱？六指说……不贵，三……一千八，一千八百块。小伍说，六指，你哪来的钱。六指支吾着，说，你别问那么多，戴上，戴上我看看好不好看。小伍哀哀地说，你又做坏事了，你哪来的钱，你不说清楚我不要。六指不敢看小伍的眼，说，哪里，没有的事。小伍说，那你哪里来的钱？六指说，我，……我帮我姐夫要到那钱了，没有还他。小伍说，真是？六指说，真是。小伍说，那你不给你姐夫？六指说，他不知道我要到了。小伍这才放心，说，我们把东西拿我妈那里去。六指说，你先去，我有点累，先睡一会儿，饭好了再叫我。睡了一会，小伍打电话来，让六指过去吃饭。说她爸妈很高兴。这天晚上，老伍和六指喝了点酒。何四妹问六指，和小伍准备什么时候办婚事，准备怎么办，什么时候带小伍去见父母。六指说，过年就带小伍去我家。老伍说，说实在的，把女儿给你，我真有些不放心，可这是她自己选的，我们做老人的，也不好说什么，只是希望你对她好。六指说，我会的。老伍说，再不要做坏事，做坏事要遭报应的。六指低下头，说，没，没，我早就改邪归正了。老伍说，本来，按我们家乡习俗，女儿出嫁，你们家是要下彩礼的，我们也得给女儿置办嫁妆，但两家隔这么远，我看这些都免了吧，放寒假了，我和小伍，去你家看看，女儿嫁给你，总不能连你家门朝哪开都不知道。六指说，我知道，彩礼，我也会按规矩办的。

　　这一晚，六指翻来覆去睡不着。小伍说，你干什么呢，煎鱼呀，翻过来翻过去的。六指说，我在想咱们结婚得花多少钱。小伍说，花什么钱，只要你对我好就行。六指说，怎么着也得带你照张婚纱照吧。小伍说，你知道照婚纱得多少钱么，你哪有钱？六指说，得给你置一些新衣服，得租间好点的房子，总不能结婚后还租这只放得下一张床的小单间。小伍说，那你给我租世界豪庭？世界豪庭是这镇上有名的楼盘，天天在电视上打广告。六指说，我有钱了，还要在这城里买房呢。六指说着，抱了小伍要做爱，小伍说，我这个月的好事没有来。六指说，什么意思。小伍说，没什么，早点睡，睡着了做梦强过睁着眼做梦。小伍睡着了，六指坐起来，看着小伍，觉得自己是有罪的，这么好的女人跟了自己，什么都不图，只图他对她的好。六指就想到了林小玉，六指想，再干最后一次，真的是最后一次。六指想，也不要多的，再要四万块。不行，四万她会舍得拿吗？自己这样一而再地勒索，她肯定不会再给钱的。六指在床上翻到天亮，终于拿定主意。他又写了一封勒索信，这次他没叫上柴小兵。他写信很是费了些心思，信写得很客气，先是感谢林小玉打来的四万块钱，然后说他是个烂仔，但是他现在决心改邪归正，因为他要结婚了，希望林小玉再给他二万块，他说这是最后一次，希望林小玉接到信后，二十四小时内，把钱打到他指定的账号。六指去银行新开了一个账号，然后去林小玉藏身的地方，在那里转悠到了天黑，才趁机溜进了楼道，看着没人，将信往门缝里塞，塞了两下，没塞进去，听见后面似乎有脚步声，刚想起身跑，头上就挨了一记闷棍，"扑"的一声，直直栽倒在地。

吴一冰把六指拖进房里，扔在地上，对吓得惊魂未定的林小玉说，他妈的，在外面转了一天，我就知道是他，好了，现在不用怕了，先把他捆起来，等他醒了，再好好教训他，他妈的这是找死。在屋里找了两条毛巾，捆了六指的手脚，又塞了他的嘴。六指软得像一摊烂泥。吴一冰感觉有些不对劲，拿手去探六指的鼻息，没气了。吴一冰软得坐在了地上，两条退抽筋，半天才缓过劲来。林小玉说，怎么了？吴一冰说，快去端盆凉水来。林小玉便慌忙端来一盆凉水，吴一冰勉强打起精神，接过水，泼在六指头上。然而六指并未醒来。吴一冰面色如土，说，我们杀人了。吴一冰和林小玉趁着夜色，用蛇皮袋装了六指，开车把他拉得远远地，看看没人，吴一冰背着装有六指的蛇皮袋，将他扔在荒草丛中。那一刻，吴一冰仿佛看到，十多年前，他背着蛇皮袋离开家门的样子，那时，蛇皮袋里，装着他的行李和梦想，而现在，蛇皮袋里，装着的却是沉甸甸的罪恶。接下来的几天，吴一冰和林小玉以极便宜的价钱，将那些设备出手。离开了这个小镇，去到另外的镇上租住，深居简出，每次出门，就采购好多天的食物。两人天天关在出租屋里，惶惶不可终日。林小玉每天以解九连环打发时光，吴一冰除了看报看电视就是睡觉。两人一天到晚也难得说上一句话。对外界的了解，全在电视和报纸。他们早从电视上得知警方发现了六指。也看到了，自峻阁倒闭之后，形成的多米诺骨牌连锁反应。吴一冰安慰林小玉，说警察不会抓到他们的。林小玉说，抓到又怎么样，抓不到又怎么样。林小玉像中了邪，每天几个小时对着那该死的九连环发呆。吴一冰看得心里也疼，说，小玉，我们说会儿话吧，你别解这个了。林小玉慢慢抬起头，看一眼吴一冰，又低头解九连环。吴一冰说，我来解，你解不了的，解错一步，步步都错。林小玉突然看着吴一冰，凄然一笑。吴一冰说，你别这样笑，你笑得我浑身发毛。将九连环还给林小玉，林小玉就继续解。吴一冰看电视，电视里正在播放奥巴马的就职演说，突然停电了。房间里一片漆黑，吴一冰和林小玉，就这样呆坐在黑暗中。过了几分钟，响起了敲门声。吴一冰朝门口看了一眼，紧张得不敢出声。看林小玉时，林小玉似睡着了一样。敲门声还在继续。吴一冰轻手轻脚走到门后，从猫眼里往外看，敲门的是房东，这才长长吁了一口气，开了里面的门，隔着防盗门，问，什么事。房东说，跳闸了，可能是你的房间哪里漏电，我来查查，请开一下门。吴一冰说，我说怎么突然停电了呢，说着打开了外面的防盗门……

寻根团

上

王六一坐在沙发上读《世说新语》，读到"张季鹰辟齐王东曹掾，在洛，见秋风起，因思吴中菰菜羹、鲈鱼脍，曰：人生贵得适意尔，何能羁宦数千里以要名爵？遂命驾便归。"渐觉眼饧，倒在沙发上打盹，刚合眼，听见门响，起身开门，见门前站一对黑影，六一认出是他父母，惊道，你们怎么找来了，来也不打个电话让孩儿去接。父母一言不发，挤进家门。父亲背着手，母亲拢着袖，在他的屋里上下左右，门弯角落打量一通。

母亲说：我儿住得远，让我们好找。

父亲冷笑道：住再远，我也是找得到的，你休想逃开。

六一骇得冷汗直流，说孩儿哪敢做那忤逆不孝之人，孩儿从未想过逃。

父亲又是一声冷笑：那你为何十年不回家？

王六一说：儿子工作忙。

父亲说：我看你是心野了，忘了自己的出身。

母亲说：我儿，不是为娘老子难为你，我们实有难处，房子被人戳了两个洞，一下雨就往里灌水，都说你在外面混得好，当作家，人模狗样，就不记得回家帮爹娘把房子修补修补。

父亲突然暴喝一声：和这不孝的东西有什么可说！遂伸了干瘦如铁的手

抓了王六一就往外拖。六一骇得一声尖叫，从沙发上跳了起来，却是南柯一梦。

又做噩梦了？妻问。

王六一不说话，闭上眼，回想着刚才的梦，父亲手掌的冰凉尚在。晚上睡觉时，王六一忧心忡忡地对妻子说：今天这梦不寻常。

妻说：不过是梦，什么寻常不寻常，别胡思乱想。

王六一是楚州人，楚人尚巫鬼，信梦能预言，如梦见棺材，大吉；梦见鸡，犯小人；梦见捡钱主失财；梦见蛇主升迁……遂按楚人的理解，把梦中之事细细分析了一遍，又去看日历，再过半月就是清明，说：父母托梦，怕是在那边没钱花了。

妻笑道：去年清明不是烧了火纸么，一个亿就花光啦？

王六一说：在广东烧的纸钱，山长路远的，一路上寄过去，不知多少孤魂野鬼抽税扒皮的，到他们手上恐怕没得几文了。

妻说：你以为阴间和人间一样？

王六一又说二老并未说没钱花，只说房子有两个洞，下雨就往里灌水，不知是什么意思。妻冷笑道：亏你还是作家，这么迷信，不就是梦么，日有所思，夜有所梦，要是想家了，今年清明回家给二老扫墓就是。

王六一道：说说容易，来回一趟，一个中篇的稿费没了。不是说要存钱买房么。

夫妻二人便不再谈回家的事，却谈起了见天疯涨的房价，谈中央一个接一个的政策出台打压房价，房价却是越打越升，看来只能继续租房了。

六一刚出门打工那会儿，再苦、再累、再拮据，每年都会回家过年。那会儿，当真是每逢佳节倍思亲，进入腊月，心就不在城里了，总是梦见家乡的腊肉。过完年，从家回到打工的城市，他会对工友们说，明年再不回家了，一点意思都没有。但这信念只能坚持到农历十一月底，进入腊月，就一日日松动，最终又是回家。不是想家，是怕一个人在异乡过年。那几年，一年到头，就挣个过年的车费。就像是一叶风筝，飞得再高再远，风筝的线总是牵在父母手中。后来，父母相继过世，王六一便成了断线的风筝。王六一清楚地记得，在外打工的第六年，他留在城里过年，和同乡马有贵一起帮老板守厂，年三十晚上，两人买了啤酒、鸡腿、火腿肠，爬到工厂楼顶，看从四处升上天空的焰火，吃肉，喝酒，两人都醉了。王六一哭，马有贵笑。王六一说马有贵你没心没肺是根木头。马有贵说王六一你多愁善感像个娘们。次年，王六一又没回家过年，这次他没醉也没哭。再往后就习惯了。后来，他结婚生子，夫妻俩在东莞打工，孩子在东莞上幼儿园，上小学，上初中，远在楚州的家，就再也没有回去过。不曾想，过了三十六岁，倒变得爱怀旧，开始想家。听人说，老家的房子里长满了竹，有海碗粗，大门已被苦艾封堵，王六一就特别想回家去看看，特别是想带儿子回老家去看看。儿子十三岁，只是听王六一讲过老家的样子。王六一便在心底里隐隐生出不安来。妻说三间破房子，有啥好看的？王六一说再破也是我的家，将来我老了，打拼不动了，是要落叶归根的。妻说：切，少酸，真让你回去住，不到三天你就烦了。王六一说：没有了家，感觉总不踏实，像无根的浮萍。话是这么说，但也只是说说而已。今年，王六一满四十岁，在外打工整整二十年。王六一甚至忘记了当初出门打工时的样子，也不记得，这二十年是怎么样就过来了，就过去了。总之是吃过许多的苦，受过许多的罪……但这些苦呀累呀，过去了的，也就过去了，现在回想起来，恍如隔世，体会不到当初的那种痛苦了，迷惘却与日俱增。现在的他，有了城市的户口，却总觉得，这里不是他的家，故乡那个家也不再是他的家，觉得他是一颗飘荡在城乡之间的离魂，也许，这一生，注定了要这样离散、漂泊。妻骂他：你这是闲出毛病了，过了几天好日子就忘了自己吃过的苦受过的罪，真要把你扔进工厂，和马有贵一样，你就不会酸文假醋地感叹这些没用的东西了。

说到马有贵，王六一的心情沉重了起来。

他和马有贵是穿开裆裤玩到大的邻居，当年出门打工也是一道。马有贵实诚，头脑简单四肢发达，壮得日得死母牛。王六一记得，当初他和马有贵一起出门，最先做的是建筑工，每天抬石子，炒混合浆，一天下来，王六一累得直不起腰，马有贵却没事一样。有次打赌，马有贵一气吃下了十五个馒头。建筑工地都是些浑身有劲没处使的愣头青，晚上三五一群到镇上看色情录像，后来有五个老乡晚上出去看录像被治安队抓了，送到木头镇收容所，又送到很远的地方义务修了三个月的公路，放出来时样子比鬼还难看。工友被抓后，包工头交代晚上没事别出去晃荡，有力无处使的这些男人们，在一起除了说女人，想女人，就是夸耀自己的雄性能力，掏出那活儿，比谁尿得远，比谁大，后来发展到比谁能挂得起最重的东西。王六一羞涩，遇到这样的事就躲开，工友们就说他有毛病，一次硬是把他压在地下扒了裤子。王六一深感耻辱，思想自己出门打工，是想通过打工实现理想的，这样下去会把自己毁了，当月拿到工资就离开了建筑工地。那时的马有贵，是雄性比拼的常胜将军，用那玩意儿吊起过一块红砖。后来，工头不给工资，王六一就介绍马有贵进了厂。那是一家工艺厂，王六一干调色，马有贵干磨砂。王六一在一家厂干不了多久就跳槽，那些年，他总是在跳来跳去。马有贵不跳，跳了怕不好找厂，再说磨砂除了粉尘大，并不太累，工资比别的工种还高，马有贵在那家厂里干了十多年磨砂。那十多年啊，王六一把珠三角跑遍了，做了不下二十种工，两人渐渐就失去了联系。再次联系上，是去年的事，那时王六一因写小说，在南方闯出了一些名堂，先是当了作家，又招进报社当记者。报纸上常有他的报道，电视里也常有关于他的新闻。在家乡人的传说中，他是见官大一级的记者，因此家乡人遇到了什么不公，会打电话向他求助，希望他能帮一把。王六一哪有这能耐？十有八九是帮不上的，就连他的堂兄，叫王中秋的，几次打电话请他帮忙曝光村里镇里的黑暗，都被他断然拒绝了，家乡人因此觉得王六一是一阔脸就变，最不讲老乡感情的，找他的人渐渐少了。那天王六一接到电话，电话里传来低哑的楚州普通话，吐字不清，像在拉风箱，呵喽呵喽，王六一好容易才听清对方说的他是马有贵，就兴奋了起来，说马有贵呀，你王八蛋跑哪儿去了，这么多年也没有消息。马有贵说，我打听了好久，才要到你的手机号，我就在你们报社楼下。王六一说，那你上来吧。想了一想，说，算了，还是我下来。王六一到报社楼下，四处张望，并没看到马有贵，却见台阶上坐着一个半拉子老头，在不停地朝他这边看。王六一疑心这人就是马有贵，但他实在不能把眼前这个瘦成鸦片鬼一样的老头，和记忆中日得死母牛的马有贵联系在一起。那人见王六一朝他看，就站了起来，怯怯地望着王六一。王六一说，马有贵?! 那人就激动地走了过来。王六一说，你怎么成这样子了？这话说出口，鼻子发酸，过去捉住了马有贵的手。马有贵说，你当记者了，混得好了，这么多年不见，长得又白又胖了。王六一找了家小饭馆，点了几个菜，边吃边听马有贵说话。原来，马有贵一直在那家工艺厂上班，后来身体不好，病了，就被厂里炒掉了。出厂之后一直在治病，治了不少地方，都说是尘肺病，说他的肺都已经钙化了，硬了，像干丝瓜瓢。医生告诉他，这是职业病，可以找工厂赔钱。马有贵去找工厂老板，老板不理会他，去找劳动站，劳动站让他自己找证据。我一个病人，哪里经得起这样的折腾，于是想到了你，马有贵说，实在是没办法了，不然我不会来麻烦你的。王六一心情很沉重。马有贵的事，他觉得自己应该尽力。王六一于是求到了在劳动社会保障局当主任的一个朋友，朋友又给镇劳动站的监察大队打了招呼，王六一又陪了马有贵去找工艺厂的老板，老板一看又是官方出面，又是记者施压的，答应和马有贵谈，谈到后来，厂方给出了两个方案，一是厂方出钱给他治病，花多少钱都归他们出，一是厂方一次性赔马有贵二十万，往后是死是活，厂方再不负责。王六一劝马有贵先治病再说，边治病边问厂方要其他赔偿，马有贵几乎没怎么犹豫，就选择了拿二十万元现金。厂方说要把钱打到马有贵的卡上，马有贵坚持要现钱。马有贵说他这病能治就治，不能治拉倒，这辈子出门打工二十年，没给老婆孩子留下一点钱，对不起她们，有了这二十万，就是死，也对得起老婆孩子了。去工厂拿钱那天，王六一陪他一起去，马有贵拿着那薄薄的二十万块钱，不停地说，原来二十万才这么厚一沓。王六一说，你以为二十万有多少？马有贵说，六一，没有你，我是一分钱都要不到的。说着居然要给王六一下跪，王六一心里一酸，泪就出来了。想起当年，他和马有贵一起出门，两个蛇皮袋，装着他们的行李，两个袋口打个结，一前一后，搭在马有贵的肩上，王六一让换着背，马有贵不干，说六一，咱们兄弟俩出门，体力活归我，用脑子的地方你上。到岳阳，排队买票这些力气活，都是马有贵干。火车上好容易挤出一个可以坐下的地方，也是让王六一坐。转眼间，当年的愣头青，现在都老成这个样子了，想到在南方的工厂里，不知有多少马有贵们，打工二十年、三十年，最后一无所有地回到故乡，不觉心酸，也为自己终于逃离了这苦难而庆幸。马有贵有了二十万后，没有住院治疗，开了一些药吃，身体是不行了，再也打不了工，租房子住在这里，老婆打一份工，他就在家里做点力所能及的家务。

每当对现在的生活感到不满了，或是受不了同事间的钩心斗角心生去意时，王六一就会去看马有贵，每去看一次，他的心情就会平静了，会对现在的生活多出一份感恩与知足。到后来，他说不清是关心着马有贵，还是把马有贵当成了调节心态的一剂良药。近段时间报社改制，要企业化，有门路的编辑记者都为自己找到了退路，妻让王六一也去找找关系，王六一最怕的就是求人，说企业化就企业化，真的企业化了，有本事的人反倒有了用武之地。话是这么说，从事业单位一下子变成了企业，心里多少有些惶恐。

该去看看马有贵了。王六一说。正要睡觉，却接到了冷如风的电话，说作家在干吗呢，打扰你写作了吧。

王六一说：刚要睡觉。

冷如风说：楚州的市长到广东来了，点名要见你的。市长开出的名单，第一位可就是你这个大作家。

冷如风来粤之前，是楚州文化馆的独唱演员，后来下海，在广东开了家文化公司，又挂了楚州驻粤招商办主任的头衔，两边穿针引线，迎来送往，生意做得颇有些声色。冷、王二人相识多年，是对脾气的朋友，知道王六一颇多点子，也有些人脉，就聘了王六一在公司里挂了策划之名，有活动时，一起出谋划策，吹牛喝酒，有喜好附庸风雅的客户要招待时，就叫上王六一作陪，因此两人往来最是密切。

次日晚宴，安排在南城最奢华的酒店，王六一下班后就过去了，以为是到得早的，没想到，酒店里早就到了十几位。冷如风忙里忙外，也顾不上招呼。王六一就找了位置坐下，入耳皆是乡音。交换名片，个个都是这总那总的，公司也是五花八门。王六一心里就多多少少生出些自卑来，今晚受邀参加宴会的，怕只有他是个穷光蛋了。有老板接过他的名片，看他的名片上印着作协会员，某某日报记者，恭维他是文化人，也有那不知作协为何物的，少不了打听一下，王六一就在心底里对那人生出鄙视，最让王六一受不了的，是有个老板，居然知道那坊间传播甚广的把"作协"当"做鞋"的笑话，并当众讲了，博得了众人的笑声，王六一脸色难看，正不知如何下台，就见过来一位端茶杯白净微胖的中年人，众人都争着和他打招呼叫毕总好，伸了手来抢着握。那叫毕光明的却道，咱们楚州出的老板没有一万也有八千，可在全国叫得响的作家就王六一一个，你们可知市长开出的嘉宾名单第一个是谁？众人都看毕光明。毕光明喝了一口茶，看着王六一不说话。众人就都看王六一，弄得王六一倒不自在了。那叫毕光明的，把茶杯放在茶几上，从口袋里掏出名片，双手递给王六一，说，你的大作，我是经常拜读的。居然说出了一串作品的篇名来，王六一面露得色，大有相见恨晚之意。一番交谈，原来毕光明也是古琴镇的，居然和王六一的堂兄王中秋是高中同学。自然又聊到了王中秋，听说王中秋高中毕业后一直在乡下教书，毕光明叹道，可惜了，我们那个班的同学，数王中秋最是聪明，心性又高，他要是出来打工……两人又聊还没有现身的市长。王六一说他不知道楚州现在谁是市长谁是书记的。毕光明说，有些人可能想着见一见市长，我真是最怕他们来了，这些年，从省里到市里到镇里再到村里，大大小小的官员干部、牛鬼蛇神，接待一拨又来一拨，上面的官来了还好说，无非希望他去投资，开出的条件自然是优厚的，镇上村里的那些人来了最难办，不是铺路差钱，就是修桥缺款，人家张了口，乡里乡亲的，又不好驳面子，十万、八万的，这钱真要是用到修桥补路上倒也罢了，不过是个借口，十有八九落进了他们的私囊，现在听说家乡有官来头都大。

王六一心想，听这口气，毕光明的生意是做得极大的，就笑着说：谁叫你是大老板呢，你拔根毫毛都比我的腰粗啊。

毕光明说：你这话就让我汗颜了，我没有贾家的显赫，你也不是刘姥姥啊。

王六一没想到毕光明听出这玩笑话的出处，心下更不敢轻慢他了，正经道：你不理他们就是。

毕光明道：说得轻巧，毕竟是楚州出来的人，祖坟还埋在那里，父母百年也要落叶归根的，阎王好使，小鬼难缠，真要得罪了他们，敢把你祖坟给刨了。

王六一道：说得也是，现在家乡的民风，是越发的不好了。

毕光明道：我们这一代，和楚州是割不断的，下一代，就再不怕这些了。我是把孩子送到美国留学的，我劝你也把孩子送出国去。

王六一便不接话，心想你大老板，站着说话不腰痛，送孩子出国留学，我现在能让他在广东上学已经很不容易了。

说说笑笑间，忽见坐着的人都站了起来，就见一位黄胖子在众人拥簇下进了宴会厅，也不知谁先鼓起了掌，王六一看毕光明也鼓起了掌，就跟着鼓掌。大家主动站成一圈，黄胖子和大家一一握手，说着感谢的话，倒也没有官架子。握完手就入席，一张大围桌，可以坐下三十余人，每个人的面前都摆好了名牌的。大家按坐就位，黄胖子坐上首，左边是楚州首富叫邹万林的，右边是毕光明。王六一的名牌在毕光明的旁边。这饭局无非是大家轮着去给市长敬酒，和市长作私下的交流。市长说邹总、毕总，我们是老朋友了，就先不敬你们，我要先敬楚州的才子。弄得王六一有点受宠若惊，慌忙站了起来。市长说你是文化名人呀，我早听说你的大名了。问王六一经常回楚州不？王六一说有几年没回了。市长说这就是你的不对了，你们在座的，都是楚州的精英，是楚州的骄傲，要经常回楚州看看，你这个大作家，也要把我们楚州美好的一面向外面宣传宣传呀。

王六一居然就有些感动了，说：一定的，一定的，楚州是我的家，我的根在那里呀。

市长说：对，根在楚州。

市长显然对根这个话题比较感兴趣，和王六一喝了一杯。又举起酒杯，站起来发出了邀请，说希望各位常回家看看，回了楚州给他电话，他只要在楚州，肯定要出面接待的。有人开玩笑，说市长金口玉言，我可是清明节就要回家扫墓的，到时可要找你这父母官打秋风了。市长说：你要是回家不给我电话，我知道了倒要和你急。又有人提议，说既然市长发了话，咱们清明节组团回去，有人就高声附和了。市长说，这个提议很好，我倒希望你们组个团，把楚州在广东的精英都请回家去看看，为家乡的建设出力。最先到广东来投资的，不就是当年背井离乡在海外打拼的那些华侨么，你们这些人，在广东打拼这么多年，成功了，回到家乡投资办企业，楚州的经济，一定能够腾飞的。又对冷如风说，这件事你负责落实，争取今年清明就组团成行，参加我们市每年一度的逐鹿岭公祭。饭后冷如风就特意请王六一留下，说要马上把市长的指示落实下去，将这些老板们组织起来清明节回楚州。

王六一说：听风就是雨啊。

冷如风笑道：生意人嘛。

王六一说：说正经的，这事还是有些噱头的。不过咱们要么不弄，要弄就弄大一点，最少组织一百个老板，在清明节自驾回楚州。你想想看，一百个当年的打工仔，如今开着奔驰宝马威风凛凛衣锦还乡，绝对能成为社会热点话题，好好炒一炒，说不定能炒上央视。

冷如风的热情也高涨了起来，说：还要做一个网站，给每个老板做一个子页，链接他们的公司，还要拍一个纪录片，出一本画册。

王六一笑道：这钱谁出？

冷如风说：羊毛出在羊身上，这些老板不差钱。

王六一说：还有一点，咱们回家，总不能就是祭祖扫墓，人家市长希望你们回去是考察投资的，你真扫墓，人家才不理你。

冷如风道：这个自然，文化搭台，经济唱戏，牛鬼蛇神，各取所需。

两人越聊越起劲，当下把大概的想法聊了个七七八八。冷如风说，现在得给咱们这个自驾团取个响亮的名目，所谓名不正则言不顺也。

王六一笑道：这还不容易，一大群打工仔，奋斗二十年，如今衣锦还乡，就叫还乡团，楚州还乡团，绝对震撼人心。

冷如风说：还乡团？不行、不行，感觉跟鬼子汉奸似的。

王六一说：那就叫老板团，你们这一群，不都是老板么，大老板，小老板，不大不小的老板。

冷如风说六一你别这么刻薄不好。

王六一说：有了，咱们就叫楚州外出务工人员寻根团。

寻根团？这名字不错。

冷如风当即拍板。一天后做出寻根团的活动方案给王六一过目时，已经变成"楚州籍旅粤商人回乡投资考察文化寻根团"。

王六一说：靠，这是他妈什么名目，狗屁不通。

冷如风说：老板们不愿被人叫着外出务工人员呢。

王六一说：可事实上都是。

冷如风说：人家可是大老板，指着他们出钱的，你弄一外来务工人员寻根团，鬼才和你掺和。

王六一笑道弄成楚州商人寻根团，就没有外来务工人员有噱头了，这年头是沾上草根就好炒作的，又问，钱的问题怎么解决。

冷如风说：这个我早想好了，咱们把回乡的车队编号排队，一二三号竞投，出钱多的车排在第一位，到楚州出席活动排名也是第一位，参加宴会时，出钱最多的两位坐在领导身边，家乡电视台采访，由出钱最多的一位接受专访。

王六一说：有些想当然，人家千万富翁亿万富翁的，会在乎这个？

冷如风说：这个你就不懂了，这些千万富翁亿万富翁在乎的就是这个。所谓富贵不还乡，如锦衣夜行，这样组团还乡，可不比自己一家人回去，几十辆车的车队，排第一第二和排中间末尾可是大不一样的。

王六一深不以为然。不想过了两天，冷如风对王六一说钱的事落实了，一号车由邹万林以十万竞得，二号车居然被一个叫赵有根的以八万竞得。王六一问这赵有根是谁，那天市长请客他来了么？冷如风说赵有根是个服装厂的老板，在这些老板中，论资产，排前十位都排不上的。王六一问第三号位的车是谁竞得的，冷如风说是毕光明出了五万。王六一长叹道，毕光明也未能免俗啊。冷如风说，毕总就是这种风格，他不会竞第一位的车，也绝甘掉在尾巴后面的。其他老板们，看了方案中楚州市委五套班子都要出面接待，有答应出五千的，出二千、一千的，居然就凑了三十多万。有人提议，说怕这钱被冷如风贪墨了，要成立一个小组监督每一笔钱的花销，多出来的存起来下次活动时用。寻根团的事就这样定下来了，时间定在这年清明前两天在深圳同乐关口集合出发。冷如风又拟好了详尽的方案，和楚州市府沟通，又让王六一请了广东这边的相关媒体做宣传。

王六一突然想到，此次还乡，个个都是老板，豪车衣锦，自己穷光蛋一个，车都没有，凑哪门子热闹。心中生出许多的不平来，对寻根团的事也没了兴致。冷如风问他这方案还有什么不妥之处，他只酸酸地说好，好得很，衣锦还乡嘛，我一个穷文人，就不跟着掺和啦。

冷如风如何不明白王六一的心思，笑道：六一你什么都好，就是这毛病我不喜欢，人家有钱，你有名，你看他们风光，他们也怕你瞧不起的。再说了，咱们既然叫了文化寻根团，没有你这样的文化人撑门面，那还叫什么文化寻根团。咱们这个团，少十个八个老板没什么，少了你，那就大为失色了。再说了，我还指望你回来到报纸上给忽悠一下呢。

王六一说容我再想想，又说到了那天梦见父母的事。

冷如风道：这就是了，伯父伯母托梦给你，你不回去看看能安心？

王六一说：可你们都有车，我怎么回去？

冷如风道：车的事你就不用操心了，我负责安排，如果不嫌我的车差，那就坐我的。又说，你回家不用你花钱，我是要从活动经费里给你开出采访费用的。王六一听冷如风说得在理，心想不用花钱回趟家不说，还能挣点外快，何乐而不为？虽说想到要蹭别人的车回去，多少有些没面子，也顾不得这许多，便应承了下来。这些事都忙得七七八八，王六一一想，该去看看马有贵了，也不知他现在病情如何。便买了些水果，直接去了马有贵的租屋。

马有贵的租屋在这城市的一处城中村，这里密密麻麻都是亲嘴楼，马有贵住的那一片，百分之八十的租户来自楚州，他们多在附近的工厂打工，因老乡们住在一起，就把这里的城中村变成了楚州的一个村，走在村里，入耳皆是乡音，这些老乡们，平时在工厂里老老实实打工，下班后的娱乐，除了打麻将，就是赌香港的外围六合彩，倒也过得怡然自乐，直把他乡作故乡，并不像有些书斋里的人想当然的那样，认为这些打工仔打工妹们每日里觉得生活水深火热苦不堪言，自道自己是底层是什么层的。

马有贵身体不好，为进出方便，租住在一楼。二个月前，他老婆帮他拿了些塑料花在家里组装，这事不怎么费力，虽说一天下来做不了几块钱，总比一分不挣吃老本强。两个月前，王六一来看过马有贵，当时就觉得，马有贵的身体是越来越差了，给他端一把椅子，说多几句话都喘不过气来，嗓子里像装了一架风箱，一说话就"呵喽呵喽"直拉风。劝马有贵去看医生，马有贵说舍不得钱。说物价涨得这么快，这二十万搁银行不花，一年下来都瘦去几千块了，哪还舍得花钱去看病。

刚下过雨，巷子里积了一汪污水，水中隔尺许扔着一块红砖，王六一就在巷子外面喊马有贵，没有人应，踮脚跳上红砖，伸开双臂一路蜻蜓点水到了马有贵的门前。门半开着，王六一便喊马有贵，听见屋里传来"呵喽呵喽"的声音。推开门，一股中药味夹着潮湿的霉味扑面而来。屋里的灯亮了，马有贵赤背睡在床上，见是王六一，支撑了半个身子，费力坐了起来，说：六一来了，每次来都带水果，真的是过意不去。

王六一说：乡里乡亲的，一点水果算啥。

问：病好些了没有？

这话是明知故问，看马有贵这样子，病只会一日日地沉重，哪里会好。马有贵苦着脸，说在吃中药，吃了几服，倒有些好转的迹象。两人说了一会儿闲话，王六一问现在拿塑料花在家里做了？马有贵说不做了，在研究《码报》呢，这玩意儿来钱快。说着，从床头摸出一沓《黄大仙救世报》，《白小姐透码》，请王六一帮助参详。原来这里的说法，在香港每一期六合彩开出之前，这些《码报》上都会画出一些似是而非的图画，写一些半通不通的暗语，这些打工者们，得空了就琢磨着其中的玄机，往往是，蒙中了的时候没有下注，或是才下一注、两注，下次横了心下大注时又蒙错了。等得开出奖来，再回头琢磨《码报》，直骂自己是猪脑子，这么简单的暗语都没有弄懂。却不知，这些所谓的暗语皆是而非，猜什么都能说得通的。

王六一说：这是赌博，十赌九输呀。

马有贵说：也不一定，只要懂《码报》，是能发财的。马牙子你记得不，就是我们村六组的，他不也在这里打工吗，前天赢了五万块。

王六一道：只见贼吃肉，不见贼挨打，人家输钱的时候你没见到。

也不想多责怪马有贵了，又说清明节要随了寻根团回家的，问马有贵有没有什么事要让他回去帮着办。

马有贵说：什么寻根团？

王六一就把事情的来龙去脉说了。马有贵神情黯然道：都是打工，人家怎么挣那么多钱?！又说，也没有什么，帮忙去看一看我爹，问一声好就是。王六一答应了，见马有贵似有些累，说了会话，又叮嘱了注意身体，叮嘱了不要去赌码，那东西害人，又叮嘱了有什么困难就打电话，然后告辞。离开马有贵的家，王六一在老板们那里寻来的自卑与不满早飞到了九霄云外。

临要回楚州的前二天，马有贵打来电话，说自那天听说寻根团的事后，特别想回家看看，问王六一能不能跟那些老板说说，让他搭顺风车回家。又说他这身体今年不回去，怕是再也回不去看一眼家，看一眼他的老父亲了。

说罢竟在电话那边哽咽起来。王六一说这事他会尽力，但做不了主，他自己都要蹭车回家的。放下电话，心想这事不好办，虽说都是乡里乡亲，可时位之移人也，这些个老板，有谁愿意捎带上这么个病壳子？给冷如风电话，把马有贵的想法对冷如风说了。冷如风说他问问看，实在不行就坐他的车，怎么说也是乡亲一场，人家有难了，举手之劳，不是什么大事，就是不知马有贵的病到底如何，要是在半路发病或是死在路上那就麻烦了。

王六一说：我看他这病，就是"呵喽呵喽"地听着难受，不能下气力，死在路上还是不至于的。

冷如风说那就这样说定了，只是他的车是中华，空间比较小，得挤一挤了，要是有老板们的大车愿载他，那是最好不过的。冷如风让王六一等他的消息。半个小时后，冷如风打来电话，说事情搞掂了，张总的车上，就坐他儿子和他老婆，张总开车，可以让马有贵坐前面。这张总，王六一也是一块儿喝过两次酒的，是个实诚人，让马有贵坐他的车，王六一放心。把这消息告诉马有贵，马有贵激动得又呵喽了半天。

出发那天，马有贵坐张总的车，王六一本来是打算坐冷如风的车，不想冷如风又叫了摄影记者，记者要坐他的车好一路录像，联系好了让王六一坐毕光明的车。王六一心里多少有些不快，毕竟和毕光明只是一面之缘。最主要的，坐毕光明的车，心里多少有些自卑。说好王六一打的去同乐关和大家汇合，然后再坐毕光明的车，不想那天清晨，王六一刚起床，就接到毕光明的电话，说他已到了王六一家的小区门口。

王六一说：不是说好去同乐关汇合吗？

毕光明说：我起得早，反正去那么早也是等大家，就来接你。

王六一说那你等我一会儿，我还没有洗脸呢。毕光明说不急，还有时间，你慢慢收拾吧。王六一的行李，妻昨晚就帮他收拾好了的，也就是几件换洗的衣服，还有几本王六一这两年出的书。听说毕光明在楼下等，妻就催王六一动作快点，王六一却慢腾腾地洗漱后，又在沙发上坐着磨蹭不走。妻说你怎么啦，人家等你老半天了。王六一看看时间，说让他再等十分钟吧。妻白了他一眼，说你这人真虚伪。不想这词戳到了王六一的痛处，突然作色道：有钱就了不起？妻知王六一素来如此，也不理他，说你爱去不去，你磨蹭一个小时都行。说罢回房关门睡觉。王六一气得在屋里转了几个圈，看看时间，毕光明等了他足有半小时了，这才提包出门。远远看见毕光明站在车旁，见王六一出来，几步过来要帮王六一拎包。王六一说不好意思让你久等了。毕光明说，没事没事。抢了王六一的包，放在车的后备箱里。又给王六一开了车门，才绕过去坐到驾驶位，对身后的一位女子说，这位就是我对你说起的王作家。毕光明又介绍那女子，说这是他妻子刘梅。又介绍了另一个小伙子，是他的司机。毕光明说，回去一千多公里，得两个人换着开。王六一说，不好意思得很，坐你们的车，打扰你们了。毕光明说，说哪里话，我昨天对刘梅说明天有个作家要坐我们的车，刘梅还说我吹牛呢，你能坐我的车，是给我面子。听毕光明说得诚恳，王六一心中的不快，至此烟消云散，倒为自己刚才在家里故意磨蹭而脸红了。

到同乐关时，大多数人都到了。冷如风手里拿着个喇叭，张罗着给新来的车贴上印有"楚州籍旅粤商人投资考察文化寻根团"字样的不干胶，又给车前的挡风玻璃上贴上了车号，毕光明的车上，贴了个3。又给每位成员发了一顶印有"楚州籍旅粤商人投资考察文化寻根团"字样的太阳帽。又张罗着，让所有的车按车号排成队。王六一关心着马有贵，找到了张老板的车，见马有贵一脸喜色地坐在车里，头上也戴了顶寻根团的帽子。问马有贵身体吃得消不，吃不消就说一声。马有贵说没事，一听说要回家，病就好了一大半。

大家有坐在车里的，有三两一团站在车外聊天，都在等着一号车的到来。毕光明的座驾，是雷克萨斯GS。排在他前面的二号车，是一辆银灰色的宝马5系。王六一对车不甚了解，只是这两年来，关于宝马车肇事的案子出得多，知道宝马是豪车，心里又开始感叹文化人在这世界中的弱势。想这世界，文化人总是依附于有钱人，而再有钱的老板，见了政府官员，又要在权势面前低头。胡思乱想着，邹万林的1号车过来了。王六一认得那车是奥迪，说，邹万林这么有钱，开的车倒是一般了，倒不如2号车的宝马了。毕光明听罢朝王六一看了一眼，嘴角泛起一丝笑意，没说什么。他的司机却接过了话，说人家那可是奥迪Q7，SUV。王六一知道自己说了外行话，红着脸说对车我是一窍不通的。说话间，冷如风用电喇叭在外面招呼大家下车，交代了一路上要注意的事宜和行车路线，说好了中午吃饭的服务站，又交代到出发之后大家就不用保持车队车序了，想快想慢随大家，但到了楚州服务站要停下来集合，然后再按车号排好队缓缓进入楚州，到时市领导要到高速出口接大家，电视台、报社的记者也要拍照云云。然后搞了一个简短的出发仪式，车队就出发了。

一路上倒是平平安安，毕光明开车，问王六一一些他感觉陌生的事，也问到王六一的哥哥王中秋。毕光明说：我记得你哥的字写得极好，参加全国硬笔书法比赛得过奖的，现在还练书法么？王六一说：我也好多年没见他了，想来不练了吧。

毕光明说：他该出来的，你哥有才华，要是不留在农村教书，出来打工，也许现在开一号车的就是他了。

王六一说：也许是开1号车的，也许和马有贵一样呢。

毕光明问哪个马有贵？王六一便把马有贵的事说了。毕光明叹了口气，说，也许吧。又说，有一本书，你肯定是晓得的，《北京人在纽约》。王六一说知道但没有读过。毕光明说，那本书讲些什么忘了，却记住了一句话：如果你爱他，就把他送到纽约，因为那里是天堂；如果你恨他，就把他送到纽约，因为那里是地狱。

王六一知道毕光明这话的意思，广东何尝不是另一个纽约呢。两人不再说话。大抵都想起了出门这么多年来的风风雨雨罢。

毕光明突然又说：我当年的梦想，是当诗人的。

过一会儿，又说如果有时间，我一定要去看看你哥，一晃我们有二十五年没有见了。

两人就这样有一搭没一搭地说话。时间倒过得飞快，十二点不到，便到了约定吃午饭的服务站。才发觉这一路他们的车速最快，是第一个到的。下车活动一会儿，冷如风的车也到了，陆续有车到了服务区。王六一惦记着马有贵，却一直不见张总的车到服务区。问了冷如风，冷如风打电话去问，说是车在高速上跑岔了道，又不想绕太远，就在高速上倒车，被警察抓了，说是从今年开始，高速倒车是要吊销驾照的。磨了好久，现在放行了，耽搁了一些时间。这边先吃了饭的又重新上路了。毕光明问王六一是休息一会儿还是上路，王六一便说，要不咱们等等马有贵吧。

毕光明说：你是个心地善良的人。

王六一说：都是老乡，又是邻居，当年一块儿出来打工的，现在身体搞成这样，我们再不关心，谁还会关心他。

等了有十多分钟张总的车才赶过来。王六一过去扶马有贵下车，招呼他吃饭。马有贵的脸色很难看，说不想吃饭，上了一趟厕所后坐在一边不吱声。王六一看马有贵似有情绪，问马有贵怎么了，身体吃不消吗？马有贵不说话。王六一说你还是要吃一点的，天黑才能到楚州，你身体不好饿到那时哪里行。马有贵发白的脸，突然涨得通红，呵喽呵喽直喘气，喘了半天，说：我不该来的，我就不该坐人家有钱人的车回家的。要想回家我自己坐汽车啊，不就是二百块钱的车费么。

王六一说：怎么啦，张总给你脸色看了？

那边点了餐的张总见马有贵不过去吃饭，一脸惭愧地对马有贵说：孩子不懂事，你别和他一般见识。

王六一知道是张总的儿子给马有贵气受了。俗话说穷人气大，王六一太能理解马有贵的心情了，同样都是出门打工，看着人家的风光，想着自己的境遇，心理之脆弱敏感可想而知。好容易劝马有贵吃了点饭，王六一去对毕光明讲了，反正车上有空位，能不能让马有贵也坐过来。毕光明说当然没问题。王六一便过去对马有贵说了，说和他一起坐毕总的车。马有贵放下饭碗就要和王六一走。

王六一说：还是和张总说一声多谢吧，人家带了你几百里路呢。

马有贵黑着脸，说：不去，他们瞧不起人。

王六一不好再说什么，过去对张总说马有贵身体不舒服，跟他一起坐毕总的车，一路上好有个照顾。马有贵也不理张总，弄得张总很不好意思。

王六一便对马有贵说：有贵，你这脾气要改一改。

马有贵说：都快要死的人，还改什么改。

换了司机开车，毕光明的老婆坐在前面，后面坐毕光明、王六一、马有贵。车上路后，王六一问马有贵到底出什么事了，马有贵说不说了。在王六一再三追问下，马有贵才说，先是他想让张总停车，他要小便，张总的儿子就教训他，说高速路上不可停车。后来他又呵喽了几声，张总的儿子就在车上发脾气，冲他吼让他别呵了，又说听到他呵喽就烦，最让马有贵受不了的，是张总的儿子说他乡巴佬，烦死人。张总就教训他儿子，父子俩在车上就顶了起来，他儿子闹着要下车，说是不去楚州了，说是乡底下有什么好看的。张总就骂他儿子，说你爸爸我就是一个乡巴佬，没有楚放的那个乡底下，哪有你这小王八蛋。他们父子这样一吵，车就跑岔了道，又被警察教训了一通，还罚了钱。张总的儿子是不再说什么了，马有贵却觉得，他们这样吵，都是因他而起，是吵给他看的，心里很是不爽快。

说了一会儿话，看马有贵倦了，大家便不再说话，一会儿，众人打起了呼噜。一路走京珠高速，行车速度极快，天擦黑时下了京珠高速，拐到往楚州的高速。王六一的电话响了，是冷如风打来的，问他们车到哪里了，说前面的车队已经快到高速出口了，让在出口集合。毕光明的车是排第三号的，现在，倒是他们的车落在最后了。司机就加快了速度。这两年国家为了拉动内需，在基础建设，特别是交通网络上，投入了大量的资金。原来从岳州到楚州得两小时车程，现在通了高速，一路上没有几辆车，听说要抓紧时间，司机一脚油门，雷克萨斯 GS 跑到了一百八十码尚不觉快，也就是十分钟就赶到了集合的地点。出了高速，车队早已按号排好，第三号车的位置为毕光明留着。又过了一会儿，听见前面说州里的领导来迎接大家了，于是所有的车门都打开，大家下车，前面先过来两辆警用摩托，摩托上的警灯摇晃，天色灰暗，警察身上的荧光马甲在暮色中发着绿荧荧的光，摩托后面是一辆警用小车，也是警灯闪烁。再后面，开过来的一辆别克，在车队前面几米处停下来，车上下来一位中年男子。早就候在那里的记者们围了上来一通狂拍，镁光闪烁中，中年男子和邹万林握手，两双手捏在一起，摇一次，摇二次，摇三次，和第二辆车的赵总握手，摇了一次，又过来和毕光明握手，和王六一握手。王六一觉得那男子的手有点冷，两只手只是轻轻一握便松开了。和前面三号车的老板握完手，司机早把别克掉头了，中年男子遥遥地朝后面车队挥了挥手就上了车。这次走在最前面的是冷如风的车，车顶篷开了，录像师站在上面录像，接下来是警用摩托，警用小车，别克，然后是从按号排列的寻根团老板们的车。车队走得极慢，转入市区的路口时，车队又停下来了。原来前面路上横了一条广告——欢迎来到中国化工之都楚州。

王六一问毕光明：楚州是中国的化工之都？

毕光明说：咱们楚州的千万富翁大多数是做化工的，邹老板就是他们的总老板。

王六一说：难怪。

说话间，车队又开始缓缓前行了。

王六一说：刚才那个就是市委书记吗？

毕光明说：哪里，是副市长，姓万。

王六一说：他和邹万林关系好像特别好。

毕光明说：是吗？你看出来了。

王六一说：他们握手时间最长嘛。

毕光明说：你是知其一，不知其二的。当年楚州还没有升级为市，邹万林是县委办公室副主任，万也是副主任，两人竞争主任的位置，据说是万用了手段，把邹挤出局了，邹一气之下办了停薪留职闯广东，十几年间，身家过亿，成了楚州首富。

王六一说：原来如此，幸亏当年没有争上主任的位置，现在身家过亿，副市长倒要向他示好了。

毕光明说：再有钱的人，在权势面前还是底气不足的。

清明时节雨纷纷。

窗外不知何时下起了丝丝细雨，街灯昏黄，把楚州映衬得迷离多姿，记忆与现实交织在一起，王六一竟有了做梦的感觉。路口都有警察指挥，车队一路绿灯。在楚州人的见识里，这样庞大而豪华的车队，怕是前所未有的，人们用好奇的目光打量着这个突然出现在楚州的豪华车队。

多年没有回楚州了，窗外的一切，显得是那样的陌生。王六一努力寻找着记忆中楚州的影子。终于，在众多高楼的一处凹下去的地方，看到了楚州文化馆的招牌。招牌老而旧，依然是王六一记忆中的样子。过去的记忆一下子鲜活了起来。王六一想，这次回家，无论如何是要去看望子君先生的。二十多年前，王六一初中毕业，在楚州的建筑工地打工，他的梦想是当一名画家的，一天工地停工待料，他怀揣不安走进了坐落在城市角落里的楚州文化馆，他听说文化馆里有个美术班，他想来看看。那时楚州还没有这么多的高楼，文化馆和周围的建筑一样，在王六一的眼里显得气派、庄严，神秘而充满诱惑。他站在文化馆的铁栅门前往里面窥视，两排高大的柏树下面，站着十余个被岁月风蚀的白色石仲翁，让他觉出了历史的沧桑和时光的沉静。王六一想进不敢进，正在徘徊，从里面过来一位五十来岁，戴鸭舌帽，留小胡子，嘴里叼着烟斗的男子，温和地问王六一找谁。王六一说，老师，这里是有个美术班吗？那人说，你想参加美术班？王六一说，嗯。那人说，你跟我来吧。那人把王六一带到了文化馆的二楼，带他去看了美术班，里面坐了十多个学生，有十多岁的中学生，也有成人，都坐在那里画白色的人像，后来，王六一才知道，那些白色的雕像是石膏像，是学习素描的入门课程，还知道了谁是大卫，谁是海盗，知道了阿格里巴和马塞。那人问王六一学过素描没有？王六一摇摇头，想说话，可嗓子干得说不出来。那人又把王六一领到了隔壁房里，那里也有十几个学生，坐在画架前，画着水果和罐子。那人问王六一学过色彩没有。王六一又摇摇头。那人把王六一带到办公室，自我介绍说他叫夏子君，是这里的美术老师。夏子君开始询问王六一的情况，知道他来自乡下，只读了初中，现在当建筑工，没有美术基础，却梦想着当画家时，点上烟斗，眯着眼想了一会。说，报美术班要交学费的，还要天天来上课。王六一说他白天没有时间，晚上有。夏子君说，我们晚上也开课。王六一又说，可是，我没有钱交学费。夏子君给王六一一张素描纸，一支铅笔，说，你会画什么，画给我看。王六一就画了一只鹭。

王六一的家乡烟村是楚州最美的村庄。他读诗，读到"两个黄鹂鸣翠柳，一行白鹭上青天"，觉得就是写烟村的，读到"漠漠水田飞白鹭，阴阴夏木啭黄鹂"，也觉得是写烟村的。烟村多湖泊，多水鸟，他熟悉那些水鸟。子君先生看他画鸟，不停地点头，说，临过《芥子园》？王六一脸窘得通红，说不知道《芥子园》是什么。夏子君说你跟谁学的画。王六一说跟天天看见这样的鸟，看得多了就会画了。夏子君又让他写几个字，王六一也写了。夏子君说你坐一会儿，我出去就来。一会儿，夏子君带来了一个高大的男子，对王六一说，这是我们馆长，又对馆长说，就是这个小伙子，有一些基础。

后来，馆长免了王六一的学费，让他每天晚上来学画，纸笔都是夏先生提供的。多年以后，王六一才慢慢意识到他是多么的幸运，夏子君先生是楚州最出色的画家，他成了夏先生的弟子，跟先生学国画，画他最熟悉的水鸟，画水乡的风景，画漠漠水田飞白鹭，夏先生还教他写格律诗，读《诗经》《楚辞》《古诗十九首》，在"平平仄仄平平仄"的节奏里，体会到了汉语的魅力。多年以后，他意识到，夏先生给他的，是一种潜移默化的人格培养。王六一没想到，一别二十余年，他竟再没有见过先生。

车到楚州宾馆，众人鱼贯下车。但听得有人高叫一声敬礼，顿时响起了迎宾的鼓乐。两队小学生，穿了整洁的礼乐服，大号、小号、黑管随着鼓点奏起了迎宾曲。其时正是暮色四起，天地间细雨如丝。王六一扶了马有贵下车，混在人群里缓缓前行。见两边的小学生，头发上有雨水顺着脸蛋往下流，想是在雨中站了多时，突然觉得鼻子发酸，被故乡浓浓的情给融化了。一路郁闷的马有贵心情也好了起来，挺直了一直佝偻着的腰。市长站在宾馆门口迎接大家，和老板们一一握手，和马有贵握手，马有贵激动得发起抖来，握着市长的手千恩万谢。进了宴会厅还在对王六一说六一你应该给我照一张相的。

宴会厅早就安排好了，桌子上也放了名牌。王六一找到自己的名牌，居然是和市长、邹万林等大老板一桌，面露得色，又去找马有贵的名牌，却没有找着，想是冷如风报来的名单上没有把马有贵算成寻根团的成员。好在远离主桌的一席有空位，只坐了几个老板们的司机，王六一便带马有贵去那一席就座了。接风宴无非是市长讲话，致欢迎辞，大家相互敬酒之类。市长说今天各位开这么远的车，想来比较劳累，书记的意思，让大家早点休息，明天晚上，书记和市五套班子要出面宴请大家。冷如风便每人发了张活动行程安排，又安排了住宿房间。马有贵和王六一一间房。大家早早地休息了。

回到房间，马有贵还在激动中，说这是他第一次吃这么高级的宴席，第一次住这么高级的宾馆。王六一问马有贵明天怎么安排，是跟寻根团一起活动还是回家。马有贵问跟团有什么活动？王六一就找出行程单看，明天是参观楚州的几家大型企业、产业园，和工商联、招商局座谈，晚上是市领导宴请大家。马有贵一时倒不知如何选择了，他的身体是不可能跟着寻团根活动的，也想早点回家，可是想到明晚能和书记、市长一起吃饭，又觉得这莫大的荣幸错过了可惜。他还想让王六一给拍几张和书记市长的合影好回家去张扬的。王六一说，那你白天在酒店休息，晚上一起参加宴会就是。马有贵说这样最好。洗漱完毕，正要休息，冷如风打来电话，问王六一累不累，王六一说还好。冷如风说那出去坐坐吧。王六一问去哪里。冷如风暧昧地笑道，带作家去体验一下家乡的夜生活。王六一还在犹豫，冷如风说赵总请客，说是一定要请上你的。

原来是赵总有个发小，在楚州开了家夜总会，听说寻根团回来，一定让叫几个朋友去捧捧场。夜总会离楚州酒店不远，四五分钟车程就到了。没想到小小楚州，夜总会的装修之奢华，比起广东有过之而无不及。在服务员的带领下，几人进了灯光暧昧的包房，包房里暖烘烘的，让人想宽衣。坐下不久，夜总会的老板就来了，大家相互介绍，老板喊过咨客，让上酒水和果盘，又说了一串人的名字，要咨客把她们叫过来。老板说，听说你们要来，我把这里最漂亮的姑娘都留给你们了，大家到我这里，放开胆了玩就是。又说，别小看了楚州这小地方，我们夜总会的管理，可是和你们那边接了轨的，提供的是莞式服务，执行的是 ISO 标准。说话间就进来几个女孩，各自走到客人的身边坐下。王六一也是出入过夜店的，但这次，他总觉得怪怪的，这些女孩子，说不定就是他看着长大的邻家女儿，听她们说话，果然都是一口地道的楚音，更是从心底里升起了罪恶感。老板端起红酒，一口干了，大家也都干了，老板又和大家连干两杯，一抹嘴，说你们喝好玩好，晚上想带姑娘出去过夜也没问题，肥水不流外人田嘛。

冷如风说：过夜就不必了，大家都带着家属呢。

老板哈哈大笑，说了一声失陪就走了。

姑娘们就伸手进那薄如蝉翼的长裙里，解下了文胸放进随手带着的包里，胸前两点隐约，本来暖烘烘的包厢里顿时热烘烘了。

王六一用胳膊拐了拐冷如风，说：感觉怪怪的。

冷如风说：入乡随俗吧。

王六一说：你这话说得，入什么乡，随什么俗，这可是咱们自己的家乡。

冷如风说：你这样一说，我也觉得怪怪的。

正不知如何是好，手机响了，是毕光明打来的，问王六一在哪儿，说他约了几个文友小聚，问王六一肯不肯赏脸。王六一说在外面散步，马上回来。对冷如风说，对不起，我有事要先走了。也不管他们抗议，如遇大赦，一溜烟跑出了夜总会。

毕光明这边的酒局正经多了，都是当年毕光明在家乡时的文朋诗友。听毕光明说王六一也回来了，因此大家一定让毕光明约了来。吃饭的地方是一处湖边酒棚，吃烧烤喝啤酒，毕光明感叹又回到了过去。各自回忆着当年在楚州热爱文学的少年时光，听大家说起楚州文坛掌故，别有一种滋味。

王六一便问：各位都是文化人，想来认得夏子君先生的，不知先生身体健康否。

这一问，席间便沉默了起来。有人长叹一声，说子君先生两年前因脑溢血去世了。

王六一听说子君先生没了，一时悲从中来，泪水在眼里打转，终是忍不住，伏在桌子上大哭一场。痛悔这么多年在外打工，其间也回来过几次的，每次都忙这忙那的，从未想到去看看先生，也是混得不如人意，没脸去见先生，没想到，竟再无缘相见了。

一时间大家情绪有些低落。毕光明说咱们说点让人开心的吧。提起了一些当年的文友，有留在楚州的，有如毕光明这样出去发了财的，也有在北京、武汉的大学当教授了的，也有从政的，说起来，果然是唯楚有才了。又说到了楚州这几年的经济发展，都说是变化极大的。说到楚州的企业，当年那些龙头企业大多不复存在，现在楚州的支柱企业倒是几家化工厂。说到化工厂，一干人等，言语都谨慎了许多，有些闪烁其词。又从国际到国内，也说到了邹万林和现在的副市长的恩怨，说当真是塞翁失马，安知非福，没有当年竞争失败，哪有今日衣锦还乡。不觉已是零点，雨也越下越大，一干人等依依散去。

次日马有贵没有参加寻根团的活动。其他成员，依然是按序排起车队，前面依然是警车开道，第一站是参观楚雄化工，楚州招商局局长全天陪同。有楚雄化工老板姓万名海的，一位壮硕孔武的中年男子，远远地在公司门口迎接大家，无非是参观公司，听万海介绍公司的经营现状和发展前景。王六一听有人小声嘀咕，知道这楚雄化工原是国有企业，20世纪90年代末国企改革时，万海以极低的价格买下了这家公司，万海只是台面上的老板，真正的后台老板另有其人云云。就听有人问万海公司的生产车间在哪里？万海说，厂房原先就是在城里的，因公司业务增长迅速，六年前搬到了离城十里的郊区，现在郊区也变成市区了，工厂前年又搬迁到了古琴镇的烟村。听到烟村二字，王六一心里咯噔一下。烟村，那是生他育他的家乡，是他爱之恨之的出生地，是他一生都逃不离的牵挂，是他的根。正想着，有人拍他的肩，却是昨晚请客的赵总。王六一冲赵总笑笑。赵总说，王作家不够意思。王六一说，实在不好意思，毕总约了几个文友，说是一定要见一见的。赵总压低了嗓子对王六一说，作家要什么样的生活都体验一下才对呀，昨晚你走了，可是你的损失。说着冲王六一暧昧地一笑。王六一突然觉得有一根针扎在了他的心口。上午参观了几家本市效益较好的企业，中午回到楚州宾馆吃饭休息，下午参加招商局举行的会议，介绍楚州一些重要的招商引资项目，一天奔波，大家的兴致不再，王六一更是一人向隅，好在晚上楚州市委五套班子出面参加晚宴，方一扫众人两日来的疲乏。宴会的高潮，是书记带领着五套班子成员，一桌桌给寻根团的成员敬酒。敬到马有贵这一桌时，王六一就拿了相机给他们照相。马有贵端着硕大的红酒杯，站起来已是两手发抖，语无伦次，和书记的酒杯碰了一下，心情激动，一口气喘不过来，"呵喽呵喽"又腰弯成了一只虾米。

书记在马有贵的肩膀上拍拍，关切地问：身体不舒服吗？你在广东做什么生意？身体不好，生意上的事要少操点心啊，身体是革命的本钱嘛。

马有贵一口气好容易转过来，面色如土，身体软得不行。听书记问他做什么生意，一时不知说什么是好。王六一说：他不是老板，只是下普通的打工仔，打工二十年，得了职业病，尘肺。王六一的本意是想说，希望书记多关心这些普通的外出务工人员，但话说到一半，见书记的脸色转阴，便说，尘肺是职业病，不会传染的。王六一不说这句话还好，一说这句话，好像是责怪书记嫌恶马有贵的病会传染了。好在书记大人大量，肚子里能行得船的，没有在意王六一的话，倒说让马有贵安心养病。安慰一番后，带着班子成员去另一桌敬酒了。马有贵说他很累，想休息。王六一便扶了他回房休息。过了大约半小时，冷如风来房间，问马有贵要紧不要紧，不行还是送医院的好。马有贵躺在床上休息了一会儿，又喝了点热水，感觉好了一些，说老毛病，没事的，只是真的很不好意思，给大家添麻烦了。王六一说，你这是什么话。又对冷如风说，这里没事的，你还是回宴会厅忙你的吧。

冷如风说：宴会结束了。

马有贵惶恐地说：领导是不是生气了？

冷如风说：领导倒没不高兴，走的时候，书记还在关心你的身体，说要是不行就安排去住院。反而是有些寻根团的老板们，觉得你马有贵丢他们的脸了，责怪我不该让你跟车回来。

王六一冷笑道：当真是一阔脸就变，寻根团，我看这根，打着灯笼也寻不到了。

冷如风说：寻根？你还真把寻根当回事啊，不过是衣锦还乡人前风光一把罢了，警车开道，五套班子出面接待，多威风。

第二天马有贵早早起床说要回烟村，王六一帮马有贵拎着行李送到酒店门口，问马有贵怎么回去，坐公汽还是打的。马有贵说，坐公交回去多丢人啊，当然要打的士。王六一帮忙叫了辆的士，的士师傅说老板在哪里发财？王六一说发什么财，混日子罢。的士师傅说不发财能住楚州酒店？

王六一就说：去烟村多少钱？

的士师傅说：一百块。

王六一说：哪要这么贵？在广东都要不了一百块，五十去不去？

的士师傅说：五十？你们从广东回来有的是钱，不要这么小气嘛。

王六一说：打工赚的是血汗钱。

的士师傅说：一百，少了一分，你去问这满街的士，有人拉你砍我脑壳。

王六一帮马有贵付了一百块的士费，送马有贵上了车，说，钱我帮你付了，我今天参加活动，明天回烟村。看着的士消逝在清晨的细雨中，王六一突然前所未有的想家，想快点回家去看看。觉得自己千里迢迢回到了楚州却在城里待着，还装模作样参观企业参加扯淡的座谈，简直是可笑之极，觉得这样的行为举止多么的不合乎孝道，那一刻，丝丝缕缕的酸楚在心间弥漫。

站在雨中，久久望着马有贵去的方向，那是家的方向。多年打拼在外，从来没有一次像今天这样，离家是如此近，又如此远。近在咫尺，远在天涯。送走马有贵的一瞬间，王六一的情绪落到了冰点。内心像这清明时节的天气一样，下起了纷纷细雨。

吃过早饭，雨越下越大。有些人就犹豫了起来，要不要去参加今天的逐鹿岭公祭。寻根团的大多数老板根本不知道逐鹿岭是怎么回事，有些人昨晚就说了今天是要回家给亲人扫墓的。急得冷如风拿起了电喇叭向大家说明并强调，本次寻根团回乡寻根，最主要的一项活动就是参加逐鹿岭公祭。又说市里是很重视的，市长要亲自参加，市电视台全程直播的，是楚州头等的文化盛事，听说市长参加，大家又打起了精神。天雨路滑，去往逐鹿岭的又是泥土路，老板们爱惜自己的座驾，市府就安排了一辆旅游大巴，又有一位漂亮的女导游一路上用楚州话讲着各种荤段子，逗得老板们哈哈大笑，唯王六一成了冷眼的看客,觉得那些荤笑话大煞了风景。好在窗外杨柳依依水田漠漠,轻抚着游子的心。几十公里的乡村公路倒在不经意间就过去了。

王六一是知道逐鹿岭的，他读初三那年，许多人都在传说逐鹿岭挖出了宝贝。那时，经常会听到某人在某处挖出宝贝的传闻。离王六一家不过百米的窑厂，在取土时就经常挖出装在陶器里的明钱，那时，每家每户都能找出几十上百枚明钱。还有一次，窑场里挖出了一间古墓，王六一记得，古墓是用一尺见方的青砖砌就，青砖上刻着抽象的凤纹，许多年后，王六一知道那是楚人的图腾，那青砖古墓里，除了挖出一些坛坛罐罐或生锈的青铜外，并没有人们渴盼的真金白银，坛坛罐罐当时就被人砸碎了，青铜的器物也被扔在瓦砾堆里不知所终，那些青砖被王六一的爷爷拉回家砌成了一间猪屋。说来也怪，自用那青砖砌成猪屋后，家里就再没有养成过大肥猪，不是猪瘟就是伤寒。这样过了三年，有人断言是墓砖不吉利，爷爷于是把那猪圈拆了，那些刻有精美凤纹的画像砖被扔得远远的，天长日久，渐渐被风雨侵蚀了。许多年后，出门打工的王六一长了一些见识，知道刻有凤纹的画像砖承载着楚文化的历史，那些锈蚀的青铜器说不定就是价值连城的国宝，回家时想再寻，却连一两块墓砖也找不着了。当时村民们传言，说逐鹿岭挖出了宝贝，政府就派了公安把那里管制了起来，许多村民，骑自行车，开拖拉机，赶了几十里地去看热闹。然而去看了热闹的人回来直摇头，说是骗人的，根本没有挖出宝贝，只是挖出很小的古城基脚，还有一些坛坛罐罐。又过了半年，电视里播了，说逐鹿岭挖出的是五千多年前新石器时期的古城遗址，是迄今为止长江流域能够确认的时代最早、面积最大的原始社会晚期城址云云。

　　车到逐鹿岭已是十一点。在一片油菜花中间，有个三百米见方的土堆，土堆下面，立着一块大石碑，上面用朱漆描刻着"全国重点文物保护单位逐鹿岭遗址"，除此再无其他，不免颇感失望。公祭十二时整准点开始，每个团员胸前戴了花，又发了一支长盈三尺的高香，点燃高香，早早地按地位高低财富多寡排好了队，第一排站着的自然是市府的各级官员和寻根团的邹万林、毕光明等，市长站立在中间，其余人等在后面排了三排。十余名锣手、铗叶手、吹鼓手雁翅样分列两边，六门礼炮，一边三门雁翅分开，礼炮披红挂彩。又一名道长，高冠道袍，手执拂尘站立中间。道长拂尘一挥，锣鼓喧天，似要把长眠在地下的原始祖先们都惊醒过来。一通锣鼓敲罢，道长再挥拂尘，锣鼓声立刻止住，道长开始用楚州腔唱来。王六一仔细听时，听道长唱道：去君之恒干，何为乎四方些？舍君之乐处，而离彼不祥些。魂兮归来，东方不可以讬些……归来归来，不可以讬些，魂兮归来，南方不可以止些……"王六一的鼻子一酸，泪就下来了。心里默念着，归来归来，不可以讬些，魂兮归来，南方不可以止些。那边厢，道士边唱边围着那硕大的土堆缓步而行，市长紧随其后，一干人等手执高香，随了市长绕土堆缓步而行，如是三圈，众人按之前的秩序站好。一直低声吟唱的道士突然拉高了腔调，高声唱道："……朱明承夜兮，时不可淹。皋兰被径兮，斯路渐。湛湛千里兮，上有枫。目极千里兮，伤心悲。魂兮归来，哀江南。魂兮归来，哀江南。"唱到第二遍"魂兮归来，哀江南"时，道士的声音先是响遏行云，又戛然而止。一挥拂尘，锣鼓铗叶齐鸣。"哐当哐当哐哐当"的响过一通之后，司仪宣称请市长致祭词。道士抹了一把额头的汗退到了一边。市长上前，掏出一张纸，照本宣科地读了起来，用的不再是楚州方言，而是普通话。祭词也不再是文言，而是白话文。大抵是讲了本市的历史之悠久，人文底蕴之丰厚，何年何月建县，何年何月建市，人口总量，经济现状，施政纲领等等。好在祭文不长，祭词念毕，"通。通。通。通。通。通。"六声炮响，震耳欲聋。市长在众人拥戴下，离开祭台上了小车，寻根团的一干人等也上了大巴。听说还有民俗表演，王六一本来想看完再走，但众人都走了，只好随行，在当地镇府用午餐间隙，电视台的又专访了邹、毕、赵三位老板并王六一，王六一就根的问题大谈了一通，从古人类的活动，一直侃侃而谈到八十年代的寻根文学，再谈到他们这些在外的游子对根的感情和此次寻根的感受，颇感遗憾的是，晚上电视台播出时，几位老板谈家乡变化的颂词给了不少镜头，王六一谈文化和根的话，却只播出了最后几句。

参加完寻根团前两日的活动，后面两天的行程安排，主要是参观楚州十景之类，市府领导不再出面，文化旅游局派了工作人员陪同，老板们便个个归心似箭了，第三天，寻根团基本上就散了。王六一本来想早点回古琴镇的，冷如风说六一你无论如何不能走，你们都走，我这组织人太没面子了。王六一打趣道，人心散了，队伍不好带啊。还是给冷如风面子，参加了第三天的参观。第四天，本来还有活动安排，实在凑不出几个人，就取消了。整个寻根团的活动，不免有些虎头蛇尾。第四日清晨，王六一退房回古琴镇，大堂里遇见冷如风，冷如风说，我开车送你？王六一说，你也是归心似箭的。冷如风说，那你什么时候回广东？王六一说，再说吧。冷如风说，把票留下报销。

走出楚州酒店，王六一突然有了曲终人散的感觉，这几日的风光，一下子如过眼云烟，若南柯一梦，拉着行李箱走在细雨如织的楚州街头，突然觉得这一幕似曾经历过。打工这么多年，每次回到故乡，都有这样的感觉，一丝丝的温暖，一丝丝的失落，一丝丝的苦涩，一丝丝的愧疚，如同这雨脚一样交织在心头。就像此刻站在楚州街头，王六一突然觉得有些茫然，他不知道该往何处去。回古琴镇？回这些年来魂牵梦萦的烟村？烟村除了父母的坟茔还有什么？父母在的时候，烟村是他的家，每次回家，远远地能看到从屋顶升起的炊烟，心里都有莫名地感动。而这次回家呢？烟村还有他王六一的家么？一辆中巴从身边经过，售票员在喊：古琴镇，去古琴镇吗师傅，上车就走。王六一便上了车，车上空荡荡的只他一个客。王六一感觉有些冷，春天的楚州，尚有些料峭的春寒。他将身子抱在一起，靠窗坐着。这一刻，他是归人。

下

　　这条路，王六一是熟悉的。当年他在楚州的建筑工地打工，经常骑自行车往返于这条公路。只不过当时这条路铺着青黑的沥青，下雨滑不溜秋，出太阳，自行车走在上面，发出滋滋的响声。那时他是多么喜欢骑着自行车，走在从烟村到楚州的路上，那时的楚州，在他的心目中，就是另一种文明，是他的向往。这条路，又让王六一感觉到陌生，在他的记忆中，这条路是那么的宽阔、整洁，怎么现在感觉变得又破又窄了？是记忆出了差错，还是感觉出了差错？中巴离开楚州就驶上了长江大堤，这里是长江最著名的九曲回肠，公路随着江流的婉转而曲折，江堤外的风景，也是王六一陌生的。在他的记忆中，江边的防护林全是高大的柳树，春天，江堤边最早发出春的消息，七九八九，河边看柳。其他树木还在沉睡时，干堤边已是柳色遥看近却无了；一场春雨过后，女人们会从柳林里采到鲜美的蘑菇，那味道只存在于王六一遥远的梦中；夏天涨水，柳树泡在水中，渔人沿江摆开了罾，孩子们经过就喊，扳大罾，扳小罾，扳个鲤鱼十八斤。遇上要起风下雨，江中会出现一群群的江豚，在水里一下子钻进去，一下子又钻出来。村里人说，这是江猪拜风，是要下雨了。柳树的生命力是顽强的，一个夏天，淹在水中两个月，水退下去，树身上到处长满了须根，水没到哪里，须根就长到哪里；秋天，站在江边上，你能看到杜甫的诗句无边落木萧萧下，不尽长江滚滚来；冬天，一夜寒风，第二天清晨，父母就会早早起来，喊醒了睡梦中的孩子，说昨晚刮风了，去柳树林里捡树枝去。果然，树林里许多刮断的枯枝，成了这个冬天家家灶中的硬材……现在，江堤两岸全是速生的意大利杨。

拐下江堤就是古琴镇。江堤边上立了一尊雕塑，一人抚琴，一人倾听，上书四个红字：高山流水。据说，这里是当年伯牙子期高山流水一曲琴心知己的发生地，古琴镇也因此而得名。可惜的是，这雕塑实在太过粗糙随意，全然没有传达出高山流水的意境。车到这里，也就到了终点。王六一就在小镇信步，小镇全然没有了记忆中的样子，他甚至找不到从古琴镇通往烟村的路口。去问路，被问的人打量着他，说：打工回来的？王六一说：嗯哪。那人说：好多年没有回来了吧。王六一说：好多年了。那人给指了路，说现在从古琴到烟村不通中巴了，要打摩的。王六一便叫了一辆摩托，从古琴镇到烟村的路，倒比王六一记忆中的要好了许多，过去那条坑坑洼洼的石子路变成了水泥路，十里的路程，一会儿工夫就到了。烟村是有一条小街的，二十余户商铺面对面排了。王六一在小街下了摩托，闻到一股古怪的气味，张目四处寻找气味的来源，也没有寻到，便去了一家小商店买上坟的纸钱和鞭炮。

小店的老板赵伯，王六一是认识的，于是喊赵伯伯好。赵伯盯着王六一看了好半天，没有认出来。王六一说：伯伯不认得我了？我是六一，王德高的崽。赵伯这才认出来，惊道：六一呀，高了，胖了，我都不认得了。这些年在外面发大财了吧。王六一说：惭愧得紧，发什么财，打工混口饭吃罢了。赵伯说：好多年没有回来过了吧。王六一说：好多年了。赵伯就扯开喉咙喊他屋里的。赵伯母在里屋打麻将，听见赵伯扯了嗓子喊，不高兴地回道：死老头子，尖了嗓子汪么事汪。赵伯说：你出来看呀，来稀客了呢。赵伯母在里面回：稀客，有多稀？赵伯说：德高的崽六一回来了。赵伯母说：德高的崽？当记者的那个？我打完这牌，听牌了，大和呢。王六一高声说：伯母您打牌，别管我。又对赵伯说：开春了，怎么不见田里有人干活，倒是家家都在打麻将呢？赵伯说：不打麻将干吗去呢，这地也种不出东西了，人都喝有毒的水，活一天就快活一天吧。王六一不明白赵伯这话是什么意思，正要问他，里面赵伯母在高声喊和了清一色带自摸。一阵麻将声后，随着赵伯母，鱼贯出来三个老头老太太。都是王六一认得的，一一打了招呼。都惊叹，说王六一长得白胖了，这城里的水就是养人，又说六一的爹娘没福气，儿子出息了，两个老家伙却见不到，也享不到福。又七嘴八舌地问王六一挣了多少钱？有一千万了吧。又问，听说你当作家，写一个字就要赚一块钱？那一天得写多少钱啊。赵伯伯就说，作家算什么，人家六一是记者，记者是见官大一级的。王六一说：我哪里有这么大的权力。还有的说，我当年就说六一要出息的，你看他那耳朵，那么大，大耳朵，往前罩，不骑马，就坐轿……说话间，赵伯把王六一要的香烛、鞭炮、火纸都包好了，王六一和老人们一一告别。

原本以为这些年在外打工，一没当官二没有发财，家乡都没人记得他了，没想到，在家乡人的传说中，他成了见官大一级的人物，成了写一个字就能赚一块钱的千万富翁。虽说这些赞美与夸耀那么的言过其实不着边际，王六一还是觉得很受用，想到父母要是还在，能看到他的今天该有多好，想，人生最大的悲剧，莫过于子欲养而亲不在。这样一想时，脚下的步子就加快了。他得先回家看看，然后去父母的坟头给父母磕头。

走到离家不远的路口就没路了，苦艾齐膝，野草疯长。六一一手提行李，一手拎了鞭炮纸钱，只好拿脚先把苦艾趟开慢慢往前走，连日的阴雨，艾草上缀满了水珠，才走三五米远，裤管已湿透，鞋里也进了水。空气中弥漫着苦艾的芬芳，王六一干脆不管不顾，就这样趟进了齐腰深的苦艾中，又有十几米，转过一间欲倒的房屋，那是邻居吴小伟的家，吴家门口荒草萋萋，大门敞开，屋里空空荡荡，蛛网结尘，一看就是多年无人居住了。几年前回家，听说他们一家三口去了温州打工，想来还在那里罢。转过吴家屋角，就见着自己的家了。家还是那个家，只是已经破败，屋顶中间蹋了下去，几根巨大的竹突破了屋顶穿堂而出，荒草苦艾一直蔓延到了台阶上，铺过水泥的台阶被窜出来的竹根顶得七拱八翘。王六一小心翼翼地走过去，放下行李和纸钱，堂屋门是早就铁链锁上了的，当年离开家的时候，把钥匙交给了堂兄王中秋保管。锁已然生锈，想来有钥匙也无用了。王六一把门推开，侧着身就从门缝挤了进去，不想却罩了一头的蛛网，拿手扒拉了半天，总感觉脸上还有。一股潮湿的气味扑面而来。王六一站在堂屋，待了半晌，又去数了数屋里的竹，大大小小，共有十一根。又去看了自己住过的东厢房，床还在，上面积满厚厚的尘土，一口黑漆的脚箱，是他当年用过的书桌兼衣柜了。王六一小心揭开箱子，里面居然还有一些书，找出来看时，是他读过的初中课本，扔回箱子里，又退出来，去看父母住过的西厢房，屋里的摆设，一如当年安葬完父亲后离家时的模样，只是积满了尘土和雨水，木头散发着霉腐的味道。又去看了厨房，看了猪屋。从外面转到大门口时，突然看见屋台下的田埂上站了一个瘦黑的人影，王六一骇了一跳。那人就扯开了嗓子喊：是六一啵。王六一辨出是堂嫂李冬梅的声音，就答是的哩。李冬梅就快步地走了过来，边走边说，我刚才在街上听说你回来了，一想你肯定是回屋里来看了，就赶了过来。说话间，就到了门前。

王六一说：我哥还在学校么？

李冬梅说：学什么校，学校都没有了，你哥早就没教书啦。

王六一说：学校没有了？

李冬梅说：现在村里都没几个伢子读书了，乡里的中小学都撤了，学生都集中在镇里上学。有门路的老师就转到镇里教书，他又没门没路，见了当官的也不会服个软说句好听的话，拿了万把块钱的补贴就回家吃老米饭了。

王六一说：我哥会种地么？

李冬梅说：种什么地，整天闹事，弄得村里镇里当官的个个恨不得拿刀剁了他。

王六一说：我哥还是那样啊，从前他总是给我寄材料，打电话，让我给他曝光村里镇里的事，我劝他好多回了，后来再没找我，以为他改了的。

李冬梅说：改？狗改了吃屎他也改不了这脾气，自打学校撤了后，变得像打了鸡血一样，专门和当官的对着干。村里选村委会主任，他也去凑热闹参加竞选，结果人家陈二毛选上了，他就去告状，说陈二毛是花钱买的票。这不是明摆的事吗，人家有钱，你穷教书先生一个，争得过人家。后来上面搞新农村建设，给我们村里修水渠偷工减料，他也去告，人家村里镇里的领导都从中分了好处的，你这去告，不是摆明得罪人吗？你知道人家怎么说他吗？说是不让他当老师了，对政府不满，所以到处告状，说他是告状专业户。可他自己说他是什么，什么词来的，我想想……李冬梅说，对了，说他是"意见领袖"?!

王六一没想到堂兄王中秋以意见领袖自诩，愣了一下，笑道：我哥胸怀大志。

李冬梅说：大什么志，告状能当饭吃？他是一年要闹一档子事的，去年带头查村里的账，硬是把当了十几年的老书记查下去了，今年又带头反对化工厂开工，去镇里告，去市里告，人家理都懒得理他。说实话，这化工厂开到村子里的确是个害人的事，只要一开工，周边几里都闻得到怪味，周围水田都不能种水稻了，沾了水痒得要死，现在都改旱田了。原来吃水是到沟里挑上来就能喝，现在家家都打了井，要吃地下水。可是你想人家化工厂的老板那么多钱投到厂子里了，你一个枯老百姓，说不让人家开工人家就不开工了？

王六一说：我哥这是堂吉诃德。

李冬梅说：堂什么德？是个什么来的？

王六一说：……英雄。

李冬梅说：他这哪里是英雄，分明是傻子。我是操心他这样下去迟早要吃亏。江北去年也是一家化工厂要建到村里，村里的人都反对，结果化工厂请了几十个打手，到村里见人就打，打伤了几十人，后来再没人敢反对了。

一席话，说得王六一脊背发凉。

李冬梅说：六一你一会儿去我家吃饭啊，我去找你哥去，这两天，他带了人堵在化工厂门口，把进出化工厂的路给挖了，我担心他出事。你回来了正好，我去叫他，说你回来了，他准会回来吃饭的。中午你们兄弟两好好喝几盅，你也帮我劝劝你哥，他再不改，这日子，我真是没办法和他过下去了。

王六一说：放心吧，我会劝劝我哥的，我给爹娘上完坟就去你那里。

李冬梅说：还认得他们的坟山啵。

王六一说，应该认得的吧。

李冬梅说：那我去找你哥了。

李冬梅说完风风火火地走了。

穿过竹林，站在后山，王六一傻了眼，他离家时，后山只是葬了十几座坟的，现在居然葬了密密麻麻的一片，一时间，真的认不出父母的坟在哪里了。于是又在心底里把自己的不孝骂了一遍，开始凭着记忆仔细辨认，父母的坟是合葬的，本想这容易认，合葬的坟比独葬的要大，殊不知多年未给坟培土，早塌下去了。站在那里发了一会呆，觉得从每一座坟山里都飘出了一个鬼魂，缥缥缈缈地在眼前晃动，边晃动边发出尖刻的讥笑，说你这个不孝的东西，连父母的坟山都找不到了，还有什么脸活这世上。王六一定了定神，知道这不过是幻觉，饶是如此，依然骇出了一身冷汗，好在终于凭记忆找到了父母的坟头，开始着手清理坟山上的苦艾，弄得一身都是泥巴和艾汁。清理的时候，王六一就想到父母托的那个梦，格外留意有没有鼠洞之类，却没找到。只是在清理完了苦艾荒草后，发现在父母的坟头钉着两根木头橛子，木头橛子上用油漆画了一些符咒。王六一用力把两根木头橛子拔起，橛子的头上削得尖尖的，钉进泥土足有一尺多深。王六一顿时愤怒了起来，这是有人在他父母的坟山上钉"桃木桩"了。在楚州乡下，谁家要有人得了难治之症久医无效，会去请马角作法，马角通灵，能直接和鬼神对话，作法之后，便得鬼魂附体，说话的声音语调，全然是某个死者的声音，说出一些不为人知的故事来，指出是哪一个死鬼缠住了病人，这时就得削了"桃木桩"，画上符咒，钉在那死鬼的坟头，病人的病就会慢慢好转。而那被钉的人家，却会家宅不安。或者是有仇家，怨恨对手，又苦于报仇无门，就偷偷地在其祖坟上钉下"桃木桩"诅咒。王六一并不相信"桃木桩"的法力，只是觉得愤怒。在烟村，本是赵、陈、马三大姓的天下，王姓是小姓，总是被人欺的，父母在世时，是十足的老好人，在村里从来不高声说话，低声下气过了一辈子，没想到死后还被人钉了桃木桩。王六一突然觉得，这么多年过去了，故乡终究是落后而愚昧的，当年逃离故乡，不正是向往着外面世界的文明与先进么，怎么在外面久了，又是那么的厌恶外面世界的复杂与浮躁，在回忆中把故乡想象成了世外桃源。奋力将两根"桃木桩"扔山下，点上香烛纸钱，祭了清明旗，放了鞭炮，鞭炮声中，王六一双膝跪在父母坟前，深深磕了三个头。

默念：父母在上，不孝孩儿六一给您磕头了。

想：我的古琴镇，我的烟村，我要再一次逃离你了。

想：去见过堂兄，下午就回楚州，立刻买票回广东。

想：落叶归根，将来我是无根可归的。

想：这一别，又不知何年何月再给父母烧香磕头……

那一刻，王六一觉得，此次回家寻根，根没寻到，倒把对根的情感给斩断了。

我是一个没有故乡的人，王六一想，我真的成了一缕飘荡在城乡之间的离魂。这样想时，王六一觉得自己当真是一个可怜的人，但这可怜，却是不为人知，不为人懂的可怜。王六一便觉出了无边的孤独。

完成这一切，王六一心情既沉重，又轻松。背着行李去了堂兄王中秋的家。王中秋的家是在另一座小山丘的背面，转过一些弯弯曲曲的田埂，一路上惹得人家的狗叫鸡飞，路倒不远，也就是十来分钟就到了。堂兄家门紧锁，想来堂嫂李冬梅是去寻王中秋未归，就放下行李，在王中秋围前屋后转了一圈，王中秋的家，依然是过去的那三间红砖瓦房，在周围二层三层的楼房对比下，显得格外的破败寒酸。这些年，堂兄的家境是大不如前了。之前堂兄在中学当老师，日不晒雨不淋的，每个月还有工资拿，家境比大多数村民殷实，堂兄家盖起这红砖瓦房时，好多村民家还是土砖房，那时的堂兄，走在村里，是受人尊敬的王老师。二十多年教师生涯，王老师育人多矣，往年那尊师的传统还在，王老师的学生，有读了大学的，回到村里，还会来看望他这老师。想着这些往事，王六一很有些想念这堂兄了，想着早点见到他。从堂嫂嘴里冒出的意见领袖几个字，给了王六一极大的震动，也让他对堂兄多了几份陌生，几份好奇，也就盼着王中秋早点回来。等待的时间最为缓慢的，眼看中午，人家的公鸡打起了午鸣，还不见堂兄堂嫂回来，王六一觉得有些犯困，就坐在门槛上打起了盹。

也不知睡了多久，王六一感觉有人走了过来，以为是堂兄堂嫂回来了，睁开眼一看时，却见天已黑严实，天空一轮清亮的月，冷冷发着光华，两条黑影，直直站在了他的面前。抬头一看，却是他的父母。父亲说：你还有心思打瞌睡，人家欺侮到你爹妈的头上来了，你倒是屁也不放一个。母亲说：不要怪儿子，他这不是帮我们把房子修好了么，还给了这么多的钱，八辈子都花不完了。父亲说：花不完，物价涨得飞快，钱和纸一样的贱。母亲说：

花完了咱再问儿子要。父亲说：光给钱有什么用，人家拿桃木桩钉我们了，这小子屁也不放一个。王六一便说：父亲大人，您告诉我是谁做这缺德事了，我一定给您出这口气。父亲就说：好，这才是我儿，跟我来吧，我带你去找仇人。王六一就跟了父母走。父母走得极快，王六一跟得寸步不离。走着走着，王六一突然灵醒了，父母是早故去了的，这分明是在梦中了。便拿手去掐自己，一掐，有痛感，想，原来不是梦，这是真的了，难不成父母原来并没有死，自己记得父母是死了的，于是问父母亲，说我明明记得二老是故去了的。父亲脚步不停，边走边说，混账东西，你是盼着我们两个老鬼早点死吧。王六一说，可我分明记得你们是死了的。母亲说：我儿，你定是做梦梦见我们死了。王六一便幸福得流下了眼泪，说，儿子一直恨自己，这些年只顾了自己奋斗，没能顾得上父母，结果是子欲养而亲不在，没想到这只是梦，原来父母还健在的，这真是太好了，孩儿要接了二老去享福的。父亲却呵道：你少信口开河，先帮我们出了这口恶气再说。王六一跟了父母走走停停，也不知走了多久，就走到了一户人家门前。三人立在人家大门口，父亲伸手敲门，敲了半天，屋里亮起了灯，一阵脚步响，隔着门传来一个老头的声音，尖着嗓子问是哪个？父亲不说话，只是敲。门吱的一声，开了道缝。过了一会，听见屋里的老头说：德高，你这个死鬼，半夜三更的，跑这里来搞么事。父亲说：马老倌，你我往日无冤，近日无仇，你干吗要对我们下这样的狠手？马老倌说：你这说的是什么话？父亲说：什么话你不清楚？你别装了。想当初，你家里口粮不够，问我来借，我可曾让你空手回去过一次？马老倌说：不曾。你盖房子起这屋，请我来帮忙，我说过二话不曾。马老倌说：不曾。父亲说：这么多年，我们两家红过脸不曾。马老倌说：不曾。父亲说：那你还害我们，想把我们钉死，永世不得超生？马老倌说：这也怪不得我，马角说是你俩作祟，害得我儿得了不治之症。父亲说：既是为了你儿，那叫你儿出来跟我们走。马老倌说：你们两个死鬼，死了这么多年还不早投胎，想把我儿带走？门都没有。说着回屋里去了，过了好会，又回到了门口，手里拿着一根黑乎乎的东西，厉声道：死鬼，你看清这是什么！桃木剑，专斩厉鬼。六一父母双双往后退，说：好，好，很好，早晚这几天，把你儿带走。又说：我儿，你记清了，这就是我们的仇人。王六一说：

记得了。父亲说：我们走。王六一怯怯地问：这是要带孩儿到哪里去。父母也不言语，只是转身就走，走过一段土路，就是一条水泥路，月光下，水泥路发着白生生的光。父母在前面走，王六一在后面跟，看看走了有十来分钟，眼前就现出了白森森的湖。父母停下了脚步。王六一说：父亲大人，母亲大人，二老带孩儿到此，不知是何用意。母亲不说话。父亲说：我儿，你看着眼前这湖。王六一说：父亲大人，我在看。父亲说：你看到了什么。王六一说：看到了湖。父亲说：你再看，睁大了眼仔细看。王六一就睁大眼了仔细看，可看到的还是湖。父亲冷笑了一声，说：你看这湖里有甚。王六一就看湖水，看见许多如烟如雾的东西在游动，却不知是何物。父亲说：我儿，这些东西是鱼，是虾，是乌龟，是蛤蟆的魂。我儿，为父和你母亲要走了。说罢拉着母亲的手，纵身一跃，无声无息地跳入湖水中，渐渐地化着了一缕如烟如雾的东西。王六一叫：父亲大人。母亲大人。父亲。母亲。父。母……然而父母已然消逝。王六一心中大悲，一直以为父母死了，原来是一梦，好不容易有了回报父母的机会，父母却又跳进水中消逝了。一时心痛欲裂，不禁放声大哭。却听见有人叫他：六一，六一。

王六一蓦地惊醒，却见堂嫂哭着在叫他。梦中之事，便忘了十之七八。因问堂嫂道：嫂子你这是怎么啦？你哭什么，中秋哥呢，中秋哥怎么没回？

堂嫂越发哭得厉害了。

王六一说：嫂子你别哭呀，你倒是说话。

堂嫂说：六一，你可一定要救你哥，说了不让他闹事，偏不听我的，这下闹出事来了，六一，你一定要救你哥，你是作家，你是记者，你上过楚州的电视，市长都知道你的。

王六一说：嫂子你别急，有事慢慢说。

堂嫂这才抹了一把鼻涕眼泪，止住了哭，说：你哥被派出所抓走了。

原来王中秋这几天带了村民去化工厂闹事，把进出化工厂的路也挖了，弄得化工厂进不了货也出不了货。今天化工厂就派了工人填路，这厢要填，那厢要挖，拉拉扯扯的就打了起来。刚动手，派出所的就来了，闹事的村民一看派出所来了都跑，化工厂的人也跑，就王中秋不跑，说是化工厂的人先动的手，怎么抓他还要怎么放他的。派出所的就一铐子把他铐走了。

王六一倒是冷静，说：嫂子不用怕，中秋哥这是为了村民的利益，派出所不敢把他怎么样。

堂嫂说：我是怕他们打你哥。

王六一冷笑道：谅他们不敢。

堂嫂说：有什么不敢，抓进派出所，不死也脱一层皮。

王六一说：我想想办法。

王六一一时也没有什么办法。他十多岁就出门打工了，这些年虽说在外面挣得了一些名声，可是在故乡却没什么人脉，想找熟人帮忙也找不上。拿出名片来，一张张翻看。市长倒是知道他的，也说过有困难就找他，但市长说的是客气话，哪能真为了这点事去找市长？其他一些老板，也许有人能帮得上忙，只是这几天的寻根团活动，他和老板们交流甚少，甚至是有些倨傲的，有了事就去求别人，人家未必愿意帮。想来想去，只有冷如风毕光明或许能帮上，于是先给冷如风打电话，问冷如风在楚州有没有公安这条线的朋友，冷如风问王六一什么事，王六一便把王中秋的事说了。冷如风说他没有这方面的朋友，但他可以托朋友再想想办法，又说派出所抓了人是肯定要放的，就怕把王中秋和其他犯人关在一起，少不了要吃哑巴亏，还是抓紧想办法才是。又分析说现在楚州主抓化工，政府在发展经济的初期，肯定是向着资本一方，牺牲百姓权益的，广东发展初期也是这样，王中秋想讨公道怕是无门，快点把人捞出来免受皮肉之苦是正事。又说你干吗不找毕光明，毕光明是古琴镇出来的大老板，和市里镇里关系非同一般，他出面，一个电话就解决了。王六一连连称是。挂了电话，又给毕光明打电话，却无人接听。

王六一打电话时，堂嫂就眼巴巴地盯着，见王六一挂了电话，紧张地问找到熟人帮忙了没。王六一说朋友在想办法，劝堂嫂别急，他先去派出所看看，也许报上自己的姓名，亮明身份，可以管一些用，就算不能把堂兄捞出来，也可让王中秋少受皮肉之苦。当即让堂嫂去租了辆摩托车，他先去镇里，让堂嫂在家里等着，堂嫂说她在家里哪里呆得了，还是一起去派出所的好。王六一把行李收进了家，又把沾了泥土雨水艾汁的衣服换了，又从行李里拿了一本他写的书，两人坐了摩托去古琴镇，直奔派出所而去。到派出所，王六一直接去敲响了所长的办公室。听见里面有人喊请进，推了门，见一黑胖的中年警察正在打电话，便站在门口候着，黑胖警察捂住电话，问王六一找谁。王六一脸上做出了笑，说，找您。黑胖警察和电话那边小声说了几句便挂了，王六一这才走到他的办公桌边。黑胖警察盯着王六一，冷冷地问：什么事？王六一便掏出名片递了过去，黑胖警察接过名片瞟了一眼，说，作协会员？记者？指了指办公桌对面的椅子，说，坐，找我有什么事？王六一原本以为警察看了他的名片，会说原来是王大作家，幸会幸会。如果那样就好办了，但从这警察的表情来看，人家压根儿就没听说过他王六一，倒是警惕地问王六一，说没有接到上级的通知是不接受任何采访的。王六一只好自我介绍了起来，说他不是来采访的，他是烟村人，这次随了寻根团回乡参加市里的活动。王六一的意思，你没听说过我王六一，总不至于连寻根团回乡这样的大新闻都没有听说过罢。果然，黑胖警察脸上的警惕有所缓和，说，原来是回乡的大老板，找我有什么事。

王六一说：我不是老板，只是一个记者。

黑胖警察说：总之是成功人士，这次回来很威风哦，市五套班子都出面了呢。

王六一听黑胖警察这样说，心里稍落定了一些，说：是啊，书记市长是很给面子的，上次市长去广东，还是我们接待的呢。

王六一故意强调了他和市长早就认识，还把市长宴请一干老板说成是他接待市长，处处在暗示着他是有来历的。果然黑胖警察站了起来，给王六一倒了一杯茶，又掏出了名片给王六一，原来这警察姓黄，王六一说，原来是黄所长。

黄所长说：王记者来派出所，是要办什么事吧。

王六一就说：我这次来，真的是有一事相求。

黄所长说：什么事？

王六一说：是为我哥来的。

黄所长说：你哥？

王六一说：我哥叫王中秋，你们今天……

话还没有说完，黄所长就伸出手来做出了让王六一打住的手势，说：别的事都好办，王中秋的事，难。

王六一说：我哥是为了村民的利益。

黄所长说：你不用说，我比你清楚。

说着站了起来，有端茶送客的意思了。

王六一说：真的不能通融？

黄所长说：咱们真人面前不说假话，你哥不是我想抓就抓的，也不是我说放就能放的，他涉及我们古琴镇的投资环境。

王六一知道事情没有想象的那么简单了，便退了一步道：我理解黄所长的意思，也不会让您为难。不过，能否让我见一见我哥。

黄所长迟疑了一下，拿起电话叫来了另一个警察，问化工厂的案子，现在审得怎么样了，警察看了一眼王六一，说，还在录口供，有点难啃。黄所长说那你去吧，文明一点。那警察又看了一眼王六一，转身出去了。黄所长说：不是我不帮你，现在正在录口供。王六一听黄所长对警察说文明一点时，感觉皮肉像被电流击中了一般，浑身的毛发都竖了起来。强忍了心中的愤怒，说：真是太麻烦您了黄所长，不过我哥没有犯法，相信你们会还他一个公道的。又说，我也相信你们会依法办事，化工厂和村民之间的利益冲突，如果解决不好，把事情闹大了，闹得全国都关注了，可能到时连市长都不好下台。说这话，是在暗示黄所长不要乱来，否则他要把这事捅出去的。黄所长脸上的肌肉跳了一跳，说，我的话已说得很明白了，王记者你放心，我不会为难你哥的。又说，你明天再来听消息吧。说着起身送客。王六一便从背包里摸出了他的书，恭恭敬敬地写上了"敬请黄所长指正　王六一"的字样。双手递给黄所长，说，我写的书，请所长多批评。黄所长接过书，翻了翻，笑道：没想到咱们古琴镇出了个作家，我这是第一次和作家打交道呢。说着送王六一出了办公室，握手作别时又说：你放心，王中秋在我们这里，我会尽力关照的。

站在派出所的大院里，王六一无端地觉得寒意彻骨。堂嫂急切地问：六一，所长怎么说。王六一说：你放心吧，所长说了，不会为难我哥的。又打毕光明的电话，毕光明的电话却关机了。翻出市长的名片，把号码一一输入了，想想觉得打了也没有用的，终是没有打过去。一时倒也急得没有了主意，也觉出了自己的无能。只好对堂嫂说，我们回家去吧，所长说了让我们明天来听消息。堂嫂听罢，又哭了起来，王六一安慰堂嫂，说他们不敢把中秋哥怎么样的，真要是敢胡来，他是绝不会袖手旁观的。堂嫂听王六一说得坚决，遂止住了哭泣。王六一说，嫂子你还没有吃中饭吧，这天都快黑了，我们找个馆子吃点东西。堂嫂说她不想吃，吃不下。王六一说：越是这时候越要坚强的，哪能不吃饭了？找了一家饭馆，吃完面天就黑了下来。王六一说：嫂子，我们先回家吧。堂嫂说：我们再去派出所看看吧，再去求求所长，能见你哥一面我才安心的。王六一只好依了堂嫂的，再去派出所时，所长的办公室已锁，再去求别人，都是一问三不知。王六一便打了所长的电话，所长一听是王六一，说他现在在去市里开会的路上，有事明天再说，匆匆挂了电话。

　　放春风，下夜雨，这是楚州春天最常见的天气，白天阴了一天，天擦黑时，又下起了雨，雨越下越大，两人租了辆带篷的三轮回到烟村时，天就已黑严实了。家家的屋里亮起了灯火，王中秋的家，在夜雨中，显得格外的凄凉。一群鸡缩在门口的走廊里，见到女主人归来，扑扑翅膀围了过来。堂嫂开了门，舀了瘪谷喂了鸡，也不开灯，就坐在堂屋门口，看着门口的鸡吃谷。发呆。王六一也不知说什么是好，陪了嫂子呆坐。这样坐了足有半个小时，鸡们吃饱回鸡笼了，堂嫂这才拉亮了灯，去厨房烧水，打来让王六一洗脸洗脚，又新铺了一张床，让王六一早点休息。王六一洗了脚，见堂嫂又坐在门口发呆，便陪堂嫂坐，问堂嫂，王正在外面怎么样。王正是王中秋的独子，高中毕业后也出去打工了。堂嫂说：也是让人不省心的，在温州打工，一年到头，一分钱都没往家里寄的，前年回家，到了市里，一分钱都没有了，还打个的士回来让你哥给他付的士钱，气得你哥把他臭骂了一顿。去年过年，说是余了两千块钱的，结果在回来的长途车上被人骗了，又是一分没挣着，走的时候还让我们搭路费。王六一说：正正还小，我当初出门打工时，不也是这样的么。堂嫂说：你哥又是这样一个臭脾气，一天到晚斗来斗去的，就说这化工厂吧，害人是害人，可我们住得远，脏水又不会流到我们的田里，你说他出头干吗。再说了，当时化工厂是想请你哥上班的，说了一个月一千二百块的工资，又不用让他去做生产，说他是个文化人，让他管收货发货就行，可是这贱东西不干，说不挣这昧良心的钱，你不挣大把人抢着挣。

王六一说：嫂子你是说化工厂修在这里，也不是所有的人都反对的。

堂嫂说：家里有人在厂里打工的当然不反对，所以你哥得罪的不止化工厂的老板，村里好多人都恨他们，你哥带头闹事弄得他们停工，停工就没有工钱。

王六一说：那我哥带头去闹事，他想干吗呢?

堂嫂说：鬼晓得他怎么想的，村里人都笑他，说他是一块茅坑里的石头，又臭又硬。

王六一说：我是能理解中秋哥的。我年轻的时候，也曾经和他一样的脾气。记得有一年，村里修堤，为了抢进度，号召家家户户带上稻草填在堤里，我也去告状了的，结果村里修的那段堤被勒令返工，我也因此得罪了全村的人，后来村干部到我家来，吓得我父亲不停地给村干部赔罪，又让我给村干部赔罪，我死活不肯，父亲就骂我，说你这个不知天高地厚的东西，老子今天打死你了干净。操起了一把椅子朝我劈过来，我也没有躲，椅子正好劈在我的肩膀上，我还是不服，叫，说我没有错，你们打死我也不认错。村干部见我父亲下死手，也不好意思再找我们家的麻烦，倒是拉住了我父亲的手，说孩子不懂事，教育一下就得了。

堂嫂说：我听你哥说起过这事的。你们这一家人啊，都是这样的犟筋。

门外雨越下越大，王六一的心里，却升起了无限感慨。当年和父亲爆发这次冲突后，他对故乡是失望了，觉得这乡村是个让人窒息的铁屋子，他要反出铁屋子，过完年，他就背上行李出门打工了。他也因此成了烟村最早出门的打工者。离开楚州前，他是发了誓的，不混出个人样来决不回故乡。他到楚州和恩师夏子君先生作别，对先生说了他告状挨打的事，先生说，你要远行，我无物相赠，送一幅字给你做纪念吧。说罢在宣纸上铁划银钩地写道：锋芒熠熠刺云层，方正羞与世俗朋。一入江河经浪击，渐磨圆滑渐无棱。落款写道"六一小友出门远行，抄友人咏卵石诗一首共勉。"当时的他，并未能理解先生的用心。在外打工的日子，每逢阴雨天，当他的肩膀隐隐作痛时，他会想到故乡，想到父亲用椅子砸他的一幕，想到先生送他的诗，渐渐品出了一丝苦涩与无奈。多年的打工生活，磨去了他性格中的棱角与锋芒，他早已成为一块圆滑的卵石。悲哀像屋外的雨水一样漫了过来，为自己，更为堂兄王中秋。这边正在感叹，却听见远远地传来了吵架的声音。王六一站到门口张望，说这么晚了，谁家在吵架。堂嫂就站到了门口侧耳倾听，说，好像是马有贵的老倌子在骂娘呢。骂声断断续续，听得不太真切。王六一感叹了一回，突然想起白天做的那个梦，梦见父母说马有贵的爹是他们的仇人，想，得空去马有贵家去一趟。盯着屋外漆黑的夜，叔嫂二人都没有话，只有夜凉如水，寒意袭人。如是又呆坐了足有一个小时，王六一不停拨打毕光明的电话，仍旧是关机。遂上床睡觉了，刚合眼，手机响了，惊得从床上弹起，以为是毕光明打回来的，接过一看，却是马有贵的电话。电话里的马有贵声音更加低沉了。

马有贵说：六一，你能不能来我家一趟。

王六一说：怎么啦有贵？我听见你家里在吵架。

马有贵停了一会，说：你能来一趟我家吗？

王六一迟疑了一下，说：现在，下这么大的雨，我都睡下了。

又说了王中秋的事，说明天还要去镇里捞王中秋呢，有什么事电话里说好了。

马有贵说：……

王六一说：我把中秋的事处理好了再来看你。

马有贵说：……

王六一说：有贵你怎么啦，怎么不说话。

马有贵说：我老婆孩子，我对不起她们。

王六一说：这又不能怪你。

马有贵说：……六一……

王六一说：你说。

马有贵说：你是个好人。

说着挂了电话。王六一刚刚袭上来的瞌睡，被这一折腾，全然没有了。黑暗中，听着屋外的雨声，脑子里却水洗一样的清醒，直到遥遥地听见鸡叫声，才迷迷糊糊地睡着，刚入睡，却又做了一个梦，梦见马有贵赤条条地一言不发站在他床前。王六一吓了一跳，说有贵你怎么来了？马有贵说：六一，我是来和你告别的。王六一说：告别，你这是要到哪里去？马有贵说：从哪里来就到哪里去。王六一说：你怎么没有穿衣服？马有贵说：六一，亏你还是写书之人，怎生如此愚钝，我们来时，可曾穿了一根纱来？王六一说：未曾。马有贵说：这就对了。又说，这么多年来，承蒙你关照，我见你也是个有慧根的人，此番临走，我特来提醒你，世间万事，莫过于天道。天之道，损有余而补不足……突然跳出两个青面小鬼，说时间到了，一铁索锁了马有贵的脖子，一阵风样走得没了影踪。王六一也从梦中惊醒过来，看看时间，正是凌晨五点。再没了睡意。想这梦做得古怪，打马有贵的手机，手机关了机。顿觉一丝寒意，从背后直沁心肺。就这样睁着眼望着屋顶到天亮。听见堂嫂起床开门的声音，王六一也穿衣起床。其时风雨已驻，门前的水田里积满了雨水，一眼望去白茫茫一片。

堂嫂说：起这么早？

王六一说：睡不着。

堂嫂说：我也是 晚没有合眼。

草草吃过早餐，王六一依然带了两本他写的书，叔嫂二人早早租摩托车到古琴镇派出所，派出所的大门紧闭，还没到上班的时候。王六一又拨打毕光明的电话，这次居然一拨就通了。王六一激动地说毕总可联系上你了，昨天到今天打了好几多次电话。毕光明说回来几天，天天应付不完的饭局，昨天回家陪父母，不想被打扰，就关了手机。问王六一有什么事。王六一便把王中秋被派出所抓了的事说了，说毕总你在古琴镇人脉广，请您一定要帮这个忙。毕光明连声说怎么会这样，我还说明天来烟村看老同学的呢。又说，我在镇府里还是有些熟人的，我打声招呼，想来他们也不会驳我的面子。只是中秋这样做，也的确有欠妥的地方，你想想，我们古琴镇要发展靠什么，靠这几亩薄田？当然要靠工业。办工业就要招商引资，村民如果这样闹事，影响的是投资环境，投资环境不好，谁还敢来投资？他这样的行为，往小里说是无知，往大里说，是古琴镇的罪人。

王六一不停地说：就是、就是，我哥这些年待在家里，对外面的世界不了解，他想问题就是一根筋，这是拐进死胡同里了，当了罪人，还以为自己是英雄呢。

毕光明说：你可要好好劝劝中秋。

又说我这就给镇长打电话，你等我的电话。

挂了电话，王六一兴奋地对堂嫂说，这下好了，毕总答应帮忙，中秋哥就没事了。堂嫂一听，哇地又哭了起来，说这死东西，就不该求人捞他，让他坐几天牢，他就晓得厉害了。等了有十多分钟，毕光明的电话打过来了。王六一说：毕总，镇长怎么说。毕光明说：我对镇长说了中秋的事，镇长开始说王中秋的事不好办，说他破坏古琴镇的投资环境，政府正要拿他做典型杀一儆百的。我又对他说了，说中秋是我的老同学，又说他弟弟是记者，和市长都有交情的，镇长这才说让你九点钟去他的办公室找他。听他的口气，应该是没问题的吧，他就算不给我毕光明的面子，也要给你的面子呀。王六一说：谢谢毕总，自然是给毕总面子，我算老几，回到家乡，当真是两眼一抹黑。

有了毕光明这边的回音。王六一悬着的心才算放了下来。看看时间，不到八点。想到要去见镇长，总得有个见面礼。买点烟酒之类的，提着进政府的办公室也不太好。再说也不知这镇长的脾气，要真遇到一个清正廉洁的镇长，反倒显得尴尬，便又打电话给毕光明，问这镇长是什么性格，去见镇长要不要送点烟酒之类的。毕光明说：千万别这样，这个周镇长，最是百里挑一难得一见清正廉洁一心为民的好官，毕业于名牌大学，放着大城市的单位不去，一心到基层做实事的。王六一说，那我心里就有数了。又问了镇长的大名，说到时送一本书给镇长。毕光明说，送你的书是最好不过，把镇长的名字都报给了王六一。王六一便恭敬地写了敬请某某镇长指正之类的话。去到镇政府门口，看看等到八点过五十五分，让堂嫂在镇府门口候着，他独自去找镇长，敲响镇长办公室的门时，正好是九点整。

镇长的办公室里，已经坐了好几个人。一看就是下面村里来的农民。王六一正要自报家门。周镇长已认出了他，说是王记者吧，你坐一会儿，我处理完手上的事再同你说话。王六一就在进门处的沙发上坐候。就听一个农民说，周镇长，您大人大量，我们知道错了，再不阻碍施工，你们快点把媳妇们都放了吧，屋里都乱成了一锅粥了，饭没人做，猪没人喂，娃儿哭起来，我们这些男人真的是一点办法也没有。周镇长板着脸说，放人？知道你们犯的什么法吗？几个农民都说，我们知错了。周镇长说，不阻碍我们施工了？农民齐说，不阻碍了。周镇长说，还要不要请神。农民们说，不请了。周镇长说，写个保证书，要是再犯，我拿了人就直接送拘留守。农民们就说，镇长说怎么办就怎么办。于是周镇长拿出了一份打好的文书，让农民们看了，签完字。拿起电话，说，黄所长吗？下湖村的那几个媳妇子，你们一会儿给放了。说完，对那几个农民挥了挥手，说，走吧。那些农民千恩万谢地走了。

　　周镇长这才过来和王六一握手，说，做基层工作，难啊。我们镇府一心为农民谋福利，可是这些农民呢，他们是有理无理都要闹点事的。做基层工作，不仅要跟农民斗智斗勇，还要跟神斗，跟鬼斗。就说刚才这几个人吧，下湖村的，我跑了好多关系，说动一个当老板的同学来下湖村投资办厂，你说是不是为下湖村老百姓造福的事？结果我们拉高压电线经过村子时，他们就不让施工了，说高压电从一个神庙上面过，会惹怒神。于是我找他们村里的人谈，他们说，这个神是下湖村最大的一个神，高压线从上面过，惹恼了神，下湖村再没有好日子过的。我问他们那要怎么办，他们说，要杀一头羊、一头猪供神。我说，好，你们去弄，钱由镇里出。可他们第二天又反悔了，说还不行，还要去庙里请斋公给神做一坛法事，同神商量，看神愿不愿走，神要是答应走，那咱们就把庙迁走，要是神不同意走，那就没有办法。我说那好，还按你们的意思办，请了神，杀猪宰羊做法事，然后就来占卜，也是奇了怪，连续卜了五次，神都不同意迁走。村民说，没办法，不是我不让你们拉高压电，是神不答应。我说那好，我这人从来是先礼后兵的，讲礼讲不通，那我就来硬的了。我把镇里所有的干部都召集起来，把派出所所有的干警都调到施工现场，又从武警中队借调了一个班，到施工现场，把现场围起来，开始施工。其实也很简单，就是挖一个大坑，扎上钢筋笼子，倒上水泥做一个高压电塔的基坐，把铁架架起来就完事了。村民看见我们来了这么多人，也不敢闹事，只是围着我们围成两个圈，里面一圈全是媳妇们，外面才是男人。一上午都没事，中午我们去吃饭，只留下武警在那里守着，村民看我们人少，慢慢地就往上围，往挖好的坑里扔草，扔树枝，乱土块，一会儿就把挖好的坑填了起来。武警没有接到命令，不敢动手，打电话向我求援，我命令所有吃饭的人火速赶到现场，看见我们的人来了，那些女人们都吓得往后退了，但这时外围的男人开始起哄叫喊，女人得到了男人们的鼓励，又起劲了，开始往上涌，把我们的一个武警战士推倒进了坑里。我对黄所长使了一个眼色，抓人。不抓男人，只抓那些妇女。到了晚上，他们就受不了了，家里没有人做饭，猪没人喂，娃们没人带，一下子就乱成了一锅粥。这不，今天一早就来求饶了，再不敢反对我们施工了。王记者你是文化人，可你不了解我们做基层工作的难处，做基层工作，不能太粗野，但也不能太文明，你要处处文明，就什么事也办不成，你说对不对？

王六一说：周镇长说得有理。

周镇长说：王记者你是古琴镇的人，当地民风怎么样你是晓得的。这里的人，是最爱聚众闹事，唯恐天下不乱的。都说为官一任，造福一方，什么是造福，当然是把经济搞上来，让老百姓的收入增加。怎么搞，当然是搞工厂，好不容易引进了工厂，让老百姓种田之余有个地方打工，可是老百姓却不理解我们的一片苦心，又是上访又是闹事，把我们古琴镇的名誉都弄坏了，我们去省里招商引资，人家老板一听说我们是古琴镇的，都说你们那里当官的说话不好使，听说好些个工厂建成了都开不了工，知道人家老板们怎么说咱们吗？

王六一说：怎么说？

周镇长说：穷山恶水出刁民。就说你们烟村吧，好不容易引进了化工厂，人家老板投资那么多钱，开工这才不到两年，刚刚开始赚钱了，老百姓就来闹事了，你那个哥哥王中秋，又是读过一些书的，还弄了化工厂排出去的污水请人化验，说里面有多少种致癌物，弄得人心惶惶的，然后提出一些苛刻的要求，要化工厂赔一百万。化工厂自然是不会赔的，也赔不出这么多钱。你哥来找过我几次，我对他什么道理都讲了，可就是讲不通。这不，变本加厉，居然堵在厂门口，弄得厂子开不了工，你知道一天不开工是多大的损失。损失化工厂一家还好说，关键是我们政府在这种事情上要有一个态度，政府的态度明确了，招商引资才有一个好的大环境。

王六一刚才听镇长处理下湖村村民的事，就觉得这镇长是个人物，现在听镇长这样一说，说的也是实情，也自有他的几分道理，加之他一心只想把堂兄早点捞出来，也用不着就这些大问题和镇长去争辩，便赔了笑说：镇长说得有理，我哥没有见识，不知道从来发展经济和保护环境是两难的问题。

周镇长说：你是一个文人，我们有对话的基础。我说什么你也明白，怕就怕王中秋这种半吊子文人，自以为什么都懂，动不动弄一堆材料，好像有理有据，还以为自己是英雄，其实不过是教了一辈子的书，到头落了个下岗，心里怀有仇恨，就专门和政府对着干，他的所作所为，说得严重一点，比那些欺行霸市的黑恶势力破坏性更大。

王六一听周镇长如是给王中秋的行为定性，想为堂兄一辩，话到嘴边又咽了回去，说：我哥这人也没有坏心眼，书呆子一个，一腔热忱，只是见识短浅，想问题不周全，不像镇长想得这么深远，还望镇长大人不记小人过。

周镇长听王中秋这样恭维他，脸上有了一些笑意，从桌上拿起一盒烟，抽出一支递给王六一，说：光顾了说话，抽烟不？

王六一摇手说不会抽。镇长就自己点上了，吸一口，说，王中秋是站着说话不腰痛，保护环境重要不重要，我也知道重要，老百姓穷得叮当响，山清水秀能当饭吃？凡事有个先后，先发展，后环保，你说是不是这么一个理？

王六一说：听毕总说，周镇长是名牌大学毕业的，又是最最清廉为民的好官。今天听了周镇长的一席话，当真是胜读十年书。说罢掏出了自己写的书，恭敬地递给了周镇长，说：我写的一本小书，本是不敢在周镇面前献丑的，我来的时候，问毕总说要不要给周镇买点烟酒礼品，毕总说千万别这样，你买了，事情就办砸了，说周镇长最是清正廉洁的好官，你送一本自己写的书请他指正就是，我这才敢拿出来献丑。

周镇长笑道：毕总是了解我的。

接过书，翻了翻，看了王六一的简介，说：出了这么多书，了不起。

王六一见周镇长心情似乎好了不少，便趁热打铁道：周镇长您看，我哥王中秋？

周镇长说：要不是毕总说情担保，我是打算杀一儆百，让他吃点苦头的。

王六一连连点头，说是的是的。周镇长就拿起了电话，给派出所的黄所长打了电话，问他王中秋现在老实了没有，说不老实就再关他一天，要是老实了，就让他写个保证书，然后把人放了。挂了电话，对王六一说：你都听到了……你去派出所接人吧，回头好好做做你哥的工作，他就是闲成这样的，教了一辈子的书，又不会种地，回到农村无事可做，就成了告状专业户了。

王六一说：一定，我会好好劝我哥的。

刚一出镇政府，堂嫂就蹿了过来，问怎么样。王六一说，没事了，镇长给派出所打电话让放人了，我们这就去接人。两人再租了摩托到派出所，依然是找到了黄所长。黄所长一见王六一就说，正在里面写保证书，写完保证书，办个手续就可以走人了。果然，坐了一会，闲聊了没几句，就有民警把王中秋的保证书拿了过来，黄所长看了，又看了民警拿来的一大沓卷宗，在处理意见上签名盖章，说，没事了。王六一见黄所长似乎很忙，便说黄所长您忙，我们就不打扰您了，我们在外面等着就是。黄所长就站了起来，和王六一握了手，说，往后家里有什么事，给我一个电话就是了，又说，你们去后院门口等着，办手续还要一会儿。王六一说谢谢黄所长，黄所要是去广东，一定要给我电话。出了所长办公室，两人在后院门口又等了有半小时，院门开了，一个民警领着王中秋出来。许是一夜未睡，王中秋的眼泡浮肿，神情憔悴，胡子拉碴的。王六一迎上去叫了一声哥。王中秋说，六一？你回来了。王六一说：出来就好，他们没有打你吧？王中秋回头看了一眼带他出来的民警，说：没有打。李冬梅听王中秋说没有挨打，转身就走。王六一说，嫂子昨晚哭了一晚，都快急死了。要不是你的老同学毕光明给周镇长打电话，这次你就惨了。王中秋说：毕光明？哪个毕光明。

王六一说：你的高中同学毕光明，人家现在是大老板了。不然你弟我哪里有能耐把你弄出来，是毕光明给镇长打电话，镇里是打算拿你开刀杀鸡儆猴的，看毕光明的面子才放了你。又说，去和嫂子说几句软话吧。王中秋这才追了出去，追到派出所门口，李冬梅就站在派出所院门外，见王中秋追了出来，说，怎么就没有打你呢，把你打死我也就省心了。王中秋说：是我不好。李冬梅说：好不好都无所谓了，王中秋，我们离婚吧。王中秋听李冬梅说离婚，一把抓住她的胳膊，说老夫老妻的了，说什么离婚不离婚的，让六一听见笑话。李冬梅说：你还怕人笑话？我是认真的。说着一把甩开了王中秋。就听王中秋唉哟一声，一手托着胳膊直龇牙。李冬梅说：你少给我装。王中秋苦着脸，说昨晚打是没有打，铐着这只胳膊在单杠上吊了一晚。李冬梅听王中秋这样一说，再也顾不得和他闹别扭，捧过王中秋的胳膊，把衣袖捋起来，就见那胳膊肿得老粗，手腕处一道深深的紫色手铐印吃在肉里，眼泪"吧嗒吧嗒"就下来了，说要你别出头、别出头，你不听。又说，痛得厉害不，咱们去医院开点药。王中秋笑道：我就知道你心疼我，不会和我离。李冬梅嗔道：想得美，回家就离。又说，这次多亏了六一。就回头叫六一。说六一，咱们得好好谢谢人家毕老板呢。王六一就打了毕光明的电话，对毕光明说王中秋已放出来了。毕光明说，放出来了就好，他们没有为难中秋吧。王六一说，没有，就是铐了一宿。毕光明在电话那边笑了，说，王中秋在你旁边么？我和他说几句话。王六一就对王中秋说，你老同学毕光明，要和你说话。王中秋黑着脸，说算了，没脸和老同学说话。李冬梅说：什么人，人家把你捞出来，你就一个谢字都不说？王六一把电话递给王中秋，说，说几句吧。王中秋躲过一边不接。王六一便对毕光明说，你的老同学没脸和你说话，让我转告谢谢你呢。毕光明笑道：他还是老样子，爱面子得很啦，你对中秋说，改天我去看他。王六一又再三说了些感谢的话。看看时间已近中午，王六一便提议找一家饭馆去吃饭，也是为王中秋压惊。王中秋说：你不说还不觉得，一说，我饿得能吃下一头牛了。还是昨天早上吃了早饭的呢。王六一说，他们饭都不给你吃。王中秋说，倒是有馒头，可哪里吃得下。就在路边找了一家饭馆，点罢菜，叫了一瓶二锅头，王六一给王中秋斟上酒，说：中秋哥，经过这一次，你还当意见领袖不？

王中秋黑着脸，半晌，长叹一声，说：不当了，我没有他们说的三个勇气。

王六一说：三个勇气？三个什么勇气？

王中秋说：他们让我写保证书。我说我不写，我这是为民请命。他们就问我有没有三个勇气，要是有三个勇气，那他们奉陪，要是没有，赶紧写保证书走人。我问哪三个勇气，他们就说，有没有和政府打官司的勇气？有没有一辈子受穷的勇气？有没有众叛亲离的勇气。

王六一听罢默然无语。

王中秋说：前面两个勇气我是有的，要不是为了你嫂子，我要斗到底。

李冬梅说：鸭子死了嘴巴硬，你要再敢闹，我立马和你离。

王中秋长叹一声，说：不闹啦，不闹啦。

端起酒杯，一饮而尽。说，六一，你是不知道这在单杠上吊一晚上的滋味，一开始还不觉得什么，吊到后来，又酸又痛又麻，真的是把这胳膊锯掉的心都有。你知道我当时想什么吗？

王六一摇摇头。

王中秋说：我就特别佩服当时那些闹革命的共产党员，坐老虎凳灌辣椒水拿烙铁烙都不招供。当时我就想，要是把我搁在那革命年代，一烙铁烙下来，什么都招了。

王六一说：那时的革命者，是有信仰的人，是真正的理想主义者。

王中秋突然把头埋下来呵呵呵地哭了起来。

李冬梅说，你哭什么，这是饭馆，让人笑话。

王六一说：我哥心里难受，你就让他哭吧。

王中秋哭了一气，抹干了泪，抬起头说：我以为我是个有信仰的人，没想到，我的信仰是如此脆弱，不堪一击。

王六一心里特别难受，说：哥，其实，我真的是挺佩服你的。你还记得夏子君先生吗？当年教我画画的老师。那年我出门打工时，夏子君先生送过一首诗咏鹅卵石的诗给我。这么多年来，我早就变成一块鹅卵石了，你还是这样有棱有角。

王中秋拿过酒瓶，倒上一杯酒，一饮而尽，又要去倒。李冬梅抢过了酒瓶，说你少喝一点。菜上来了，先吃菜吃饭。

王中秋就埋头吃饭，狼吞虎咽地吃完了一碗饭，又让服务员盛了一碗，风卷残云地送下了肚子。一抹油晃晃的嘴，说：六一，我想好了，跟你出去打工。你为我找份工，做什么都成。

王六一说：打工？这年头用工荒，找工作倒是不难，只是，一年到头，怕也就是混个肚儿圆。再说了，到哪里都没有世外桃源，到哪里，都容不下棱角分明的人。

王中秋说：过去的王中秋死了，我是不想在家里待了，出去见见世面。

王六一说：你出门打工，那我嫂子怎么办？

王中秋说：你嫂子想出去就出去，不想出去就在家里待着。

李冬梅说：六一你能帮我找一份工作么，就在你们报社搞清洁都行，扫大街都行。反正你哥到哪里，我是要到哪里的。

王六一说：我帮你们找找看吧，只是，在外打工真的很苦。

王中秋说：也许几年之后我就是一个毕光明呢。

王六一说：几年之后还有可能是一个马有贵的。

说到毕光明，李冬梅眼睛一亮，说：毕老板不是开很大的工厂吗？你求求他，我们都去他的厂里打工。

王中秋说：给毕光明打工，那我脸往哪儿搁？

李冬梅说：你不是说过去的王中秋死了么，人都死了，还要脸干吗。脸能值几块钱一斤？

王中秋说：也是，不要脸啦，还要脸干吗，咱就去给毕光明打工。

王六一说：还是我帮你们找工作吧。

三人边吃边聊，一瓶二锅头也见了底。王六一的酒量尚可，王中秋酒量不行，站起来摇晃了几下，就趴桌子上了。李冬梅说：我就说让他少喝一点。王六一说：嫂子，我哥心里不痛快，你就让他醉一回吧。叫了一辆三轮车，把王中秋扶上车厢，回到烟村时，王中秋已睡得鼾声如雷。邻居见王六一和李冬梅扶着王中秋回家，知道王中秋是被派出所抓了的，以为被打成这样了，跑来问是怎么回事。李冬梅说：喝多了猫尿。邻居说：昨天不是被派出所抓去了么？李冬梅说：六一去找了镇长，就给放了。邻居说：还是六一有本事啊。李冬梅说：那是当然。把王中秋安顿睡下，就听得远处在放鞭炮，又是哭声震天的。李冬梅就问邻居：这又是放鞭又是哭的，是哪个老了？

邻居说：哪里是老了人，是马有贵没了。

王六一一惊，说：马有贵没了？昨天还好好的？

邻居小声说：不是病死的，是喝药自杀的。

王六一说：好好的，怎么就自杀了？

邻居说：谁知道呢？听马老倌哭诉的那个话，好像是为了钱吧。马有贵不是有二十万吗？他这次回家，马老倌就让他把钱交给他保管，大概是怕马有贵死了，这钱被他老婆独吞了吧。马有贵呢，又不肯把这钱给爸，说这钱是他留给儿子的。马老倌说你要真的死了，你媳妇再嫁人，这钱就姓别人的姓，不姓马了。总之就是这么个意思吧。可能是父子两为这事吵了起来。

　　王六一说：昨晚是听到他们家那边传来吵架的声音。

　　邻居说：也不知道马有贵什么时候喝的药，今天上午才发现。

　　王六一说：都怪我，昨晚很晚了，马有贵还给我电话，让我去他那里一趟，我说太晚了，又下雨，没有去。我要是去了，他也许就不会自杀了。

　　又想到，要不是自己把他带回家，他也断不会因此而寻短见的。想到这所谓的寻根团，有的是衣锦还乡，有的却是把命丢在了黄泉，当真是冰火两重天。蓦地又想到了今天凌晨的那个梦，梦中的情景，真真切切，历历在目。难道人死后真的有鬼魂？不然何以如此之巧。又不知昨晚马有贵有什么话想对自己说。又悔又责，当即去了马家。马有贵的家，还是多年前的那三间老屋，只是越发的低矮了。门前围了一些人，都是来帮忙的马家的族人和邻居，马有贵的遗体停放在西厢房的地下，直挺挺的，脸上盖了一张黄表纸，头顶边点了一盏长明灯，马有贵的父亲马老倌，早已哭得没有了气力，呆坐在一边，不时有马有贵的亲戚们奔丧，离马家远远地就放了鞭炮，一路哭喊着奔来，有本家的人远远地就接了扶着进西厢房，抚着马有贵的遗体放声大哭，每来一个奔丧的，马老倌又陪着哭一场，边哭边说着昨天父子间发生的一切，骂儿子傻，后悔是自己逼死了儿子。有人就劝，让来客别哭了，你这一哭，老人家也陪着哭，老人家的身体受不了，来客这才止住哭，站立一边轻声抽噎。

　　王六一跪在马有贵的身边，给马有贵烧了一点火纸，想着眼前这个冰冷的躯体，当年是多么热情似火，想着许多年前，天还未亮，两人背着行李离家出门打工的情形，想着兄弟二人一路上对未来生活的憧憬，想着就在几天前，他还在为和书记市长的合影而兴奋，想着昨天晚上，自己是如何冷漠地拒绝了马有贵临死前的求助，想到凌晨的那个梦，一时悲从中来，止不住泪如雨下。马家的族人把他劝起来，说知道有贵的那二十万就是六一帮忙要到的，有贵有这样重情义的朋友，也是他的福气。王六一又给马有贵烧了纸，起身离开西厢房，走到堂屋，屋里乱哄哄的，就听有人在说，秋喜已经上车了，明天一早就能到。又听人在说，明天秋喜来了，怕是还有得一块闹的，二十万，总不能让秋喜一个人吞了，这个是马有贵的卖命钱。另一个人就反驳，说这钱就该归秋喜的。王六一的心里涌起无限的悲凉，为马有贵，为他的故乡，为这些苦难的人生。正自感慨，突然看见马家堂屋的家神旁，赫然挂着一把木剑，骇出一身冷汗，夺路而逃。

　　第二天一早，王六一离开了故乡。依然是清晨，和二十年前的清晨并无二样。人家的鸡子在打鸣，狗子在叫。不一样的是，王六一不再是少年，他身上再也不用背着蛇皮袋。不一样的是，伴他同行的，不再是马有贵，而是他的堂兄堂嫂。再也没有了父母牵挂的眼神，有的是秋喜奔丧回家的痛哭声。王六一的意识里，也不再是闯广东，而是回广东。但王六一又分明觉得，这还二十年前的那个清晨，还是那样一条通向远方的公路。走到湖边，王六一回头一望，看见湖边的山坡上，父母在朝他挥手。王六一也朝父母挥了挥手。王中秋说，六一你干吗呢？王六一说，不干吗。王中秋说：你说我和你嫂子这次去，是住在你朋友开的厂里，还是自己租房子住。王六一说：先住厂里吧，不过厂里没有夫妻房，还是要租房住的。王中秋说：你那朋友的厂，离你上班的地方远不远？王六一说：好远。一个在东莞，一个在深圳呢，进厂后，就得你们自己照顾自己了。也不能因为是我介绍进厂的，就觉得自己和别的工人不一样。王中秋说：我晓得。王六一说：刚出门，肯定很不习惯的，慢慢就好了。王中秋说：我又不是小孩子。王六一就笑了。王中秋说：你笑什么。王六一说：我突然觉得，你就是二十年前出门时的我。

　　王中秋的工作，其实是冷如风介绍的。回到广东后，冷如风拉着王六一去毕光明的公司走动。毕光明听说王中秋出门打工了，责怪王六一，说，我很生你们的气，中秋出门打工，就进我的厂嘛，进我的厂，我肯定不会亏待他的。冷如风笑道：这次寻根团，毕总是大有收获的，我们要出一本寻根团活动的画册，毕总再赞助五万块钱怎么样？毕光明说：五万就五万，只要大家高兴。冷如风说，这五万，是画册的排版印刷的费用，我打算请王六一写序，六一是名家，写一篇序，润格最少也要一万块吧，还有书号费，这笔钱，我还得去问邹总化缘呢。毕光明说，六一写序的稿费我包了，再出一万。回去的路上，王六一问冷如风，说毕光明这次怎么这么大方，你说他是大有收获，不知指的什么。冷如风道：你不知道啊，毕光明这次回家，谈好了入股楚雄化工，他现在成了楚雄化工的大股东了。王六一一愣，说，哦。冷如风说，这次活动老板们很满意，我在筹划再成立一个楚州同乡会，到时竞选会长的肯定是邹和毕。我想推你当一个副会长，咱们利用好这个平台，可以做不少的事情，这篇序，你可要用心写哦。王六一说，会用心的。然而，一晃半个月，冷如风把画册都排好了，就等王六一的序呢，王六一说，再等等，还没有写完。又过了半个月，冷如风说，纪录片都剪好刻成碟了，画册也排好了，等你的序一来就开机，老板们都在催我快点呢。王六一说，还在写。又过了十天，王六一给冷如风电话，说我把这次回乡寻根的经历如实记录在案，写了一篇题为《寻根团》的长序，发你邮箱了。冷如风千恩万谢。王六一说，先别谢我，看看行不行。说着嘴角泛起一丝狡黠地地笑，在电脑上打开发给冷如风的那篇序读了起来：

王六一坐在沙发上读《世说新语》，读到"张季鹰辟齐王东曹掾，在洛，见秋风起，因思吴中菰菜羹、鲈鱼脍，曰：人生贵得适意尔，何能羁宦数千里以要名爵？遂命驾便归。"

……